うるはしみにくし
あなたのともだち

澤村伊智

双葉文庫

その時私は私のみにくい顔を見つけたのだった
そうしていつまでもじっと見つめていた

プロローグ

されば累と云女は、まづいろ黒くかた目くされ、鼻はひらげ、口のはゞ大きに、すべて顔のうちにはもがさのあと、所せきまでひきつり……

——残寿『死霊解脱物語聞書』

二〇一九年春。

彼女は居間のテレビで映画を観ていた。

父親が契約している動画配信サービスで、数日前から配信が始まった邦画だ。壁に掛かったテレビの中で、主演女優が熱演している。女優の口と片頬には特殊メイクが施され、あたかも口が裂けて引き攣れたようになっている。だがそれは女優の美貌を少しも損なっていない。美人は美人のままだった。

しかし物語の中では、女優はとても醜いことになっていた。

現にそういう体《てい》で話が進んでいる。共演者たちは女優の顔に嫌悪や奇異の眼差しを注ぐか、罵《ののし》るか、そうでなければ憐れむかしていた。女優が演じる役も自らをそう認識していた。醜い己を呪い、苦しみ、悲しんでいた。

それら全てが、彼女には茶番に映った。

原作の漫画だと主人公は本当に醜く描かれていたのに。そうでなければ成立しない話なのに。だからこそ自分も胸を打たれたのに。声を殺して泣きながら、何度も繰り返し読んだのに。それなのに。それなのに――

この映画はごっこ遊びだ。もう耐えられない。

彼女はテレビを消した。リモコンをテレビに投げ付けそうになるのを、すんでのところで思い止まる。くすんだテーブルを見つめながら「日本の映画なんてこんなものだ」「期待する方がおかしい」と口の奥のほうでぼそぼそと、自分に言って聞かせる。それでも肩に入った力は抜けず、リモコンから手を離すこともできない。

「ただいま」

声がした瞬間、それまでとは別の緊張が彼女の身体を走り抜けた。椅子の上で姿勢を正すと同時に、両手にエコバッグを抱えた両親が入ってくる。

「おかえり」

すぐさま席を立って、母親に手を差し出しながら駆け寄る。母親は当然のことのようにバッグを彼女に持たせる。ポリエステルの細い持ち手が掌に食い込み、彼女は思わず顔をしかめてしまう。しまった、と思った時にはもう遅かった。

「げっ、なにその不ッ細工な顔」

あははは、と母親が笑い、父親がそれに続いた。「ごめん」と彼女は口角を上げ、目を細める。掌の痛みに耐えながらバッグを台所に運び、中身を冷蔵庫に入れ、両親に語りかける。買い物はどうだったか、夕食は何を作ったらいいか。

「掃除は？」

母親が遮るように訊いた。

「あっ、うん。やったよ」

「ほんとに？　遅寝してたんじゃないの？」

居間を見回す。大きな目。高い鼻にふくよかな唇。整った顔が不審で歪んでいる。気付かれたのか。フローリングをワイパーで適当に掃いただけなのを、悟られてしまったのか。駄目だ。こんなことでは全然駄目だ。心臓が早鐘のように鳴り、息が詰まる。

「いいじゃないか」

父親がのんびりした声で言った。テーブルにバッグを置くと、ソファにごろりと横たわる。

「ほどほどでいいよ、ほどほどで。そんなに厳しくしなさんな」

「お父さんは甘いなあ」

「そんなことないよ」

天井を見上げてくつろぐ父親に、大急ぎでアイスコーヒーを作って手渡す。父親は笑みを浮かべたまま、

「でも世間じゃそんなの通用しないぞ。お前はブスなんだから」

軽い口調で言い切った。

絞め付けられるような胸の痛みに堪えながら、彼女は「うん、分かってる」と答えた。これくらいなら余裕だ。慣れっこだ。心はとっくに頑丈になっている。逆境に耐えて強く逞しく育っている。角化した疣《いぼ》のように硬くなっている。

食事を作り配膳をし、両親がする姉の自慢話をひたすら聞き、後片付けをして風呂を沸かす。最初は父親、二番目は母親で、最後は彼女。姉が帰省している時は母親と順番を争っているけれど、彼女が最後なのは変わらない。

風呂から上がると、テレビを観ていた母親に呼び止められた。父親がソファで船を漕いでいるのを確かめて、母親は小声で訊く。

「学校はどう？」

「普通。楽しくやってるよ」

「いじめられたりしてない？」

母親は真顔だった。心配そうに眉根を寄せている。少し考えて、彼女は事実を答えた。

「今は大丈夫。環境が変わったし」

彼女は嘘を吐いた。馬鹿にする人間は何人もいる。友達感覚で近寄って、「弄《いじ》って」「ネタにして」来る子は何人もいる。傷付くと分かっていて、心にもないことを平気で言う子たちも。

でも自分は平気だ。今は大丈夫だ。

小学生の頃から、聞こえよがしな陰口も嗤い声も受け流すことができていた。

給食のおかずにゴミが入っていても「食べない」で済ませることができていたし、きな粉揚げパンのきな粉が机いっぱいにまぶされるくらいは可愛いと思えるようになっていたし、机に牛乳を拭いた雑巾が突っ込まれるくらいのことは平気だったし血まみれのナプキンでも平気だった。ノートがびしょ濡れになってゴミ箱に捨てられているのも平気だった。

それに比べたら今ははるかに平和だ。理想的な環境だ。

「ほんと？　信じていいの？」

「もちろん」彼女はニコニコと愛想よく答える。

「そう、よかった」

母親は椅子の背もたれに身体を預けた。

「やっとあんたに愛嬌が備わったんだね」

「うん。ありがとう」

「いいの。親の義務だから。同じ姉妹でもそれぞれに相応《ふさわ》しい教育をしなきゃね」

狭いキッチンカウンターの写真立てを、母親はぼんやりと眺めていた。正月に撮った、姉の顔写真だった。母親によく似ている。つまり美しい。自分とは違ってのびのびと好き放題に育てられ、今は華やかな世界に身を置いている。自分と違って光り輝いている。

おやすみを言ってから部屋に戻った。質素でほとんど色のない内装。色彩らしい色彩はウェッジウッド製の一輪差しの花瓶に描かれた、小さな苺の赤だけだった。生ける花などない。どんな花を生けようと笑われる。お前には似合わない、花が可哀想だ、と。

彼女はベッドに倒れ込み、スマートフォンを摑んだ。ボタンを押しても液晶画面には何も表示されない。バッテリーが切れているらしい。真っ暗な画面に、自分の顔が反射している。

すぐさまスマホを布団に放り投げる。悔しさと怒りと憎しみと、諦めとが綯《な》い交ぜになって胸を掻き乱す。

溢れる涙を拭う。

物心付いた頃からずっと聞かされてきた言葉が、頭の奥でこだまする。

お前は醜い。お前はブスだ、不細工だ、お姉ちゃんに少しも似ていない。

そして今まで何十万回、何百万回と思っていたことを、改めて思う。

わたしは醜い。


だからこそ——と、彼女は口の奥でつぶやいた。寝そべったまま身体を伸ばし、鞄を摑んで引き寄せる。

わたしは醜い。わたしは醜い。醜い顔の自分が憎い。

だからこそ選ばれた。手に入れることができた。

噂は本当だったんだ。

彼女はそっと鞄を開いた。

教科書や参考書の間に、茶色く汚れた背表紙が見えた。

第一話

charm [tʃáːrm] n.

1人を魅惑する力、魅力。2（女性の）魅力、美貌。5まじない、呪術、魔法。

――『ランダムハウス英和大辞典』

足音を立てないように階段を駆け上がり、廊下を走り、教室に入ってすぐドアを閉めて、わたしは隅っこの柱にぴたりと背を押しつけた。動悸と呼吸が落ち着くのをひたすら待つ。

誰もいない。電気は点いておらず、カーテンが閉まっているせいで昼なのに薄暗い。土曜だから当然だと分かっているのに、見慣れない光景が心を掻き乱した。

腕に汗が滲み出るのが感触で分かった。六月になったばかりだというのに教室はひどく蒸し暑い。おんぼろのエアコンでも使わないよりはましらしい、と下らないことを考えてしまう。聞こえるのは身体から直接伝わる自分の鼓動と、荒い息だけ。

サッカー部と陸上部が校庭で練習に励んでいた。体育館ではどうやら男子バレー部の練習試合を行っているらしい。見知らぬ大人や見知らぬ生徒たちが、体育館を出入りしていた。生徒たちのユニフォームやTシャツには、他校の名前が英字でプリントされていた。つまり人が、人の目が多い。目立たないように校舎に入ったけれど、不審には思われなかっただろうか。

今更のように後悔していた。

早くも自分のしていることが滑稽に思えている。教室のドアが施錠されていれば、早々に諦めていたのに。こんな蒸し暑いところで逡巡せずに済んだのに。そもそもどうして、土曜なのに開いているのだろう。部活で誰かが使っている様子もない。

家族に馬鹿にされても平気だった。学校の連中に蔑まれるよりずっと前から、みんなわたしのこの顔に嫌悪を示し、溜息を吐き、諦めと憐れみの眼差しを向けていた。

表を歩いていて、すれ違いざまに知らない酔っ払いから「ブス！」と罵倒されたことも一度や二度ではない。直後に必ず爆笑が起こる。その中には女声も交じっている。「やめなよ、聞こえるよ」と言葉では諫めているが、本心ではこの顔を嗤っているのが明らかだった。

席替えでわたしの隣だ、わたしと同じ班だと分かった途端、露骨に落胆するクラスメイトたち。

幾つもの仇名《あだな》。陰口。

わたしやわたしの持ち物に付着しているという設定の、わたしの名を冠した〝菌〟。触れたら勿論こんな顔になる。額も瞼も鼻も頬も顎も腫れ上がって、赤くぬらぬらする。そんな〝ルール〟で鬼ごっこをする小学校のクラスメイトたち。中学校のクラスメイトたち。そして高校の。

慣れている。もう慣れている。そのはずなのに、わたしは今も怒っている。怒りに身を任せている。わざわざ制服に着替えて、こうして学校に来ている。親には「宿題で使う参考書を忘れた」などと馬鹿げた嘘を吐いて。

下らない仕返しをするために。

わたしは上履きの先端と床を見つめていた。誰もいないのに顔を伏せている。これが当たり前になっている。

これがわたしにとっての「視界」だ。

前を向きなさい、と言ったのは小学三年、四年の時の担任だった。名前は忘れた。大柄な中年の女性だったこと、右足が悪かったことは覚えている。体育の授業だけ教頭が代わりに受け持っていたのも。

胸を張って歩きなさい。彼女はそうも言っていた。彼女自身が胸を張って前を向いて堂々と歩いていた。右足を引きずって身体を上下に揺らし、それでも早足で廊下を直進する彼女の姿を思い出す。すれ違う生徒に「へいらっしゃい！」と寿司屋みたいな挨拶をしていたことも思い出す。

彼女はひょうきんだった。自分の足については新学期早々「これ、先生になりたての頃車に轢かれたの」と明かした。それも事故の前日から物語風に、軽妙に、面白おかしく。最初は戸惑っていたクラスメイトも、途中から声を上げて笑っていた。わたしもその一人だった。

彼女はいつもそうだった。怒ったら鬼のような顔になって本当に怖かったけれど、みんな仲良くだとかクラスの団結がどうのとか、分かりやすい目標を振りかざしたりはしなかった。実際、道徳の授業はいつも海外の変なコメディ番組を見せていた。悪い先生だったとは今でも思わない。「担任」と「古典」をこなすだけの小谷《こたに》よりずっといい。

そんな彼女ですらわたしには道徳みたいなことを言った。理由は考えなくても分かる。わたしがこんな顔だからだ。こんな姿勢で歩くからだ。

休み時間だった。何かの用事で職員室に行った時だ。椅子に座った彼女が上半身だけこちらを向けて、明るくさりげなく雑談の延長みたいな調子で。

前を向きなさい。胸を張って歩きなさい。

わたしはハイと答えた。心が冷たく小さく固まって、大きな穴に落ちていくような気がした。

小学六年の時、彼女は突然学校に来なくなった。教師を辞めたと知ったのは卒業間際のことだ。教頭との不倫がばれて、彼の奥さんと揉めに揉めたらしい、と。

彼女は奥さんに何と説明したのだろう。前を向いて胸を張ってどんな弁解をしたのだろう。馬鹿馬鹿しい。

下衆な空想をしながら、わたしは鞄に手を突っ込んだ。昨夜準備した封筒を引っ張り出す。中には長い時間をかけて、細部まで徹底的に作り込んで完成させた〝もの〟が入っている。

あれに書かれてあったとおりに作った。何度も読み返して一切の誤読や早とちりを排除した。

だから効くはずだ。絶対に効く。だからあの子は、あいつは。

あいつの顔が脳裏をよぎった。あの勝ち誇った表情を、あの余裕の笑みを、自信に満ちたあの立ち振る舞いを。

あの本のことも思い出していた。今は家にある。存在する。実在する。噂ではなかった。単なる学校の怪談ではなかったのだ。つまり事実だ。

下らなくなんてない。馬鹿げてなんかいない。

弛みかけた決心が再び固まっている。萎《しぼ》みかけた憎悪が再び膨らんでいる。手にした封筒の中身に、感情が流れ込んでいる様を想像する。

首が汗でぬめっていた。スカートの中に熱が籠もっている。わたしの思念は赤黒くドロドロで、それを溜め込んだ封筒の中身がドクドクと脈打っている。

仕返しだ。いや、復讐だ。

わたしには行使する権利がある。お前には行使される原因がある。

そろそろと足を進め、わたしは彼女の席の前に立った。

※　※

月曜、午後八時。

家を出る時に降っていた雨は、バスを降りた頃には止んでいた。大昔に買った喪服は特にウエストが合わなくなっており、ただ歩くだけで息苦しい。車道を行き交う車のライトが濡れた夜道を照らしている。

小谷舞香《まいか》はセレモニーホールに向かいながら、今後のことを考えていた。今日の通夜だけでなく、明日の告別式にも出なければならない。その間の授業は自習にせざるを得ないが、大変なのはその先だ。

高校教諭になって十年。受け持ちのクラスの生徒が死んだのは二度目だ。前回は五年前、前いた隣の市の高校でのことだった。

交通事故だった。明るく素直なサッカー部員の男子生徒だった。ショックでしばらく立ち直れなかったが、今回は事情がまるで違う。

自殺だった。

都立四ツ角高校三年二組の生徒、羽村更紗《はむらさらさ》は、自室のカーテンレールにひもをかけ、首を吊っていた。発見したのは母親だった。昨日、日曜の朝のことだ。その日のうちに父親から学校に連絡が届いた。遺書は見つかっていない。

今朝の職員会議で校長が報告し、すぐに舞香は質問攻めにされた。教頭、学年主任や生活指導から段取りで決められていたかのように訊かれた。何らかのサインはなかったのか。生徒間のトラブルは見受けられなかったか。いじめの兆候はなかったか。お前は何も気付かなかったのか。

頭に浮かんだ「吊し上げ」という言葉を即座に打ち消すと、舞香は全ての質問に「いいえ」という意味のことを答えた。実際に思い当たらなかった。四ツ角高校は西東京市の西端にある、創立四十数年の「そこそこ」の学校だ。分かりやすい実績こそないが大きな問題もなく、現在通う生徒たちもほとんどが真面目だ。三年二組も同様だった。

一方で、舞香はこうも考えていた。

羽村更紗はいじめの被害者にはなり得ない。加害者になることはあっても。

セレモニーホールの駐車場が見えた。巨大な看板と並んだ幟《のぼり》に、喪服姿の女性が大きく印刷されている。桃華《ももか》だったか桃萌《ももえ》だったか、最近人気の美人モデルだ。厳粛な場のイメージに彼女の派手な容姿はそぐわない気もするが、目に留まるのは事実だ。おかげでこの距離からでもホールが見定められる。

ホールの正面玄関には「羽村家式場」と書かれたパネルが立てかけられていた。すぐ側に見知った顔を見つけて、舞香は小走りになった。小声で呼びかける。

「足立《あだち》先生」

呼ばれた男性——数学教師の足立はわずかに頬を緩めて、「お疲れ様です」と答えた。

「すみません、代わります」

舞香は言った。親族でもない足立がここに立っているのは生徒を案内するためだろう。本来なら担任がやるのが筋だ。

「いえ」足立は首を振って、「とりあえずお焼香を。自分は済ませたので」と暗い声で返す。精悍な顔は青ざめていた。心を痛めているのが見て取れた。

死んだのが更紗でなければどうだっただろう。或いは彼女があぁでなかったら。

ついそう考えていると、足立の視線に気付いた。不思議そうにこちらを見下ろしている。舞香は雑念を振り払って、足立に黙礼するとホールに入った。

羽村更紗の通夜は一番広い式場で行われていた。既に生徒たちが大勢詰め掛けていて、焼香の列に並んでいる。男子生徒も何人かいた。更紗と同じグループの——同じくらい

「上位」の生徒たちだ。この世の終わりのような顔で焼香の順番を待っていた。パイプ椅子に腰掛け、頭を抱えている男子もいる。隣のクラスの女子生徒二人が神妙な顔で、舞香と入れ違いに式場を出て行った。

壁際にいた学年主任の深川《ふかがわ》と目が合う。黙礼して列の最後尾に並ぶ。ハンドバッグから数珠を取り出して左手に持つ。式場内は酷く静かで、灰色のタイルカーペットを歩く、弔問客の籠った足音がするだけだった。それ以外ははなをすする音、咳払いの音だけ。

祭壇は巨大だった。前面にはたくさんの白菊が、立体的な渦を描くように並べられている。派手だ、というのが舞香の素直な感想だった。更紗の父親が土地持ちで羽村家が裕福だとは知っていたが、ここまで大仰だと戸惑ってしまう。

白菊の渦の真ん中に遺影が置かれていた。羽村更紗が笑顔でこちらを見つめている。わずかに写る首元から和装だと分かる。何かの記念写真をトリミングしたのだろう。化粧は控えめだった。素材を殺すような真似はしていない。目はぱっちりと開かれ、口角は左右対称に上がっている。歯の見え具合も隙がない。これ以上見せると下品になるし、これ以下だと澄ましている風に写るだろう。わずかに傾けた首の角度も絶妙だった。

己の美貌を自覚している人間だけが浮かべる、自信に満ち溢れた完璧な微笑だった。表の幟に印刷された、モデル以上の輝きを放っていた。

舞香は引き込まれるように更紗の遺影を見つめていた。あれだけ派手にうるさく見えていた花と祭壇は、まったく目に入らなくなっていた。

「更紗ちゃんっ」

搾り出すような叫び声がした。棺の前で中年男性が跪《ひざまず》いている。白い布で覆われた棺を抱くようにして、「なんで、なんでだっ」と泣きながら繰り返す。夫人らしき女性がそっと肩に手を添える。

つられるように嗚咽が響いた。親族席の真ん中で、中年女性がハンカチで目元を拭いながら、唇を歪め震わせている。更紗の母親だった。隣に座った線の細い父親は、真っ青な顔で祭壇を睨み付けていた。どちらも整った顔立ちで、更紗が二人の血を色濃く受け継いでいることは一目見て分かる。

中年男性が夫人に支えられ式場を後にする。男性はおいおい泣きながら、「なんで、なんでだ」とまた繰り返していた。

「なんで、あ、あんなに可愛い子が……」

悲痛な声が遠ざかって消える。舞香は同時に二つの思考をしながら、男性の背中を見ていた。

結局はそこか、というのがまず一つ。更紗が可愛くなければ、彼はあれほど嘆き悲しんだろうか、という下衆な疑念だ。入り口で足立に対して抱いたのと同じ、卑屈とも言える疑問。

もう一つは単純な同意だった。羽村更紗は何故自殺したのか。

あれほど美しい彼女が、死を選ぶ理由が思い付かない。

それだけではない。更紗は聡明だった。テストの点はもちろん授業態度もよかった。

ただ見た目がいいだけではなかった。だからこそあれほどの地位を手に入れることができたのだろう。

取り巻きの女子も言い寄ってくる男子も、意のままに操っていた。クラスを支配していた。分かりやすく命令したり、圧力をかけたりこそしないものの、自然と周囲が言いなりになってしまう。そんな力を持っていた。教壇から見ているだけでも、彼女がクラスに君臨しているのは明らかだった。

誰もが彼女に注目していた。彼女の行動の一つ、発言の一つ、わずかな仕草、表情の変化に魅入られていた。担任でしかない舞香にさえ、更紗に数多《あまた》の視線が注がれているのが分かった。授業中もそうでない時も。

「小谷先生」

舞香は彼女の声を思い出していた。「涼しげ」と表現したくなる、どこか冷めた声だった。

先月の放課後のことだ。何の用事だったか教室に残っていると、更紗が話しかけてきたことがあった。珍しく一人で、取り巻きは誰もいなかった。

「先生はどうして学校でメイクしないんですか」

「え？」

舞香はすぐに訊き返す。

「ちょっとはしてるけど、あれかな、顔色悪い？」

更紗は張り艶のよい頬に微笑を浮かべていた。

「や、日曜に駅前でチラッと見かけて。その時は全然違ったから。夕方くらい」

人違いではなさそうだった。ちょうどその時間、その場所で大学の同期と待ち合わせていた。が、舞香が知りたいのはそこではなかった。

「なんでそんなこと訊くの？」

率直に訊く。下手に深読みして余計なことを言うのは避けたかった。

「もったいないですよ。先生ちゃんとメイクした方が綺麗ですもん」

更紗はきっぱりと答える。笑顔のまま小首を傾げている。

「……それって」

相手は子供だ、思っていることをそのまま口にしただけだ。そう考えながらも舞香はつい訊いていた。あくまで穏やかにさりげなく、いつもの表情で。

「それって普段はブスってこと？」

「や、そうじゃないです」

更紗は平然と首を振った。長い髪がなびく。

「先生はそのままでも普通に綺麗ですよ」

軽やかに言う。

「そっちの方が好きなやつはいると思う。緒方《おがた》とか川崎《かわさき》とか」

男子の名前を挙げる。どちらも影が薄い、いわゆるオタクの生徒だ。

「えっと……」

「でも先生はメイクした方がいいです」

更紗は当たり前のことのように、

「もっと綺麗にできるのにしないのはおかしい」

と言った。

舞香は困惑していた。額面どおりに受け取るべきか、ぜんぶ皮肉、当てこすりの類と受け取るべきかつかめずにいた。いずれにしても心は乱れていた。自分の半分も生きていない女子生徒に掻き乱されていた。そして一つの結論に辿り着いた。

舞香はアハハと殊更な笑い声を上げて、

「あのねえ、したらしたで今度は厚化粧とか言うんでしょ？　厚塗りババアとか」

冗談めかして訊いた。入念に化粧をした女性教諭を、学生の頃の舞香は陰でそう呼んでいた。友達とそう呼び合って嗤っていた。今の子も似たようなことをするに違いない。女性教師は全員ババアで、化粧をしたら厚塗りと嘲笑するだろう。

「言わないですよ」

更紗はまた断言した。口元は笑っていたが目は真剣だった。突き刺すような視線が舞香を射貫く。つやつやした形のいい唇が開く。

「先生、もっと自分に自信持ってください」

自分の言うことを他人は全て受け入れ、従うに決まっている。そんな確信に満ちた口調だった。廊下から男子が呼ぶ声がして、彼女は「じゃあ」と輝くような笑みを浮かべて立ち去った。

しばらくの間、舞香は教壇の前で立ち尽くしていた。

「ひいーっ」

奇妙な声が式場にこだまし、舞香は我に返った。ふーっ、ひーっ、と声が連続する。パイプ椅子に座っている女子生徒が、苦しそうに口をパクパクさせていた。クラスの鹿《か》野《の》真実《まみ》だった。のっぺりした顔は涙で濡れ光り、目は虚空を見つめている。ハンカチを握り締めた手を胸に当てて身を捩《よじ》っている。

過呼吸だ。そう思った瞬間、葬儀会場のスタッフと深川が彼女に走り寄った。真実を左右から抱え上げ、式場から連れ出す。

あっという間の出来事だった。舞香は動けなかった自分を恥じて俯いた。指先で数珠を弄《いじく》る。列は再び進み出す。ざわついていた式場が徐々に静まり返っていく。真実の後を追うのか、出て行く女子生徒の姿も見えた。

真実があるなるのも当然と言えば当然だ。舞香は納得していた。クラスメイトもそう思うだろう。

彼女は羽村更紗の熱心なファンだった。グループは違う。特に親しかったわけではない。それでも休み時間や放課後になると、彼女は更紗に話しかけていた。緊張した様子で、おうかがいを立てるかのような低姿勢で。

そして更紗が何か答えるたびに、心の底から嬉しそうにしていた。授業中もうっとりした目で更紗を見つめていた。他の生徒とは明らかに異なる、憧れと敬意に溢れた視線だった。

つまり真実は更紗を崇拝していた。信者だと言ってもいい。十代女子には決して珍しくない心理だ。それに相手は更紗だ。彼女を崇め奉りたくなる気持ちは、決して突飛なものではない。

すぐ前の若い男性が焼香を始め、舞香はその作法をさりげなく確認する。自分の知っているものと同じだ。抹香を指で摘み、礼をするように目の高さまで掲げて、香炉に落とす。男性は一連の動作を三度繰り返した。手を合わせ一礼し、脇に退く。

舞香はゆっくりと前に進み、遺影に合掌した。

「お顔を拝見しても構いませんか」

斜め後ろから先の男性の声がした。「あの……最後に一目だけでも」

抹香を摘みながら、舞香は棺に視線を走らせていた。大きな白い布が全面に掛けられていて、棺そのものは見えない。覗き窓さえも覆い隠されている。

「そこを何とか」

男性はなおも懇願している。舞香は機械的に抹香を摘んでは掲げる。

うう、と嗚咽がする。母親だろうか。

舞香は再び合掌する。

「でも」

男性がすがるような声で言った瞬間、

「いい加減にしろ！」

怒号が飛んだ。反射的に振り返ると、更紗の父親が立ち上がっていた。男性を血走った目で睨みつけながら、

「……お引き取りください。お願いします」

青ざめた顔で言って、深々と礼をした。痩せた身体が折れそうなほど震えていた。

翌日の告別式は、通夜より更に派手だった。参列者も大勢いた。年恰好から察するに父親の関係者らしい。生徒を引率して参列した舞香は少なからず圧倒された。

更紗の母親は悲しむことに疲れたのか、人形のように無表情だった。父親もまた感情をまるで見せず、参列者に機械のように頭を下げていた。

鹿野真実は式場に現れた時点で号泣しており、式の最中にまた過呼吸を起こした。今度は舞香が彼女を抱えて、スタッフに導かれるまま休憩室に連れて行った。

「ごめんなさい」

呼吸が落ち着いてしばらくして、真実がそう囁いた。

畳敷きの休憩室の片隅。タオルケットをかぶって仰向けになったまま、彼女は「ショックすぎて」と、か細い声で続ける。

泣きはらした顔をゴシゴシと拭うと、真実は訊ねた。

「これ……夢じゃないんですよね」

「夢じゃないよ」

傍らに足を崩して座っていた舞香は、簡潔に答えた。ペットボトルの緑茶を差し出す。

真実は起き上がって受け取ったが、開封はせずにいた。思い詰めたような表情で畳を見つめている。

「先生」かすかな声で呼ぶ。

「うん?」

「……なんで死んだんですか、さら様は」

真実は顔を上げずに訊いた。

「まだ分からない」

舞香は率直に答える。「遺書は見つかってないし、先生も何も聞いてない」と事実を付け加える。あれこれ憶測はしていたが、ここで話すことではないと判断していた。

ハンカチを握る真実の手に、少しずつ力が入るのが見えた。

「先生、悲しくないんですね」

震える声で訊く。

「さら様が死んでもどうでもいいんですね」

あっという間に目が潤んだ。ニキビの目立つ頬に涙が伝う。

間違った、と舞香は心の中で歯噛みした。さっきの回答は真実の意にそぐわないものだったらしい。言い方が不味かったのだろう。そうでなければ、きっと——

「先生だけじゃない。みんなそうだ」真実は顔を覆うと、「誰も泣いてないし。悲しんでるフリしてるだけで、ほんとは誰も」

ううう、と泣き始めた。彼女の背中を擦《さす》ろうとして舞香は思い止まった。これも正しい対応か分からない。不正解かもしれない。

舞香はさめざめと泣く真実を見つめることしかできなかった。

落ち着いた真実と式場に戻ると、出棺のタイミングだった。参列者と連れ立って式場を出る。霊柩車がクラクションを長々と鳴らして駐車場から国道へと走り出る。

見送る参列者をそれとなく眺めているうちに、舞香は気付いた。

大人たちはほとんどが泣いていた。男子生徒も泣いているか、そうでなくても沈痛な面持ちだった。

女子生徒は一様に無表情だった。

傍らの真実がまたもや「ひーっ」と苦しげな呼吸をし始め、舞香は慌てて彼女の身体を支えた。


クラスの変化に気付いたのは翌日の終礼だった。

秋の文化祭に関するプリントを配り、舞香はクラスの出し物について説明を始めた。体育館での発表、もしくは教室での展示いずれか一つ。食品や物品の販売は禁止。

つまり地味だ。舞香は心の中でひとりごちた。学園ドラマで見るような開かれたイベントではなく、露店もなければ部活動の発表もない。学芸会と呼ぶ方がしっくりくる催しだ。保護者や関係者の観覧は歓迎されてはいるが、聞くところによると例年そう多くは来ないという。裏返せば、こんな小規模な催しだからこそ、受験を控えた三年生でも参加が義務付けられているわけだ。

「メイドカフェとかも駄目だよ」

舞香は言った。自分の言葉を引き金に、頭が勝手にイメージしてしまう。メイド服を着た更紗がお盆を手に「お帰りなさいませ」と微笑する姿を。お盆には極彩色のチョコスプレーがトッピングされた、豪華なパフェが載っている。そんな細部まで想像してしまう。

「金曜のホームルームで何するか話し合うから、みんな考えておくこと」

クラスを見回した。生徒たちは一様にぼんやりして、あさっての方を向いていた。机を見つめている者もいる。

聞いてるの、と問おうとして舞香は躊躇《ため ら》った。おかしいのは自分、学校の方だ。クラスメイトが自殺したその週に、文化祭について話し合えという方が不自然だ。

「……辛いのは分かるけど」

言おうか言うまいか迷いながら、舞香は伝えた。

「先生も正直キツいけど、二組だけやりません、ってわけにはいかないの」

生徒たちをそれとなく眺め回す。誰も自分と目を合わせようとしない。

更紗の席にある、真っ白な百合の花だけがこちらを向いていた。告別式の日に真実が花瓶ごと持参し、供えたものだった。

ぼんやりした空気のまま終礼は終わった。

職員室に戻り席に就くと、隣の足立に声をかけられた。

「二組、変わっちゃいましたね」

「足立先生もお気付きですか」

「いや、気付いたもなにも」彼は眉間に皺を寄せて、「ぼーっとしてるっていうか、緊張が解けたみたいになってて。誰を当てても聞いてないとか連発して。もう授業にならなかったですよ」

「それマシな方だよ」

向かいの英語教師、三井《みつい》が立ち上がった。禿げ頭を撫で擦ると、

「俺なんかさっき授業中に泣かれたよ。教科書読ませてたらいきなり」

呆れた様子で言った。

「鹿野さんですか？　鹿野真実」

舞香は訊く。

「いやいやいやいや」三井は黒縁眼鏡の奥の目を大袈裟に開いた。「永井《ながい》だよ、永井勝《まさる》」

「ああー」

足立は納得した表情を浮かべた。舞香もまた腑に落ちていた。更紗と仲良くしていた

男子生徒の一人だ。思い返せば終礼の時、彼はどこかぐったりしていた。目も充血していた気がする。

「いやまあ分からなくもないけどさ、それに間も悪いっていうか」

三井は腕を組むと、

「今やってる長文、登場人物にSarahって子がいるんだよ。で、読ませてたのもまさにその子が喋ってるとこで。いや最悪のタイミングだよね」

いや参った参った、と繰り返した。

「女子はどうでしたか」

舞香はふと気になって訊ねた。出棺の時の女子生徒を思い出していた。一様に無表情で、何も思っていなさそうな顔を。

「端的に言うとシラケてたね。さむーい感じ」

三井は身を竦《すく》めたが、不意に「あ、ていうかね」と再び目を丸くすると、

「授業終わったら、野島《のじま》がケタケタ笑ってたよ。明らかに永井見て」

声を潜めて言った。

「んで周りの女子も同調するような感じでフフフって」

「むう」

足立が唸った。「そうなるか」と真面目な顔でつぶやく。舞香もつい頷いて同意を示

していた。

野島夕菜《ゆうな》は更紗のグループの一員だった。特に親しかった、と言ってもいい。二人で連れ立って歩いているのを廊下でよく目にしていた。言わば「ナンバー2」だ。更紗の次に可愛く目立つ女子生徒。夕菜の方がタイプだ、と公言していたのは学年主任の深川だったか。

整った美貌の更紗と違い、夕菜の顔は全体的に幼い。そして小柄だ。本人は子供っぽく見られることが嫌らしく、制服の着崩し具合も小物も分かりやすいほど派手にしている。髪も咎められない程度に明るく染めているし、眉も流行を意識して濃く太い。声は鼻にかかって甘く、アニメ声という形容がしっくり来るが、これも本人は気に入らないらしい。

「メシ食おーよ」

夕菜が更紗に話しかける姿が目に浮かんだ。いつだったか、四時間目の授業が終わった直後のことだった。彼女は弁当箱の入った巾着を手に、

「食堂行く?」

と訊いた。

「ここでいい」

更紗はそっけなく答えると、レジ袋を学生鞄から引っ張り出した。夕菜は一瞬ひるん

だが、すぐに笑顔になって更紗の隣の席に腰を下ろした。弁当箱を開ける。親の手製かそれとも自作か。五穀米と筑前煮とトマト、野菜中心の健康的な中身が見えた。

「またダイエット？」と更紗。

「そそ。不摂生が祟っちゃってさー」

夜中にソシャゲをしながらピザとコーラを食ったから云々、と自嘲気味に夕菜が説明するのを、更紗は興味なさそうに聞いていた。レジ袋から大きな何かを取り出す。

見るからに大量の砂糖とバターを使っているらしい菓子パンだった。分厚いデニッシュ生地にはチョコレートがかかっている。透明な包装紙に「ドカ盛りホイップ」「鬼カロリー1500」と胸焼けしそうなキャッチコピーが躍っている。

「大変だね」

包装紙を開けると、更紗は菓子パンに齧《かじ》り付いた。

「うわあ、絶対太るっしょ。あとニキビとか凄い出そう」

夕菜が眉を顰《ひそ》めて言うのを、

「全然」

更紗はあっさりと否定した。考えたこともない、と言わんばかりの表情で、ホイップクリームに塗れた唇を拭う。夕菜はアハハ、さらちゃんはそうだよねー、と気まずい笑いを浮かべていた。口元が引き攣っていた。そこまで見たところで舞香はそっと教室を出た。

美貌を誇る更紗が、後続の夕菜を蹴落とした。自分の方が美しい。生来美しくあるから美しくなる努力も、美しくあり続ける努力も要らない。そう誇示してみせた。意図したものかは分からない。〝持つ者〟の企まざる振る舞いなのかもしれない。いずれにしても、あの時の彼女の言動はそんな風に見えた。

であれば更紗がいなくなった今、夕菜はどんな行動に出るのか。クラスでどう立ち回るのか。既に彼女は動き出しているらしい。

三井の発言をきっかけに、舞香はあれこれ想像を巡らせていた。

文化祭の出し物は第一候補が「お化け屋敷」、第二が「モニュメント作製」に決まった。後者は言い換えれば「教室で大掛かりな美術作品を展示する」という曖昧《あいまい》なものだったが、これは第一候補が他のクラスと重複した場合にのみ検討すればいいだけの、言わば保険だった。

意外なほどすんなりと候補がまとまったのは、夕菜が率先して意見を出したからだった。上位グループのメンバーらしく「うちのクラス最高！」と堂々と言えるタイプなのは分かっていたが、リーダーシップを発揮するとは舞香も想像していなかった。

「じゃあさー」

ホームルームの最中。クラスの中央の席で、夕菜は言った。

「土日どっちか『即死迷宮』行こっか、取材っていうかリサーチで」

グループの仲間に視線を向ける。「いいよ」「こわー」と周りの男子が口々に反応する。近くの遊園地のお化け屋敷のことだ。先月始まったばかりだが早くも話題になっている。

「カバちゃんも来る？」

夕菜は教室の後方に声をかけた。「カバちゃんこーゆーの好きそう」

最後列で巨大な身体がぐらりと傾いた。椛島《かばしま》希美《のぞみ》が膨らみ汗ばんだ顔を夕菜に向けると、太い声で言った。

「いやー、自分は無理です」

「なんで？　怖がりなの？」

夕菜は半笑いで訊く。希美はぶるぶると顔を振ると、

「正直に言いますよ――狭くて入れません」

大真面目に言った。身振りで自分の巨体を示す。

クラスが中くらいの笑いに包まれた。爆笑するのは不謹慎だが、自虐ができる希美の場合はある程度許される。その計算を経て出力された適切な笑いだった。

舞香は立場上「やれやれ」の表情を作りながら、生徒たちの様子を観察していた。

鹿野真実が口を隠して笑っていた。永井勝は歯を見せて笑っていた。

ずっと我関せずな態度だった中位および下位の生徒たちも、控えめながら笑みを浮かべていた。長い髪で顔をほとんど隠した宇佐美寧々《うさみねね》も、真っ赤なニキビ面の倉垣《くらがき》のぞみも、大きな身体を丸めている川崎修《おさむ》も、触れると折れてしまいそうな緒方朋久《ともひさ》も、大きなマスクをした九条桂《くじょうけい》も。

不安定だったクラスがわずかにまとまっていた。夕菜の仕切りと希美の発言で。新たに頂点に立とうとしている女子と、どこにも属さないピエロの女子のおかげで。

クラスが「更紗がいない」ことを前提に変わりつつある。舞香はそう感じながら、クラスが静まるのを待った。

翌週。舞香が萎《しお》れた百合を片付けたのと同じ頃、上位グループは夕菜を中心に集まるようになっていた。他の生徒もどこか伸び伸びと、リラックスした様子だった。

授業態度も元に戻っていた。というより良くなっていた。

「変な喩《たと》えだけどさ」

昼休み。職員室で三井が眼鏡を押し上げると、

「羽村王朝が終わったわけだよ。羽村の統治が」

「ですね」

足立が頷く。あれ以来、二人は常にこの話題で盛り上がっている。舞香は会話に参加

するのを止めていた。

「新体制は野島か。まあ妥当な線だな」

三井はしたり顔で頷いて、

「そうそう、荒木香織《あらきかおり》と小原五月《おはらさつき》が思いっきり擦り寄ってたよ。授業終わったらベタ付きでさ」

「でしたね」足立が再び頷く。「羽村から乗り換えた、ってことですか」

「そりゃそうでしょ。二人とも絵に描いたような腰巾着だから。ねえ小谷さん」

「ええ、まあ」

最小限の言葉で答える。痩せて頬骨の目立つ香織と、〝アンパンマン〟なる仇名で呼ばれることもしばしばある五月。どちらも更紗に――というより、クラスの最高位に尻尾を振っていた。更紗亡き後、夕菜に宗旨替えするのは当然といえば当然だ。舞香は自分の学生時代を思い出していた。腰巾着、犬、虎の威を借る狐、取り巻き、スネ夫、金魚の糞。そう呼ばれるような立ち振舞いをする人間は、小中高大のどこにでもいた。女子だけでなく男子にも。

「……残酷ですよね」

足立がぼそりと言った。「切り替えが早いというか。告別式の時も、どこか冷めてたというか。男子は全員ショックだったみたいですけど」

「男はほら、繊細だもん」

三井は真顔で言い切った。「女はスパッと次に進めるよね。男と別れる時も友達が死んだ時も」

どこか嬉しそうに、誇らしげに、

「ほんと女って怖いね、JKでも」

とまとめる。舞香は溜息を押し殺して机に向かった。授業の準備を進める。五時間目はまさにその「新体制」の二組だった。

チャイムが鳴ると同時に教室に入る。生徒たちがぞろぞろと席に戻り、委員長の山岸《やまぎし》の号令に合わせて「起立」「礼」「着席」する。先週の落ちつかない空気はまるで感じない。三井の言い草には感心しなかったが、舞香は同意せざるを得なかった。三年二組
「スパッと次に」進んでいる。女子を中心に。野島夕菜を新たな頂点にして。

椛島希美が隣の男子に変顔をしてみせる。男子は派手な引き笑いをして、慌てて口をつぐむ。鹿野真実は落書きでもしていたのか、ゴシゴシとノートに消しゴムをかけている。

当の野島夕菜は、斜め後ろに座っている同じグループの中杉千亜紀《なかすぎちあき》と駄弁っていた。姿勢にも声の大きさにも、今までにないほどの貫禄があった。

「ごめん、それ取って」と中杉千亜紀が夕菜の机を指差し、夕菜は悠然と机の上のスマ

ートフォンを摑んで手渡す。

「チアキ、カバー買い換えたんだ？　かわいいじゃん」

「うん、ありがと」

黙って待ったがお喋りを止める気配はない。そろそろ声をかけようか、と思っていると、千亜紀がこちらの視線に気付いた。受け取ったスマートフォンを素早く机に仕舞う。携帯電話をはじめ情報デバイスの類は、校則で持ち込み禁止だった。

夕菜は動じた様子もなく、平然と舞香を見上げていた。

「今日から『木曾最期《きそのさいご》』をやります」

舞香は教科書を開き、授業を始めた。『平家物語』の冒頭は済ませている。概説も教えてある。木曾義仲が平氏を相手に快進撃を繰り広げ、京の都に凱旋するくだりを簡単に説明し、生徒へ質問しながら、彼が頼朝の軍勢に追い詰められるまでを伝える。

「じゃあ最初から読んでみようか。椛島さん」

希美は「はあい」と野太い声で答えて、「木曾左馬頭《きそのさまのかみ》……」と読み始めた。

授業はスムーズに進む。朝から降っていた雨は止んでいた。雲から太陽が顔を覗かせ、窓際の生徒がカーテンを閉める。

「ここ、地の文は簡単だけど、鎧や武具の名前が大変だね。こないだ配ったプリントを出して」

紙の鳴る音。咳払い。早くも眠そうにしている生徒もいなくはないが、基本的に全員が真面目に話を聞いている。

「はい、じゃあ次の文章を――」

引き寄せられるように、舞香は夕菜を指名した。彼女は「はーい」と子供のような声で返事をして、ゆっくりと続きを読み進める。

「昔は聞きけん物を、木曾のかんじゃ」

「そこは『かじゃ』ね」

夕菜は「くーっ」とわざとらしく言うと、

「……冠者、今は見るらん」

再び音読を続ける。舞香は机と机の間を歩きながら、クラスの様子を窺う。ノートにメモを取っている生徒、近付くと慌てて教科書に視線を向ける生徒。頬杖を突いている生徒は居眠りだろうか。

「甲斐の一条次郎とこそ聞け……」

椛島は狭そうに身体を縮めて教科書を見ていた。永井は欠伸を嚙み殺している。倉垣はノートと教科書にくっ付きそうなほど顔を近付けている。

「たがひ、によ、いか、たきぞ……」

「『互いに』『良い』『敵ぞ』ね」

「……たがひによいかたきぞ」

教室の後ろに辿り着くと、机の列を回り込んで前に向かう。

「義仲うって、兵衛佐《ひょうえのすけ》にみせよ、や」

少し間を空けて、夕菜は音読を再開した。

「……とて、をめいて駆く」

舞香は何気なく夕菜に目を向けた。

目に映っているものの意味が分からず、戸惑いながら焦点を合わせる。

夕菜の顔が真っ赤に腫れ上がっていた。

両頬と額にはいくつもの細かい突起ができていた。突起の先端が見ているうちに白く濁る。

ニキビだ、と舞香は気付いた。

夕菜の顔にニキビが吹き出ている。今まさにこの瞬間に。次々に。大量に。

「一条次郎、只今なのるは大将軍ぞ」

当の夕菜はまるで気付いた様子もなく教科書を読んでいる。舞香は歩くのを止めていた。変わりゆく夕菜の顔から目を逸らすことができなくなっていた。

「あますな者ども」

幼い顔は密集したニキビで埋め尽くされていた。無数の蛆《うじ》が湧いているようにも、顔全体が溶けて煮え立っているようにも見えた。鼻の頭がぷっくりと膨らみ赤らんで、即座に白くなる。膨張し薄くなった皮膚の向こうで膿が揺れる。

「もらすな若党、うてや」

そこまで読んだ瞬間、鼻の一際大きなニキビが破裂した。

机に置いた教科書に、膿と血と透明な汁が飛び散った。

裂けたニキビから音もなく、二滴三滴と新たな血が滴《したた》る。

「……え」

教科書を呆然と見つめながら、

「え、なに？」

夕菜は鼻に指を当てた。指先を見て目を見開く。隣の男子が顔を上げるなり息を呑み、ガタンと派手に椅子を鳴らして身を引く。

「なに、どうしたの？」

戸惑いの笑みを浮かべながら夕菜は隣の男子、そして周囲に顔を向ける。周りの全員が呆然とした表情で彼女を凝視する。

「野島さん……」

舞香はどうにか呼びかけた。夕菜は血と膿で濡れた手を中途半端に固定させたまま、舞香を見上げた。

無数のニキビ、いや腫れ物がぽこりと一斉に膨らんだ。顔が顔に見えなくなった瞬間、

「あうっ」と声を上げて夕菜は顔を両手で覆った。

指の間から赤と白の体液がどろどろと溢れ出た。

うわ、と男子の叫び声がした。周囲の生徒が一斉に立ち上がり、椅子を鳴らして後ずさる。

「野島さん！」

舞香は駆け寄って彼女の肩に手を掛けた。途端に払いのけられる。

夕菜は半分だけ顔を隠して立ち上がった。見えている半分は血まみれだった。破裂した皮膚が垂れ下がり、体液でぬらぬらと照り光っていた。血膿が顎から首を伝い、ブラウスの衿を赤く染めていた。

「うう、う」

うめき声を上げながら、夕菜はクラスメイトたちを睨み付けた。食いしばった歯も血で汚れている。息を呑む音、堪《こら》えた悲鳴が教室のあちこちから聞こえる。

「まさか……」

夕菜はつぶやいた。

「じゃあ、さ、さらちゃんも、ユ、ア、フ、レ、ン、ドの」

呆然と教室を眺め回す。すぐ側の舞香のことはまるで目に入らないかのように。

頬から新たな血と体液が流れ出ていた。

「嘘だろ……本当だったのかよ」

夕菜が囁いた。目は呆然と虚空を眺めている。笑っているようにも泣いているようにも、驚いているようにも見えた。舞香は意を決して呼びかけた。

「野島さん、保健室に行こう」

再び歩み寄ろうとしたその時、
ぱしゃ
聞き慣れた音が教室に響き渡った。シャッター音だ。その意味するところを悟った瞬間、舞香の全身に悪寒が走った。

夕菜の目が怒りでぎらりと光った。

「誰？」

これまで聞いたことのないほど低い声で、全員に呼びかける。生徒たちは一様に互いを見つめ、小刻みに首を振るが、誰も声を上げない。

「誰だよ」

夕菜はわなわなと唇を震わせる。顔を押さえた手と手首に、幾筋も血膿が流れている。呼吸が乱れている。

「誰が撮った？　これもさらちゃんも、お前がやったんだろ？　おまじないをかけたってことだよな？　なあ、誰だ？　言えよ」

皆に向かって問いかける。机にぶつかってよろけ、くそっ、と大きく毒づく。呼吸が更に乱れ、肩が激しく上下する。

「野島さん、落ち着い――」

「馬鹿にすんなっ！」

喉が千切れるような叫び声を上げて、夕菜は舞香を突き飛ばした。椅子に足を取られ舞香はあえなく床に転ぶ。尻を激しく打ち付けて思わずうめき声が漏れた。

「お前か！」

夕菜が怒鳴りながら、近くにいた白いマスクの女子――九条桂に摑みかかった。桂は「いやっ」と叫んで跳びすさった。目は恐怖で見開かれている。

「ちくしょう、ちくしょう、ちくしょう……」

夕菜は繰り返していた。口元には赤い泡が立っていた。

血に濡れた顔が歪んだ。「あううっ」と叫ぶと頭を摑み、髪を搔き回す。

血が彼女の周囲に飛び散った。床も机もノートも、赤と白と透明の液体で濡れ光る。女子も男子も悲鳴を上げて更に夕菜から遠ざかる。

「うううッ！」

振り絞るような声を上げると、夕菜は駆け出した。パン、と叩き付けるように扉を引き、猛然と教室を飛び出す。泣き声とも呻き声ともつかぬ声が、廊下から何度も響いて遠ざかって途絶えた。

教室は静まり返っていた。生徒たちの殆どは壁や窓に張り付くようにしている。目と顔を真っ赤にして泣いている女子。顔面蒼白の男子。吐き気を堪えているのか、口元を押さえている男子もいる。中杉千亜紀が倒れた机の側で立ち尽くし、放心していた。その青ざめた頬と白いブラウスに、夕菜の血膿が点々と散っている。

「大丈夫すか？　着替えた方がよくない？」

椛島希美がおずおずと声をかけたが、千亜紀は「え……？」と答えたきりで何の反応も示さなかった。あまりのショックに感情がどこかへ行ってしまったらしい。舞香は足腰の痛みに堪えながら、ゆっくりと立ち上がった。

昼だというのに、いつの間にか暗くなっていた。

カーテンの向こうからざあざあと雨音が聞こえていた。

野島夕菜が保護されたのはその日の午後九時だった。国道沿いをずぶ濡れで歩く彼女を見て、通行人が警察に通報したという。それまでどこにいたのかは分からなかった。両親や医師や看護師の質問に、何の反応も示さないらしい。職員室で夕菜の母親から連絡を受けた舞香は、すぐに病院に向かった。

個室のベッドに夕菜は寝かされていた。すぐ側で両親が暗い顔で身を寄せ合っていた。

夕菜の顔は目と口を除いて包帯で覆われていた。目はぼんやりと虚空を見つめ、唇は震えている。目の周りも口の端も赤く爛《ただ》れ、透明な体液で濡れていた。

「……ちくしょう……」

かすれた声で夕菜が囁いた。ちくしょうちくしょうと繰り返す。

母親がハンカチを顔に押し当てて嗚咽した。その肩を父親が抱きしめる。

舞香はその様子をただ眺めていた。何も考えることができなくなっていた。

頭に浮かぶのは夕菜の言葉だけだった。

(じゃあ、さ、さらちゃんも、ユアフレンドの)

誰だ。

第二話

今から千年ほども昔の話である。こゝらに大あばたの非常に醜い女があつた。あばたの女は若い男に恋して捨てられたので、彼女は自分の醜いのを甚く怨んで、来世は美しい女に生まれ代わって来ると云つて、この海岸から身を投げて死んだ。

——岡本綺堂「五色蟹」

ちくしょうちくしょうと繰り返してわたしたちを睨みつける、野島夕菜の血まみれの顔を思い出していた。彼女が教室を飛び出した後のことも。顔に突然できた大量の腫れ物がいっぺんに破裂したらしい——彼女の近くの席の男子たちがヒソヒソとそう話していた。瞬間を目の当たりにできなかったのが口惜しい。

回想を打ち切ってわたしは大きく息を吐いた。暗い部屋。寝返りを打ちタオルケットを抱いて壁に背中をくっつける。

信じないわけにはいかなかった。もう間違いないだろう。わたしには姫のおまじないが使える。姫の恨みを受け継いでいる。ユアフレンドを手にして、使いこなしている。すべて望みどおりとは言い難い。タイムラグだってある。制約どおりとは言え、一番叶えたいたった一つの望みは決して叶えてくれない。

姫の顛末を考えれば辻褄は合っている。あんな目に遭ったからこそ、こんな呪いを生み出した。ユアフレンドの記述も実に周到だった。

理屈として正しい。でも感情的には納得できない。この呪いは、おまじないは皮肉だ。姫にすがる人間を姫は決して救わない。家で何度も試して全て失敗に終わり、わたしは嫌というほどその事実を思い知っていた。

野島夕菜は生きているらしい。

昨夜保護された、と小谷は今日の終礼で言っていた。命に別状はないという。それ以上のことは説明しなかった。

ざまあみろと思った。可愛い顔が台無しになって可哀想だね、と心の中で嘲笑《あざわら》った。でもそれ以上に彼女が生きていて安心した。事あるごとにわたしをからかい、裏サイトでわたしをネタにしていた主犯でも、死んでくれればいいとこれまで何度願っていたとしても、実際に死なれると困る。ショックが大きすぎる。

死ぬのは一人で充分だ。いや、一人でも多すぎるくらいだ。

羽村更紗が自殺したと知った時、わたしは自分でも驚くほど動揺した。通夜と告別式に行くだけでも足が震えた。逮捕されるのではないかと有り得ない妄想さえ抱いた。わたしが殺したようなものだと罪悪感を抱いていた。

あんなに嫌な人間でも。自分が恵まれていることを知らない、愚かな人間でも。

だから程度は調整しなければならない。自由にできないとはいえコントロールする努力はした方がいい。そしてみんなに思い知らせた方がいい。野島のおかげで摑みは完璧だ。だけどもう一手要る。どんな風にしよう。どんなことを願えばいいだろう。

どんなことを呪えばいいだろう。

枕元のスマホを摑んでタオルケットを頭からかぶった。ＳＮＳにアクセスする。思い付いたアイデアを書き連ね、書いているうちに湧き上がった思いも書き加える。

ずっと感じたことのなかった感情が久々に胸に広がっていた。笑みが浮かぶのを抑えられない。わたしは気付く。実感する。

この感情は「楽しい」だ。

わたしは楽しい。今のわたしはとても楽しい。

※　※

ゼリー飲料で朝食を済ませると、舞香は洗面所で顔を洗った。鏡の脇の棚から一本の瓶を引き抜き、中身をコットンに染みこませ、顔全体をそっと拭いて皮脂をぬぐい取る。それが終わると化粧水を手に取り顔に塗っていく。ぺちぺちと頰を叩く音が洗面所に響いた。

続いては美容液。その次は乳液。塗り終えるとダイニングテーブルに移動し、ステンレスフレームの四角い鏡を開き、ポーチから化粧品と道具を取り出して並べる。

まずは下地。次はコンシーラー。その次は日焼け止め入りのリキッドファンデーション、そしてフェイスパウダー。眉を描き終え髪を留めると、鏡の中には「仕事用の顔」が出来上がっていた。ポイントメイクをしていない、薄化粧と呼ばれる範疇の顔。

化粧道具を仕舞った頃には早くも疲れ果てていた。

(なあ、誰だ？ 言えよ)

頭に浮かぶのは夕菜の血まみれの顔と声だった。正確な意味は摑めなくても、意思や感情は読み取れる。あの日のあれは何者かの仕業だ——と夕菜は認識しているらしい。

有り得ない、と切り捨てられなくなっていた。それを言い出すなら、人間の顔があんな風に腫れ上がり、波打ち、爆《は》ぜて出血することがそもそも有り得ない。

夕菜が教室であぁなってから、一週間が経っていた。

(先生はどうして学校でメイクしないんですか)

更紗の笑顔が脳裏をよぎる。続いて通夜の様子。遺影。棺の開かない窓。告別式。霊柩車を見送る幽霊のような女子生徒たち。

教室で最も美しい女子生徒が自殺し、二番手の女子が奇妙な怪我を負った。受け持ちのクラスで、おかしなことが立て続けに起こっている。

着替えて家を出て、電車とバスで学校へ向かう。人々の流れも空気も今までと何ら変わらない。最寄りのバス停から学校への道のりで見かける、近隣住民や生徒の顔ぶれもいつもと一緒だった。

職員用玄関をくぐると、深川が靴を履き替えていた。挨拶を交わす。

「生徒たちの様子はどうかな?」

「昨日は五人欠席しました。男子が三人、女子が二人です。どの子も風邪や何かの病気ではないそうで……」

「PTSDってやつかなあ」

舞香は曖昧に頷いた。五人のうち四人は親から電話があったが、いずれも同じようなことを言っていた記憶がある。舞香自身もあの日以来、気持ちは澱《よど》んだままだった。

「まあ、今回は学校がどうこうって話じゃなさそうだから、小谷さんが気に病む必要はないよ」

渋面のまま深川が何か言っている。自分は励まされているのだろうか。フォローされているのだろうか。どちらにしても、如何にも保身に走る管理職が言いそうなことだ。

適当に相槌を打ちながら、舞香は職員室に向かった。

職員会議で教頭から訊かれ、夕菜の容態について説明する。

医師の診断は夕菜の母親から電話で伝え聞いたが、「急性の尋常性痤瘡」という無内容なものだった。「突然ニキビができた」という症状を小難しく言い換えただけで、そんなことは実際に目撃した自分にとっては自明のことだ。要するに医師もよく分かっていないのだ。原因も突き止めてはいないのだろう。

母親が理性的なのが救いだった。激怒して教師に食ってかかり、学校を糾弾する——そういった行動に出てもおかしくない。事実、母親が話していると遠くから「安全管理はどうなってるんだ」と怒気を孕んだ声がした。父親だろう。病室で見た顔はいかにも神経質そうだった。

会議が終わると舞香はすぐさま教室を出た。一時間目の授業は二組だ。どう始めよう。生徒の様子次第ではあるが、二言三言は労りの言葉をかけてやる方がいいだろう。いや、教師風情に理解者のような顔をされるのは不快だろうか。前の学校でも今の学校でも、つかず離れずで生徒たちと接してきたが、こうした不測の——それも極めて特異な——事態の対処法となると、すぐには導き出せない。

思案しながら階段を上っていると、背後から声を掛けられた。足立が小走りで舞香に並び、「心配ですね」と言った。

「そうですね」

「何というかショックですよ。羽村、野島と立て続けに妙なことになって」

辛そうな顔で胸を押さえる。あまりにも月並みな身振りだが、足立の場合は芝居ではなさそうだった。赴任してまだ数カ月だが、同い年のこの男性教諭は素直で純粋だと分かる。

「あんなに溌剌《はつらつ》として、輝いてて、未来に希望を持っていた二人が……」

悲しげにつぶやく足立を見ていると、階上からざわざわと騒ぐ声が耳に届いた。

廊下に出ると人だかりができていた。二組のドアと窓に、他のクラスの生徒たちが群がっている。十数人、いや――もっとか。「マジかよ」「ほんとに?」と声を漏らしている。深刻そうではあるが同時にどこか楽しげだ。現に何人かの生徒は笑みを浮かべていた。

「どうした?」

足立が廊下を蹴って駆け出した。手前のドア側にいた生徒たちが驚いた顔で道を譲る。

舞香は教室に飛び込む足立の後を追った。

二組の生徒たちは一斉に、足立と舞香に注目した。

「何があった?」

足立が訊くと、近くの男子生徒が「いや、あれなんですけど」と黒板を指さした。

〈うるはし〉

黒板の中央左上に、控えめに横書きされていた。

〈みにくし〉

中央右上にはこう書かれている。

いずれも青いチョークで、筆跡を隠したのか不自然に角張っている。或いは利き手でない方で書いたのかもしれない。実際のところ、誰の字か舞香には分からなかった。

〈うるはし〉の下に二枚の写真が縦に、赤いマグネットで留められていた。〈みにくし〉の下にも同じく二枚。

ゆっくり机の間を歩いていた足立が、「これは……」と芝居がかった口調で言った。

〈うるはし〉の二枚は、上は更紗の、下は夕菜の顔写真だった。どちらも制服を着ている。前者はいわゆる自撮りで、更紗は完成された微笑、揺るぎない視線をこちらに向けている。後者はスナップ写真を引き伸ばしたものらしく、画素が粗い。夕菜は向かって右側の誰かに、楽しそうに歯を見せて笑っている。背後の深緑色は黒板だろう。

〈みにくし〉の二枚も顔写真だが、誰だか分からない。

上は皺くちゃの老婆だった。額には深い皺、頬には無数の染み。垂れた瞼で瞳が隠れている。首も骨と皮ばかりに痩せ、弛んでいる。半開きの口から痩せた歯茎と、抜けかけた歯が見えた。髪はあちこちが抜け頭皮が剝き出しになっている。

その下の一枚は奇怪な写真だった。赤いインクか何かを片手で顔に塗りたくり、呆然としている女子が写っている。制服にも赤い点々が付いている。これも背後に黒板が見える。

どこかで見覚えが、と思った瞬間、今更のように気付いた。

これは夕菜だ。

つい一昨日の、あの最中の写真だ。

あの時のシャッター音だ。クラスの誰かが撮ったものだ。

ということは、上の老婆の写真は――

舞香はいつの間にか教壇の傍らにいた。まじまじと四枚の写真を覗き込んでいた。背後で「そんな馬鹿な」と足立が大袈裟に呻《うめ》いている。

老婆の残り少ない髪は不自然に浮いて見えた。風になびいているのとは様子が違う。目を凝らすと背後の茶色い壁が、見慣れたタイルだと気付く。これは壁ではなく床だ。それも教室の床。つまり老婆は仰向けに寝かされている。髪は床に広がっているのだ。

右上の細長い影は、おそらく椅子か机の脚だ。

この写真は――

下部には手が写り込んでいた。角度からすると間違いなく被写体の――老婆自身のものだ。だがその手の甲は染みも皺もなく真っ白で、爪も整っていて瑞々しい。白魚のような指という月並みな形容がぴったりで、顔との齟齬が大きすぎる。顔だけ老いている。

首のチョーカーネックレスが目に留まった。

見覚えのあるデザインだった。彼女がいつも付けている、まさにそのネックレス。

だからこの写真は――

この老婆は、いや、老婆のような顔の女性は――

羽村更紗だ。

こんな顔にされたから、彼女は命を絶ったのだ。

そう因果関係を導き、腑に落ちてしまうほど証拠が揃っていた。そう納得してしまうほど写真の顔は老いさらばえて醜怪だった。

嫌な汗が背中を伝った。

「……これは何？　どういうこと？」

舞香は振り返って生徒たちに問い質したが、誰も答えない。女子たちは一様に目を伏せ、身体を強ばらせている。男子の半分は同様だが、もう半分は互いに顔を見合わせ、何やら目で会話している。廊下にいた生徒たちは自分たちの教室に戻ったらしく、いなくなっていた。

「足立先生、これは」

舞香の質問に、足立はかぶりを振って応えた。が、直ぐに何かに思い当たったのか、意味深に目を見開く。

「いや、そんなことあるわけない……でも、待てよ、そしたらあれは……」

顎に手を当ててブツブツとつぶやく。どうしたのか訊ねてほしいと言わんばかりの仕草に苛立ちながら、舞香は訊ねた。

「どうしたんですか」

「いえ、何でもないです。僕の考えすぎですよ」

薄々想像したとおりの反応に、舞香は徒労感を覚えた。

「なあ、これ、誰がやった？」

足立が訊いたがこれも返事はない。当然だろう。これは明らかに悪意を孕んでいる。どういう意図かは分からないまでも、更紗と夕菜、そしてクラスの生徒を攻撃している。

「最初にこれを見つけたのは？　朝、教室に一番初めに来たってことだ」

質問を重ねる。もちろん誰も反応しない。この場で疑われ追及され、晒し者になるような真似をするわけがないのだ。

「困ったな」

途方に暮れた様子で足立が黒板の方を向き、唐突に目を見張った。視線は四枚の写真の下に注がれている。

黒板に小さく、これも青いチョークで、同じ筆跡で書かれていた。

〈あなたのともだち〉

夕菜の謎めいた言葉が思い浮かんだ。

意味は分からない。断片でしかない。だが同じパズルのピースであることは分かる。組み合わせ方は分からないまでも、無関係では有り得ない。あなたのともだち、ユアフレンド、うるはし、みにくし。

そして自分と違って、生徒たちはパズルの意味を理解しているのだ。加えて足立も。

カラカラ、と前の扉が開いた。教室にいる全員が注目する。

中杉千亜紀だった。遅刻届を手にしている。昨日、体調不良で休んだうちの一人だ。顔色は酷い有様で、夕菜がああなったショックから立ち直れていないのは明白だった。

異変に気付いたのか、彼女は扉の前に立ち尽くした。同級生たちを見つめる。次いで舞香と足立を。さらに黒板を。

「うるはし……みにくし？」

首を傾げて写真を睨む。

「ヤベェだろ」

扉に一番近い席の男子生徒、上江洲《かみえす》俊太《しゅんた》が軽い調子で言った。千亜紀や夕菜、更紗のグループと比較的仲のよい、言わば〝上位〟のグループだ。

上江洲は嘲るような口調で、同時に窺うような視線を周囲に投げながら、

「ただの噂じゃねーってことらしいわ」

「何だ、それ」

足立が口を挟む。上江洲は足立を一瞥すると、

「ユアフレンドっすよ。先生も知ってますよね。聞いたことあるんじゃないすか」

「いや、あるにはあるが、でもあんなものはただの」

「だから、それが違うってことですよ、証拠があれ」

上江洲は顎で黒板の写真を示した。

話が勝手に進んでいる。四月に赴任してきたばかりの自分が知らない何かを踏まえて、目の前の二人はやり取りしている。ユアフレンドとは何だ。噂とは何だ。

「上江洲くん、足立先生、それって――」

「ほんとに？」

かすれた声で言ったのは千亜紀だった。細面から完全に血の気が引き、唇まで青くなっている。目の下の隈も、つい先刻より濃く見える。

「二人とも、その……醜くされたってこと？」

「何言ってんだよ。普通に考えてそうじゃん。野島の件はお前だって見てたし、羽村はその写真が証拠だ。なあ？」

上江洲が近くの永井に声をかけた。永井は困惑しながらも、大きく頷く。千亜紀は教

室を眺め回した。短めのスカートから出た白い脚が、冗談かと思うほど震えていた。目は真っ赤に充血し、まなじりが裂けそうなほど見開かれている。

視線は再び四枚の写真に注がれていた。指の間から遅刻届がこぼれ落ち、はらりと床を撫でた。

「……酷いよ、こんな」

不意に言葉を切ると、千亜紀は直立したまま音もなく嘔吐した。

ぎゃああ、と上江洲が間抜けな声を上げて跳び退《すさ》る。

白目を剝き、ぐらりと体勢を崩した千亜紀を、足立が素早く抱き止めた。

失神した千亜紀を保健室に連れて行ったのは足立だった。異常な事態だが短期間に何度も授業を中断するわけにはいかない、だから小谷さんは授業を——足立の提案は全くの正論だった。

戸惑いはあったものの舞香は平静を装うことを選んだ。四枚の写真を剝がし、青い文字を黒板消しで拭う。いずれの瞬間も、教室の空気が張り詰めたのが分かった。

教壇から見える生徒たちの表情は、どれも一言で言い表せないほど複雑だった。恐れている、怯えている、不安がっている。一方で喜び、楽しんでいるようにも見える。何が起こっているのか。どうしてそんな顔をしているのか。生徒たちにそう訊きたい欲求を抑え込んで、舞香は授業を始めた。

「小谷さん小谷さん、妙なことがあったんだって？」

授業が終わり職員室に戻った瞬間、三井が待ち構えていたように訊ねた。椅子ごと振り返った足立に意味ありげな視線を向けられ、舞香は情報の出所を理解する。

「ええ」

最小限の言葉で答え、出席簿に挟んでいた写真をまとめて渡す。受け取った三井が「げっ」と大袈裟に驚き、周囲の教師たちが何事かと集まってくる。

「これ、本当に？」

「便乗犯じゃないの？　それか愉快犯。あ、どっちもか」

「そりゃそうでしょ」

「でもこんな写真、加工して作れます？」

「できるできる、いま画像加工アプリなんて千個じゃ足りないらしいですよ？」

「黒板に『あなたのともだち』って書いてあったんだってさ」

三井が眼鏡の奥の目を剝いて言うと、職員室がどよめいた。遠くの席の教師たちも、こちらが気になっているらしい。

置き去りにされている心細さと焦燥感が、舞香の中でますます大きく膨らんでいた。

三井を囲んだ教師たちは、変わらず意味の分からない雑談を続けている。

「やっぱり性質《たち》の悪い悪戯ってことかな」

「そのセンが濃厚でしょうね」

「それにしてはリアルすぎる気が」

「いやあ、やっぱりアレが本当だったんじゃないかなあ」

「ははは、冗談きついですよ」

「そんなことありません」

甘えた声がして、ピタリと会話が止まった。三年四組の担任、世界史の青山郁子《あおやまいくこ》だ。ずんぐりした身体に目がチカチカするほどの赤いスーツを着ている。短い黒髪。膨れた丸顔。舞香の頭に浮かんだのは蘭鋳《らんちゅう》だった。

「やっぱり、怨念さんがいるんじゃないでしょうか。でないと説明が付きません」

五十歳前後とは思えない幼い話し方で、皆に目を向ける。ははは、と乾いた笑いがあちこちから上がった。場の空気が一瞬で白けたものに変わっていた。

「何の話ですか」

ここぞとばかりに舞香は青山に問いかけた。いい年をして可愛子ぶりっ子で、野菜や動物、学校の備品など、あらゆる物に「さん」付けする青山は苦手だが、今は気にしていられない。

「マイちゃんは知らないの？」

馴れ馴れしい仇名も今は脇に置こう。

「知りません」

「前の学校で聞いたことない？」

「いえ、全く」

三井の周りに集まっていた教師たちが自分たちの席に戻っていく。足立がこちらを気にしつつも次の授業の準備を始めている。遠くから声をかけてきたのは深川だった。

「教えてあげたらいいんじゃないの？　そういうの得意でしょ、郁ちゃん先生」

生徒たちの間で揶揄気味に使われている愛称で呼んでみせる。

「えー、そんなことないですよう」

深川の皮肉に気付いているのかいないのか、口元に指を添えてもじもじしてみせる青山。もどかしい気持ちが出ないように「お願いします」と頼むと、彼女は「しょうがないな」と勿体ぶって承諾した。

幸いと言うべきか、二時間目は舞香も青山も授業はなかった。頃合いを見計らって青山の席に向かい、声を掛ける。

「ううーん」と小首を傾げて再び勿体をつける青山に、根気よく頼む。人気《ひとけ》のなくなった職員室を意味ありげに見回してから、彼女は近くの壁にもたせかけてある、折り畳み式の丸椅子を手で示した。

舞香が椅子を開いて側に座ると、青山は「どこから話そっかな」と舞香に向き直った。赤い魔法瓶からマグカップに麦茶を注ぐ。遠くの席で三年生を受け持つ古株の男性教師が、にやにやしながらこちらを見ている。舞香は手にした更紗と夕菜の写真に、ちらりと目を向けた。

「さっき怨念がどうとか」

「でもねえ……」青山は小首を傾げた。「あ、そうだ。その学校でしか通じない言葉ってあるよね？」

唐突な問いかけに意表を突かれながらも、「ええ」と舞香は頷いた。ありふれた話だ。現に前にいた高校では、「いじい」という形容詞が生徒たちの間で使われていた。「苛立たしい」「納得がいかない」「不満だ」あたりのネガティブな感情を大まかに表す言葉だ。ルーツは不明だが舞香が赴任するずっと前から、自然と使われていたという。

二十年近く前だが、舞香の通っていた中学には「こばしる」という言葉があった。馬鹿なことをする、といった意味だ。噂によるとかつて在校していたいわゆる「パシリ」の生徒・小林《こばやし》に因《ちな》んだそうだが、真偽のほどは定かではなかった。

この学校にも探せばあるのだろう。いや、馴染めば探さなくても気付くだろう。逆を言えば自分はまだ、ここに溶け込めていないのだ。思わぬところで事実を突き付けられ、舞香は突き放されたような感覚に囚われた。

青山がにんまりと笑みを浮かべていた。

「言葉もそうだけど、噂や逸話もあるでしょ。学校の中だけ、せいぜいその近辺か、行っても学校のある町くらいにしか流布していないお話。物によっては学校の怪談もそうかもね」

「ええ」

「今から教えてあげるのも、そんな類のお話よ。単なる噂、ローカルな言い伝え。作り話。ほとんどの人はそう思ってる。先生さんも生徒さんも、その親御さんもね」

含みのある言い方だった。

「本当は違うんですか」

「事実から言うね。実際にあったことから」

青山はまた唐突に話の方向を変えた。すでに彼女の中ではシナリオができていて、聞き手の質問や合いの手で変更する気はないらしい。授業ではひたすら喋り続けるタイプなのかもしれない。

彼女は周囲を窺い、

「平成元年の二月。三十一年前だから、わたしがここに来る五年前ね。二年生の女子が学校で自殺したの。姫崎麗美《ひめさきれみ》って名前の子」

声のトーンを落として言った。

「飛び降り自殺よ。この校舎の屋上から、そこの」青山はカーテンのかかった窓を指差した。「職員室の前に落ちたの。コンクリートの段差の尖ったところに、頭から突き刺さる形でね。頭蓋骨さんが割れて即死だったんですって。赴任してすぐ古株の先生に聞いたけど、血液さんと脳味噌さんが飛び散って、それはそれは凄惨だったそうよ」

こんな話題でも話し方は変わらないのか、と変な感心をしながら、舞香は無意識にカーテンを見つめていた。

「少しだけニュースになった。いじめの事実は確認できなかった。学校はそう発表したわ。わたしが直接聞いた限りでは、意中の男の子に振られたせいじゃないかって言われてた。要するに遺書だとか、親御さんに愚痴を零《こぼ》すだとか、そういう本人発信の情報がなかったの。でも、先生さんたちはみんな、その子の自殺に納得してる風だった」

「というと？」

「その子、ものすごくブスだったんですって」

青山は言った。

「あれじゃフラれて当然だろう、人生を悲観するのも無理ないだろう、名前負けもいいところだって、数学の先生さんが嗤ってらしたわ。脂ぎってて蝦蟇《ガマガエル》さんみたいな顔した男の先生さんがね。占いやおまじないが好きな子だったそうだけど、それも揶揄してらした──占いで美人になれるなら誰も苦労しないよ、ねえ青山さん──って」

ふふふ、とわざとらしく笑う。

「他の先生さんたちも似たようなものだったわ。ブスだからフラれた、醜かったから命を絶った。当たり前みたいに受け入れてらした。飛び降りる前と後で変化がなかった、なんて仰る先生さんもいらしたわ。当時の教頭先生」

膝の上で拳を握りしめている。

「……酷い話ですね」

「そうよ、酷いわ。今はルッキズムって言うのかしらね」

青山は身体の力を抜きながら、

「でもわたしも酷いの。聖人君子ぶるつもりはないから正直に言うとね、そんな話を聞かされて嫌な気持ちになったけど、こうも思ったの――その子、どんな顔してるんだろう？　ってね」

どくんと舞香の心臓が鳴った。息が詰まる。

青山の言葉は、舞香が今まさに思っていたことそのものだった。義憤にかられながらも抱いてしまった下世話な興味を、見透かされた気がした。こちらの動揺を知ってか知らでか、青山は小さく肩を竦めた。

「分からなかったわ」青山はあっさりと言った。「二年生だから卒業アルバムなんてないし、集合写真なんかは業者が持ってて、流石にわざわざ出向く気にはならなかった。

酷いあばた面だったって先輩先生方から聞いたくらい。残念だった？」

今度の問いは真っ直ぐ突き刺さった。答えに窮して、舞香は「いえ、そんな」と自分でも嘘臭く聞こえる言葉を口にする。青山は悪戯っぽく笑みを浮かべると、

「でね。わたしが着任して二年経って、また自殺があったの。今度も二年生の女子だった。遺書がなかったのも、飛び降りだったのも、頭から落ちてぐしゃぐしゃになったのも同じ。学校じゃなくて自宅のマンションだったけど」

「そう……ですか」

「大きく違うのはね、その子が綺麗だったってこと。道を歩けば誰もが振り向く、そんな表現が決して大袈裟じゃない本当の美人。芸能事務所のスカウトに声をかけられたことも一度や二度じゃないって、担任さんから聞いてたわ」

更紗のことが頭に浮かんだ。かつて同じような生徒がこの学校にいて、同じく自殺していたのか。教師や生徒たちが言っていたのはこの符合のことだったのか。いや、どうもそれだけではなさそうだ。

「それから三カ月後に、また自殺があったの」

「えっ」

「今度は自宅で首吊り。遺書はなかった。その美人さんと同じクラスの女子だった。物凄く太ってていじめられてて、学校も休みがちだった子。美人さんが飛び降りてからは

ずっと登校してなかったのかな、確か」

舞香が相槌を打つ前に話を続ける。

「それから七年後に、今度は三年生の美人さんが死んだ。信号無視で車道に飛び出して、車に轢かれたの。それまで何不自由なく生きてたから事故ってことになったけど。で、その翌月、今度は同じクラスの、美人さんと同じグループにいた、同じくらい可愛い子が学校に来なくなったの。で、数日後に退学した。理由は分からないわ」

今度は夕菜のケースと通じるものがある。

「それから一週間後、またまた同じクラスの子が自殺した。今度はガリガリに痩せたゾンビさん。家が近かったから、朝に道でよく見かけたわ。こういう言い方は失礼だけど、見てるだけでげんなりするような、陰気で不健康そうな子だった。遺書はなし」

話の規模が想定外に大きくなっていた。

「そんなに何人も……」

「事実よ。最初に言ったとおり、事実から話してるの」

事件事故が一度も起こっていない学校は滅多にないが、今回のようなケースを耳にするのは初めてのことだった。美人の女子生徒と、不美人な女子生徒の自殺。これまで漏れ聞こえてこなかったことも意外だった。

青山はマグカップを手にした。麦茶で喉を潤し、話を再開する。

「マイちゃん、占い雑誌って世代じゃなかった？　昔は普通に売ってて、女子生徒がよく学校に持ち込んでたんだけど」

　またしても唐突な問いかけだったが、舞香はもう動じなかった。むしろ積極的に「世代、だと思います」と同意する。懐かしい記憶が頭の中で渦を巻いた。占いやおまじないに熱心な同級生は、小学校にも中学校にも、高校にもいた。彼女らがこっそり持ってきた専門誌を読ませてもらったことは何度もある。恋愛成就のおまじないの効果があって、意中の男子と両思いになった、と喜んでいた者もいた。ならば自分も、という流れにはならなかったが、雑誌の表紙を思い出すことはできる。少女漫画テイストのイラスト、ピンクや水色のキャッチコピー。水玉模様。並んだ星。そうだ、確か雑誌のタイトルは――

　思い出したのと同時に、舞香は顔を上げた。

「……ユアフレンド」

　夕菜と上江洲が言っていた言葉だ。あれは占い雑誌の名前だったのだ。はっきりした符合が意外なところで立ち現れ、舞香の身体に緊張が走った。

「そう」青山はゆっくり頷いた。「で、ここからが噂の核心なんだけど、この学校に通う女子の鞄に、いつの間にか『ユアフレンド』昭和六十四年四月号が入っていることがあるっていうの。実在する雑誌の実在しない号が」

いつもは十二段の階段が、丑三つ時だけ十三段になる――そんな学校の怪談を聞いたことがあるが、それに通じるものを感じる。

「そこには自殺した姫崎さんの遺した、おまじないが書かれているんですって。女子だけが使える、憎い女子を醜く変えてしまう、とても恐ろしいおまじないが」

青山は声を潜め、顔を近付けて、

「もう分かるでしょ。二件目以降の自殺は、そのおまじないのせいなの。ブスで自殺した姫崎さんに選ばれた女子の誰かが、おまじないでクラスの美人の子たちを醜く、醜い子たちをより一層醜くして、自死に追い込んだの。次にユアフレンドが現れるのはいつかな？　次は誰の鞄の中かな？　次は誰がおまじないを受け継いで、誰が醜くなるのかな？　――これがこの学校に伝わる噂〝ユアフレンドのおまじない〟よ。またの名を〝姫の呪い〟。おまじないは漢字で『御呪い』だものね」

と言った。

生徒や教師たちが言っていたのは、このことだったのか。

ただの噂だと思おうとした。ここにだけ伝わる学校の怪談だ、そう斬り捨てようとした。陰惨で自殺の数々を下世話に理屈付けた、オカルト趣味で漫画じみたフィクションに過ぎない、そう一蹴したかった。だが舞香にはできなかった。

更紗の自死。この目で見た夕菜の惨状。そして手元の四枚の写真。どれもユアフレンドのおまじないが存在すること、おまじないに効果があることを裏付けている。そうとしか考えられなくなっている。

クラスの誰かが、姫の呪いを受け継いでいる。

「ユアフレンドが鞄にってのは、もちろん作り話だと思うの。おまじないもね」

青山が表情を弛める。

「昭和六十四年四月号ってのも如何にもでしょ。だから他の先生方がまともに取り合わないのは分かるの。でもね、実際に美人の生徒が何人も死んで、同じくらいブスの子が死んでるの。今年もまた一人死んで、一人の顔が変なことになったの。これは単なる偶然かしら?」

問いかけではなかった。青山の視線は舞香の手元の写真に注がれていた。

「姫崎さんの怨念よ」

彼女はきっぱりと言った。

「怨念がこの学校にいるの。また今回も立ち現れたの。これ、よくある駄洒落が言いたいわけじゃないのよ」

「ええ、はい。そこは」

舞香は答えた。青山が真剣なのは分かったし、仮に冗談だったとしても笑えなかっただろう。手元の写真がべったりと、指に張り付くような感触がした。青山の話を聞いている間に重くなった気さえした。

「他の皆さんと同じように駄洒落で済ませることができたら、楽なのにね」

ぽつりと苦悩らしきものを零して、悲しげな視線を手元に落とす。古株だから、二人目以降の自殺を直接知っているから。それだけではない風に見える。話し振りから察するに、この手の霊的な話を頭から信じているわけでもないらしい。舞香は慎重に言葉を選んで訊ねた。

「……どうして、楽な方を選ばないんですか」

「どうしてかなあ」

青山は言った。今までとは違う、年相応に低く嗄《かす》れた声だった。顔も老け込んで見える。ずっと纏っていた仮面が、このタイミングで剝がれかけているらしい。驚いていると、彼女は一息に言った。

「わたしがこんな顔だから」

「え？」

「マイちゃんも思うでしょ？　金魚みたいでブサイクだって」

「いえ、そんなことは全然」

舞香が答えると、青山は首を傾げた。不思議そうに、というより不審そうにこちらを見つめている。どうしたことだろう。訊こうとしたところで、

「お世辞でも嬉しいわ」

うふふ、と口元をおさえて笑う青山は、元のぶりっ子に戻っていた。キイ、と椅子を鳴らして彼女はデスクに向き直る。もう話すことは何もない、と丸い背中が語っていた。


昼休みの保健室。

窓際のベッドで中杉千亜紀が、身体を起こしていた。口元のニキビが目立つ。やつれ果ててもいる。が、同時に以前より美しくも見える。以前はややふくよかだった顔は無駄な脂肪が削ぎ落とされ、目がより大きく強調されている。更紗や夕菜といる時はヘラヘラと締まりのない笑みを浮かべていたが、今は憂いを帯びた表情が儚げな魅力を放っている。更紗はともかく夕菜には引けを取らないのではないか――

不謹慎なことを考えている自分に気付き、舞香は「大丈夫？」と慌てて声を掛けた。

「最悪」

千亜紀は力なく首を振った。それだけで辛そうにしている。傍らにいた荒木香織と小原五月が、「無理しないで」「寝なよ」と口々に声を掛ける。今度は夕菜から千亜紀に乗り換えた、ということか。確かに千亜紀はグループでは三番手と言っていいが、ここまで露骨だと空恐ろしくなる。

「松雪《まつゆき》センセー、中杉さん本当に大丈夫なんすか？」

胴間声がして振り返ると、椛島希美が養護教師・松雪の両肩を掴んでいた。

「心配で今日は日替わり定食とテンソ二杯しか入らなかったんすよ。このままじゃわたしまで倒れて保健室行きっすよ、ねえ松雪センセー」

「ただの貧血だってば」

小柄な松雪は希美との体格差で一層小さく見えた。難しい顔で千亜紀を見やり、

「まあでも無理はしない方がいいよ。ストレスもあるだろうし」

と呼びかける。千亜紀はほんの少しだけ笑うと、

「わたしなんか心配しなくていいよ、カバちゃん」

突き放すように言った。普段とは違った態度に、舞香は少なからず驚く。ストレスで卑屈になっているのか。

「何言ってんすか、クラスの人が倒れたら心配に決まってるじゃないすか」

「そうだよ、うちら友達じゃん」と香織。五月も力強く頷く。

千亜紀は澱んだ目で一同を眺め回して、小声で言った。

「そう思ってない人がクラスにいるってことでしょ？　むしろ傷付けたい、攻撃したいって思って、実際に行動に移した女子がさ。違う？」

質問の体ではあるが誰に訊いているわけでもない、冷え切った確信の滲む口調。松雪が細い眉の片方を上げた。

「それ、写真のこと言ってるんすよね」

最初に口を開いたのは希美だった。大股でベッドに歩み寄り、貧相な柵を摑む。

「あんなんシカトするのが一番いいですよ。写真の加工は上手だけどそれだけっす。スルーして忘れちゃってください」

「カバちゃん、ユーナちゃんはどうなった？」

ぐ、と口から奇妙な音を出して、希美は黙った。香織と五月が不安げに目を合わせる。

「見たよね？」

千亜紀が念を押すように訊いた。香織が頷き、他の生徒たちが視線で同意を示す。

「先生も見ましたか」

「……ええ」

舞香は答えた。頭には夕菜の赤く濡れた顔が浮かんでいた。その直前、腫れ上がった無数のニキビが、ぶくぶくと蠢《うごめ》く様も。異様な光景を、自分は確かにこの目で見た。

この点に関しては、見間違いや勘違いでは決して有り得ない。

掛け布団を摑んでいる千亜紀の手が、小刻みに震えていた。右目から涙が溢れ、青ざめた頰を伝う。

「ちょっとちょっと」松雪が困ったような笑みを浮かべて、「なに、どうなってんの？」と問いかけた時、後ろのドアがそっと開いた。

「失礼します」

入ってきたのは鹿野真実だった。舞香たちに気付くと一瞬たじろいだが、すぐ無表情に戻ってスタスタと保健室に入って来る。

その後をおずおずと付いて来たのは、同じく二組の女子、九条桂だった。

重たげなボブカットに華奢な身体。長い首の上に小さな顔が乗っている。大きな白いマスクが顔の下半分を覆い隠しているが、左目の周囲の傷は隠し切れていない。大怪我をして以来、マスクを手放せないという。最近のことではないらしいが、詳しい事情は聞けずにいた。

二人は特に親しい仲ではないはずだ。同じクラスとはいえ、連れ立っているのは不自然に思えた。

桂が真実にモゴモゴと声をかけた。

「やっぱり止めようよ、おかしいって」

「おかしくないよ。九条さんの言ってることは正しい」

「でも」

「いいの」

保健室のど真ん中でぴたりと、真実は足を止めた。

「どうしたの？　しんどい？」と、松雪が声をかけた。「お見舞いっすか？」と希美が続く。二人の問いかけを無視して、真実は千亜紀の方を向いて言った。

「とりあえず今日は帰った方がいいよ」

「え……?」

「しばらく休んで。さら様みたいになりたくないでしょ」

ぼんやりと真実の言葉を聞いていた千亜紀の顔が次第に強張り、青い顔がさらに青くなった。

「何を言ってるの鹿野さん」

舞香が思わず口を挟むと、真実はキッと鋭い視線を投げて寄越した。長身の桂が側でおろおろしている。

「あのさ」苛立たしげに香織が言った。「探偵ごっこは止めろってこないだ言ったじゃん。仇討ちとか恩返しとかキモいだけだって」

そうだよ、と五月が続く。真実はまるで動じた様子もなく、二人を横目で見て言った。

「金魚の糞は黙ってて」

「はあ?」

と二人が声を揃える。どちらも並んで唇を尖らせ、肩をいからせている。

「表向きは仲良しのフリして裏ではドロドロなんてよく聞く話よ。尻尾振ってるだけで内心では忌み嫌ってたり。でね、世の中の犯罪やなんかのほとんどは、そんなくだらない感情が引き起こすの」

「か、鹿野さん？」

「野島さんがあんなことになったすぐ後」

口調を変えて真実は言った。ブラウスの胸ポケットから何かを取り出す。

「九条さんがこれを拾いました。野島さんの引っくり返った机の近くに落ちていたそうです」

封筒だった。いや、ポチ袋か。何も書かれていない、皺の寄った、白い小さな封筒。真実は指を突っ込んで、中から小さく折り畳まれた紙片を取り出し、カサ、と音を立てて開く。紙片は二枚あった。片方は葉書大、もう片方はA４サイズ。

葉書大の紙には野島夕菜の顔がプリントされていた。家庭用の安価なプリンタで出力したのだろう。粒子は粗く色も悪い。インクが擦れたのかあちこち茶色いシミが付着している。それでも今朝、黒板に貼られていたのと同じ画像なのは分かった。教室らしき部屋で笑っているスナップだ。

もう一枚には活字が印刷されていた。舞香は真実の掲げた紙片に目を凝らし、文章を黙読する。あっ、と香織が小さな悲鳴を上げた。

〈野島夕菜の顔面が　にきびだらけになりますように　いつの間にか額も頰も鼻も顎も

びっしりにきびで埋まりますように　その全部が破裂して血だらけになりますように
一生消えない傷になりますように
かほちよにいきるすべなきもののわざたえてのろはむうるはしみにくし〉

願望が羅列されている。その殆どがあの日、実際に起こっている。そして末尾の奇怪な平仮名の連なり。これは短歌だ。短歌の形をした呪詛だ。意味はおよそ――

狭い世間でさえ生きる術が無い者に残された術。死んで呪ってやろう。美しい、醜い。

封筒、写真、文字。

儀式めいている。何らかの作法に則っているらしい。

例えば――おまじないのように。

考え至った瞬間、冷水を浴びせられたような感覚が全身を貫いた。

誰もが言葉を失っていた。夕菜の惨事を直接見ていないはずの松雪すら、不気味さに当てられたのか色を失っている。

「……昨日、さら様のご自宅に伺いました」

パサリ、と紙片を仕舞って、真実が再び話し始めた。

「呼ばれたわけではありません。押しかけました。どうしてもご両親に確認したいことがあったからです」

同級生らを見据える。

「お二人とも渋ってらしたけど、粘ったら教えてくれましたよ。言うのも辛そうだったけど……亡くなったさら様の顔は、お婆ちゃんみたいに皺くちゃだったって」

「えっ」希美が声を上げた。

「つまり今朝の写真は本物。さら様がお隠れになったのはユアフレンドの呪いのせい」

苦しそうに、悔しそうに歯を食い縛り、

「おまじないをかけた女子が、クラスにいるの」

真実は呻くように言った。

非現実的な発言だった。更紗が死ぬ以前に聞いていたら、一笑に付していただろう。生徒たちを迷わせ惑わせるような妄説を、率先して否定したに違いない。現に今もそうしようと言葉を探している。

だが舞香は行動に移すことができなかった。

保健室が妙に寒々しく、広々と感じられた。

「それを……言いに来たの？」

何とか言葉にできたのは、皮肉と受け取られても仕方ない、空疎な質問だけだった。

真実に睨み付けられ、戸惑ってしまう。

「先生、あの、言い出しっぺはわたしです」

九条桂が言った。猫背のままでおずおずと手を挙げている。

「推理っていうか仮説みたいなのを、流れで鹿野さんに伝えたんです。そしたら保健室に行こう、行かなきゃってなって」

「どうして？」

桂は言いにくそうにしていたが、やがて背筋を伸ばして、

「羽村さん、野島さんの順でああいうことになったから、次は中杉さんじゃないかって。その……犯人がおまじないをかけるために、中杉さんに接触するんじゃないかなって思ったんです、今さっきの封筒みたいなのを使って」

と言った。

松雪を除く全員が、互いに視線を走らせた。

※　※

スマホの時計を見ると午前一時だった。いつの間にか時間が過ぎている。こんなに早く感じるのは、やはり楽しいからだ。

今朝、黒板の写真と文字を見た時の、連中の反応を思い返していたからだ。七時過ぎに登校して、家でプリントアウトした写真を貼り、チョークで文字を書いてすぐ退室した。トイレで時間を潰し、いつも登校する時間に教室に戻った。羽村たちの写真と、如何にもな文字に騒いでいる連中を眺めていると、何度も笑いがこみ上げそうになった。

足立が狼狽しているのは面白かった。小谷が置いてきぼりにされているのも滑稽で仕方なかった。中杉千亜紀が気絶するほどショックを受けたのは想定外だったけれど。上っ面の付き合いだけで、羽村や野島との仲はあまり良くないと踏んでいたからだ。いつも談笑しながらどこか上の空だったり、辛そうだったり、溶け込めていない風に見えた。あれはわたしの勘違いだったらしい。

いや。ひょっとすると中杉は考えてしまったのかもしれない。

次は自分の番かもしれない、と。

計画はしていなかったが、お望みどおりにしてやるのも悪くない。どんな風に醜くしてやろう。既存の病気に罹らせることはできるだろうか。皮膚病はどうか。腫瘍を作ることは可能だろうか。きっとできる。ユアフレンドには病気に関する制約は何も書かれていない。きっと姫は叶えてくれる——

駄目だ。落ち着け。

調子に乗って急《せ》いてはいけない。バレてしまっては元も子もない。現に野島に使った封筒を、九条桂に拾われてしまった。

呪具が他人の手に渡ってしまったのだ。

画像は家でプリントした。文字もこのスマホで打ったものだ。紙だってどこにでも売っている普通紙のはずだ。親が買ってきたものだけれど、包み紙を確認したから間違いない。持つ時は手袋を着けたから、指紋も残ってはいない。黒板に留めた写真もそうだ。よりハッキリ見せてやろうと写真用の紙で出力したけれど、それも隣町で買ったものだ。足がつくはずがない。でも。

封筒を回収できなかった後悔と不安が、また膨らみ始めていた。

野島のやつが机を倒したせいで、おそらく中に入れておいた封筒が滑り出てしまったのだ。それを近くにいた九条が。野島が教室を飛び出して少し経って、皆で机を元どおりにしたあの時に。わたしはその瞬間を目にしてしまった。もちろん声をかけること、封筒を回収することなどできなかった。彼女が鹿野真実に封筒を見せるために、トイレに連れていった時も、ただ見ていることしかできなかった。

九条が拾ってすぐに騒いでいたら、より深刻な事態になっていたかもしれない。でも彼女はそうしなかった。注目されるのが嫌なのか。あの傷のせいで人目を引く彼女なら、そう感じてもおかしくない。いや、きっと感じる。

わたしも人に見られるのは嫌だ。見られて蔑まれるのは。

九条もきっと辛い思いをしているだろう。わたしほどではないにせよ苦しんでいるだろう。いつだったか、外で彼女を見かけた時のことを思い出す。彼女とすれ違う人々は、皆その顔を、目の周りを二度見していた。もっと執拗に見ていた人もいた。スーツを着た男性の集団と、保育士に連れられ散歩している保育園児たちだ。前者は値踏みするように、後者は無邪気に好奇心剝き出しで。

胸が痛んだ。熱を伴って、ずきずきと疼く。

駄目だ。いけない。同情なんかするな。仲間意識を持つな。九条だってわたしのことを醜い、気持ち悪いと思っているに決まっている。現にわたしに話しかけることもない。他の連中だってそうだ。

わたしは一人だ。一番下で、たった一人で足掻いてきた人間だ。

タオルケットから抜け出して布団から出ると、手探りでテーブルライトを灯した。椅子に座り、傷だらけの学習机の、上から二段目の抽斗《ひきだし》を引く。乱雑に詰め込まれたペンの海に手を突っ込み、奥からボロボロの冊子を引っ張り出す。

『ユアフレンド　YourFriend』とオレンジ色で丸っこいロゴがプリントされた、ほとんど正方形の雑誌だった。AB判というらしい、と前に聞いたことがある。ロゴの右下に「昭和64年4月号」と小さく記されている。表紙の中央には古臭いタッチで十二単の女性のイラストがレイアウトされている。イラストの女性は口元を扇で隠しながら、神秘的な笑みを浮かべている。その周囲には大小様々なキャッチ。奇妙なことに、どれも同じ文言だった。

〈クラスメイトを可愛く醜く！『姫の呪い』大特集〉

机にユアフレンドを置き、そっと開く。濡れて乾いて固まった紙の、パリパリという音が部屋に響く。

開いたページの右上には、またしても〈クラスメイトを可愛く～〉の文字。その下に小さくクレジットが添えられている。

〈おまじない監修：姫崎麗美〉

どの見開きにも同じことが書かれている。

これはまともな本ではないのだ。この世の仕組みでできている本ではないのだ。

一カ月前の放課後、教室の自分の机の中からこれが出てきた時は本当に驚いた。中身を見て汗が止まらなくなった。本物か偽物か。姫の呪いなのか、手の込んだ悪戯なのか。数日は気になって夜も眠れなかった。

今は確信している。このおまじないに効果があると知っている。

わたしは本文を、おまじないの手順を読み始めた。暗記するほど読み返していたけれど止められなかった。

「手順」が四つ。「注意」が四つ。それぞれに添えられた、少女漫画趣味のイラストの一点一点も、細部に至るまで眺める。
そう、これは事実だ。
この世のものではない力で人の顔貌を変えてしまう、本物のおまじないだ。

〈おめでとう。数年に一度、一冊だけこの世界に現れる、『ユアフレンド』昭和六十四年四月号・特集ページ監修の姫崎麗美です。この雑誌を手に取ったあなたにだけ、特別なおまじないを教えます。クラスで女王様気取りのあいつをブスに。容姿に恵まれないだけで日陰にいるあの子を、とても可愛く。写真やビデオに撮ってみんなにその顔を見せてあげよう。これはわたしが愛と憎しみと憐れみを込めて編み出した、とても素敵なおまじないです。

手順① 醜く（美しく）したい、同じクラスの女子だけが写っている顔写真を手に入れます
手順② 写真の顔にあなたの血と膿を擦り付けます
手順③「その相手をどう醜く（美しく）したいか」を手紙にできるだけ詳しく書き、末尾に「かほちよにいきるすべなきもののわざたえてのろはむうるはしみにくし」と

したためてください
手順④　写真と手紙を「同時に」「登下校中に、もしくは学校で」「誰にも気付かれないように」相手に渡してください。効果はすぐに現れます
注意①　このおまじないは、相手に直接怪我を負わせることはできません
注意②　このおまじないは、この雑誌をわたし、姫崎麗美から受け取ったあなたには全く効果がありません
注意③　このおまじないを口頭や文書、その他いかなる方法で他人に教えても、その人はおまじないを使えるようにはなりません。また、このページを人に読ませても同様です。このおまじないを使えるのは、この雑誌をわたし、姫崎麗美から受け取ったあなただけです
注意④　この雑誌をいかなる方法で汚損しても、おまじないの効果はなくなりません〉

第三話

それは妖怪《ばけもの》のような二た目と見られない醜い顔の女であった。

——田中貢太郎「四谷怪談」

午前四時。

新たな〈標的〉の顔写真をプリンタで出力した。画像は本人のSNSアカウントから落としたものだ。あたりを付けてアカウント名を検索すると、あっさり見つけることができた。

姫——姫崎麗美が生きていた頃は、他人の写真を手に入れるのは難しかっただろう。撮影も現像も今よりずっと面倒で、しかもコストがかかったことだろう。それがおまじないの難易度を上げていただろう。試練、関門として機能していたのだ。姫に選ばれ、ユアフレンドを受け取ったのに、写真が手に入らず泣く泣く諦めた。そんな生徒も少なからずいたのではないか。平成二十年あたりまでは。

でも今は簡単だ。技術の進歩が、おまじないをより容易《たやす》いものにした。

出力されたばかりの顔写真と、その前に出力したもう一枚を摘み上げると、わたしは忍び足で居間を出て階段を駆け上がり、自分の部屋に戻った。

家族に見つかっても詮索されたり、咎められたりはしないだろう。あの人たちはわたしが何をしているかなんて気にも留めない。それでも堂々とおまじないの準備をするのは気が引けた。

顔写真を印刷した紙を、学習机に置く。椅子に座り、天板に立てかけた小さな四角い鏡を覗き込む。わたしの顔が映り込んでいた。醜く汚い、見たくもない顔。頬にひときわ大きく腫れ上がったニキビを見つけ、迷うことなく爪を立てる。

ぷつっ、と音とも呼べない微かな振動が指先に伝わった。ねっとりとした熱が頬に広がっていく。鏡の表面に赤と乳白色の液体が飛んでいた。潰れたニキビがひりひりと痛み始めたが、わたしは気にせず鏡に指を伸ばし、血と膿をすくい取ると、大きく印刷された〈標的〉の顔に擦りつけた。次いで顎にあった瘡蓋《かさぶた》を剝がし、滲み出た血を塗りつける。その次はこめかみのニキビを、さらに次は両耳の後ろの。

適量がどれくらいなのかは分からなかった。ユアフレンドには明記されていない。挿絵では両手から滴り落ちるほど大量に描かれているが、これは誇張だろう。かといって一すくいでは足りない気がした。羽村更紗の時は六カ所から血膿を取って塗り、それが上手くいったから野島の時も、今回もそうしている。採集場所に事欠くことはなかった。

（へえ、おまじないねえ）

羽村の涼しげな声が頭の中に響いた。彼女の美貌が浮かんだ。整った顔。目は大きく鼻は高く、唇は適度に厚みがある。長い髪は艶やかで、見ていると指を通したくなるほどだ。そんな彼女がわたしを見下ろしている。あの日の、教室でのことだ。

話が通じなかった。

持つ者と持たざる者は、住む世界が違うのだ。同じ言葉を話しても、会話が成り立たないのだ。当たり前のことだけれど、実際に突き付けられると苦しかった。悲しかった。何より憎かった。

六カ所から採集した血膿を〈標的〉の画像に、特に顔の部分に塗りたくり、わたしは一息ついた。首から上のあちこちに火照りとぬめり、痛みを感じていた。嫌ではなかった。むしろ心地よさを感じていた。痛みの粒子の一つ一つ、血と膿の一滴一滴が、おまじないの原動力になる。そう思うと充実感すらあった。

すっかり汚れた〈標的〉を折り畳む。もう一枚——〈標的〉への願望が書かれた紙——を眺めて、誤字脱字がないか確認する。読んでいるうちに自然と笑みが込み上げる。

悲鳴を上げる〈標的〉を思い描いていた。己の顔が醜く変貌したことに気付き、明日からの生活と周囲の視線を想像し、絶望し泣き叫ぶ彼女のことを。

※　※

鋭い視線で一同を眺め回す鹿野真実。絶句する荒木香織。椛島希美が「じゃあこん中に犯人がいるってことすか？」と目を丸くし、小原五月が丸い顔を青くして「なわけねーじゃん」と吐き捨てる。松雪は目を白黒させ、中杉千亜紀は死人のように虚脱した。

〝言い出しっぺ〟である九条桂は申し訳なさそうに身体を縮めた。

朝晩に電車に揺られている最中、舞香はしばしば保健室での出来事を思い出した。そして桂が見つけ、真実が披露した封筒について考えた。

封筒は高い確率で「ユアフレンドのおまじない」の道具だ。あれをどうにかして相手に呪いをかけるのだ。相手に手渡すか、それとも荷物の中に放り込んでおくか。或いは教室に持ち込むだけで充分なのかもしれないが、こればかりは推測するしかなかった。

超自然的な力が実在するという状況証拠が、次々と積み上がっていく。

呪いを使った〈犯人〉が、クラスにいる。

信じたくはないが、最早突っぱねられないところまで来ている。

生徒たちもそうなのだろう。授業中でも終礼でも、休み時間に教室を通りかかった時でも、三年二組の生徒、特に女子生徒たちは不安そうにしていた。千亜紀をはじめ体調を崩していた生徒たちも登校するようになり、表面上は何事もなく日常を送っていながらも、その立ち振舞いにはどこか白々しさがあった。互いに探り合っている風に見えた。『ユアフレンド』の持ち主、つまり〈犯人〉を捜しているのだ。と同時に「次は自分かも」と恐れているのだ。

しかし。

それだけでは説明できない、奇妙な空気が教室に漂ってもいた。疑心暗鬼や不信感や恐怖だけでなく、もっと別の感情が生徒たちの中から湧き上がり、クラスに立ち込めている。だがそれが何なのか舞香には分からなかった。『ユアフレンド』昭和六十四年四月号が、呪いが実在するとして、どう対策するべきかも思い付かなかった。教師に相談するべきか。するとしたら誰に。そもそも〈犯人〉は誰だ。クラスのトップにいる二人を醜くし、うち一人を自殺に追い込み、何食わぬ顔で登校している女子は。

「小谷先生」

背後から声をかけられて、舞香は振り向いた。鹿野真実が指定鞄を手にして立っていた。放課後の職員室のざわめきが、一気に耳に届く。

保健室でのやり取りがあってから一週間が経っていた。

二組の生徒の中で、彼女は明らかに浮くようになっていた。すっかり孤立していた。呪いの実在を信じ、〈犯人〉へ至ろうと全生徒から聞き込みを続けていれば、煙たがられるのも当然だろう。

「どうしたの」

「先生はさら様のこと、正直どう思ってましたか」

唐突に訊かれて舞香は戸惑った。無意識に苦笑いが口元に浮かぶ。

「これもいつもの探偵仕事？」

「はい。さら様の仇討ちです」

真実は堂々と答えた。向かいの席で茶を飲んでいた三井が激しく噎《む》せる。冷ややかにその様を眺めてから、真実は再び問いかけた。

「どうですか」

「どうって……そうね、クラスの中心で、リーダーシップのある子だと思ってた。実際そうだったし、後は」

「先生」真実が遮るように言った。「わたしが訊きたいのは、あの美人のさら様をどう思ってたかです」

「それは」

「わたしは見上げてました。わたしが男子だったら告白してたと思います。ストーカーになってたかもしれません」

一度は落ち着いた三井が再び咳き込む。

舞香はまじまじと真実の平板な顔を見た。やや離れた目には強い意志の光が輝き、大きな口は真一文字に結ばれている。本気で言っているのだ。

「さら様は美人だったから、クラスで一番だったから狙われたんです」

真実は再び話し始めていた。

「動機はきっと嫉妬です。犯人はさら様が美しいのが許せなかったんです」

確信を持って続ける。

「さら様のことをどう思ってたか、教えてください」

（先生、もっと自分に自信持ってください）

更紗にメイクと容姿について訊かれた時の、記憶と感情が甦った。男子に呼ばれて悠然と教室を出ていく彼女の背中。揺れる長い髪。去り際の笑み。わたしは、わたしはその時——

「わたしを疑ってるの？」

舞香は質問で返した。考える前に言葉が口を突いて出ていた。自分でも棘のある口調になったのが分かる。周りの視線が自分たちに向いているのを感じた。

真実は一度、はっきりと頷いた。

「シロなのは呪いを受けた野島さんと、写真を見たショックで倒れた中杉さんだけです。後は全員疑っています。先生も例外じゃありません。というか割と本命に近い」

心臓が早鐘を打っていた。

「理由は先週、保健室に中杉さんの様子を見にきてたからです。あれはおまじないの道具を仕込もうとしたんじゃないですか?」

職員室がざわめきに包まれている。

「鹿野さん、あのね」

「先生はいつもニコニコしてて嘘臭いです。あの場にいた誰よりも怪しい」

ほとんど怒鳴り声で真実は言った。

「さら様のお通夜でも告別式でも、野島さんがああなった時もそう。写真の時も何もなかったみたいに授業始めて」

舞香は絶句していた。戸惑い、苛立ち、怒り。そうした感情が胸に湧いているが、酷く遠くに感じられる。真実の言葉にショックを受けてはいるのに、苦痛はまだ感じられない。まるで意識が切り離されたようだ。

自分の言葉で昂ぶっているのか、真実の目は血走っていた。

「野島さんのお見舞いも行ってませんよね? わたしは行きましたよ。聞き込みだから厳密には違うけど、それでも心配でした。先生は心配じゃないんですか? ないですよね? だって先生がやったんですもんね? 綺麗なさら様に嫉妬して、可愛い野島さんにも」

「鹿野、ちょっと落ち着こうか」

声をかけたのは足立だった。穏やかな笑顔を作って歩み寄り、二人の間に割って入る。

「気持ちは分かるけどな」

優しく声をかける。気勢を殺《そ》がれたらしく、足立を見上げた真実は顔を歪め、しくしくと泣き出した。両手で顔を覆って、

「……先生には分かりませんよ」

と、呻くように言う。足立は肯定も否定もせず、舞香に目配せすると、真実を促して打ち合わせスペースへと連れて行った。他の教師たちがこちらから目を逸らし、職員室がわざとらしい落ち着きを取り戻す。舞香はその様子を呆然と眺めていた。三井が何か言っているがまるで耳に入らない。

聞こえているのは遠い昔に自分を抉《えぐ》った、母親の声だった。

（舞香は笑ってる時が一番マシだから）

忘れたはずのことが次々に、記憶の底から湧き上がる。

渾々と、いや——どろどろと、後から後から。

胸が締め付けられるような感覚を覚えて、舞香は慌てて息を継いだ。

「小谷さん？」

呼ばれて顔を上げると、足立が心配そうに覗き込んでいた。陽の光が眩しい。菓子折りを手にしている。今はいつだろう、此処はどこだろう、と混乱してすぐ思い出す。

今は土曜の午後で、自分たちは野島夕菜の家に向かっている。昨日、見舞いに行くことを伝えると、「自分も一緒に行かせてくれ」と足立から頼まれて、こうして連れ立って歩いている。学校からほど近い、マンションが立ち並ぶ区画を。

「具合が悪いんですか？」

「いえ」

「でも顔が真っ青ですよ。さっきから上の空ですし」

顔色が悪いのも隈が濃くなっているのも、今朝、鏡を見て知っていた。メイクをすると更に不健康そうに見えた。足立が指摘するくらいだから、客観的に見ても酷い有様なのだろう。

「大丈夫です」

舞香がきっぱり答えると、足立は怪訝そうな顔をした。その表情の意味に気付いて、思わず目を逸らしてしまう。ややあって、足立がおずおずと話しかけてきた。

「鹿野に犯人呼ばわりされたこと、気にされてるんですか？　敵意をぶつけられたと言いますか……」

答えずにいると、足立は軽い口調で続けた。

「あいつが羽村に何というか……ぞっこんだったのは事実です。今もそうでしょう。あれくらいの年頃だと、そうやって思い詰めることはままあります。突拍子もないことを信じたりね。でも一時的なものです。あと何カ月かしたらケロリとしてますよ。だから気にしない方がいいです」

夕菜の住む五階建てのマンションが見えた。

「そもそもユアフレンドのおまじないなんて、馬鹿げてますよ。確かに羽村や野島の件と結びつけたくなる気持ちは分かりますが、写真だって単なる悪戯で……」

「わたしは見ましたよ、野島さんが目の前でニキビだらけになるのを」

舞香は言った。

「おまじないに使った封筒や写真も、鹿野さんに見せてもらいました。九条さんが拾ったそうです」

「いや、そっちは何とでも言えますよ。野島のことだってそういう病気というか、特殊な症例かもしれません。おまじないに結び付けて考えるのは安易です」

正論だ。まともな大人ならそう考えるだろう。

だが――

マンションの敷地に足を踏み入れる。正面玄関のガラス扉をくぐり、エレベーターホールに向かう。建築当時はモダンだったであろう床も壁も照明も、今となっては時代遅れで所々汚れが目立つ。夕菜の家は五階だった。

「申し訳ないんですが、朝になってやっぱり会いたくないと言い出して……」

玄関ドアを開けた途端、母親は済まなそうに言った。病院で会った時より更に痩せ、小さく萎んでいる。

「挨拶だけでもしたいんです。あと今まで来られなかったお詫びも」

舞香は本心から言ったが、母親は眉根を寄せた。

「お願いします」足立が神妙な顔で言った。「例えばですが、ドア越しとかでも構いません。ちょっとお話ができたらなと」

「そうですか」

母親はドアの取っ手を摑んだまま、視線を泳がせた。どこか幼児を思わせる風貌は、夕菜に少しだけ似ている。

「……お見舞いに来ていただけるのは本当に嬉しいです。今までに来た子、一人だけですから」

鹿野真実のことだろう。荒木や小原が来ないのは納得できなくもないが、他の面々も見舞いに来ていないとは。言葉を探していると、母親が「どうぞ」と大きくドアを開け放った。

夕菜の部屋は廊下の中程、洗面所の隣にあった。白いドアをノックして、母親が呼びかける。

「先生がいらしたよ。小谷先生と、あと男性の、ええと」

「数学の足立です」

「足立先生。どう？　出れる？」

黙って待っていると、居間の方からガガガと大きな音がした。あっ、と母親が小走りで向かう。戻ってきた彼女の手にはスマートフォンが握られていた。画面をこちらに翳《かざ》してみせる。

〈無理〉

夕菜が母親宛に、チャットで一言だけ送っていた。悲しみと疲れの入り混じった微笑を浮かべる母親を見つめていると、足立が声を張り上げた。

「しろうさぎ屋のどら焼き、買ってきたよ。いま大人気なんだってな。あんな古めかしい小さな店が若い子に受けてるって、正直意外だったよ」

返事はない。

「また学校に来てくれよ。先生待ってるからさ」

母親の顔が曇る。やはり返事はない。

「ちょっと話だけでもしないか？　野島はチャットでいいから」

新たな文字列が液晶画面に表示された。

〈帰れ〉

「ユウちゃん」

窘《たしな》めるように母親が呼びかけた。ドアノブを掴む。

「せっかく先生が来てくださっ——」

ばん、と激しくドアが鳴り、舞香たちは咄嗟に後ずさった。内側から枕か何かを投げつけたのだろう。カタカタとドアが小刻みに揺れている。

やれやれ、と言わんばかりに足立が肩を竦めた。母親は殊更に渋面を作って舞香を見つめる。もうお引き取りください、と無言で訴えている。そういう空気が醸成されつつある。

ここは素直に退散するのが妥当だろう。菓子折りだけ置いて、去り際に励ましの言葉を投げる。それで充分だ。担任として、教師として。

行動に移そうとした時、耳が微かな音を拾った。ドアの向こうから聞こえる。

啜り泣きだった。

気付いた直後、バサバサと殊更に布団を捲《めく》る音でかき消される。

「聞こえましたか」

「え？　布団ですよね」

足立がきょとんとした顔で答えた。母親にも聞こえた様子はない。教えようとして舞香は思い止まった。脳裏をよぎったのは夕菜の学校での言動だった。幼く見られることを嫌い、口調も立ち振舞いも派手に、強そうに見せていた。武装していた。

それを解くには――

「すみません、夕菜さんと二人だけにしていただけませんか」

舞香は考え付くと同時に言った。

心配そうに何度もこちらに視線を向けながら、母親は居間へと向かった。その後に続く足立が一度、頷いてからドアを閉める。舞香は廊下に一人残り、呼吸を整えた。

「ええと……野島さん。答えなくていいから聞いて」

舞香は呼びかけた。

「今更来てごめんね。白々しいのは分かってるの」

真っ白で平らなドアに向かって話し続ける。

「正直に言うとね、こないだ学校で鹿野さんに怒られて、行かなきゃってなったの。それまでは何が起こってるのか分からなくて、分かっても混乱してばっかりで、お見舞いに行こうなんて考えもしなかった」

自嘲の笑みが浮かんでしまう。

「冷たいよね」

反応はなかった。廊下はしんと静まり返っている。リビングの二人も黙りこくっているらしい。気詰まりな沈黙の中、舞香は意を決して口を開いた。

「野島さん、わたしのこと犯人だと思ってる？」

これも返事はなかったが、躊躇う前に続ける。

「犯人かもしれないって、考えたことはない？　姫の呪い……ユアフレンドのおまじないをわたしが使ったんじゃないかって。教師だからってリストから外していいわけじゃない、あいつも充分怪しいって。それに」

壁に手を突いて、

「い、いつも——あとこんな時でも、ニコニコしてるから」

思い切って言った。

今まで受け流していた、周囲の反応が思い出された。

「野島さんが教室でその——怪我した時、わたしに言ったよね。馬鹿にすんなって。覚えてる？　あれ、わたしが笑ってたからだよね」

更紗の通夜で足立が見せた不審げな表情。職員室で青山が見せた、突き放すような態度。ここに来た時の、夕菜の母親の顔。どれも理由は分かっていたが、気にしないようにしていた。自分の世界から切り離していた。しかし今は。

「これね、ほくそ笑んでるんじゃないの。嬉しいわけでも、可笑《おか》しいわけでもないの」

腋に嫌な汗が流れるのが分かったが、舞香はかまわず話し続けた。

「治らないの。小学生の時からずっとこう。最初は意識して作り笑いしてたんだけど、今は慣れすぎて自覚なくなっちゃった。二年のお正月だったかな、親戚が集まってる前で母親に言われたの。お前は不細工だから笑ってろ、舞香は笑ってる時が、一番……」

　喉が詰まる。

「……一番マシだからって。それからずっと」

　額がドアに触れていた。

「母親は一昨年《おととし》死んだけど、それでも戻らない」

　思い出したくないことを言葉にしたことで、胸が痛みを訴えていた。ドアに突いた手はいつの間にか固く握られている。

「だからわたしは犯人じゃない。ユアフレンドのことだって、ついこないだ知ったばかりよ。信じて。それから……このドアを開けてほしい」

　言い終えた途端に後悔が押し寄せる。これが夕菜にとって正解なのか甚だ心許ない。完全に的外れで逆効果かもしれない。

　舞香はドアにもたれかかり、悔恨の呻き声が出そうになるのを堪えた。

　ノブが回った。カチリという音――振動が、ドア板を伝って身体を震わせた。そう感知した次の瞬間にはドアが内側に開いていた。バランスを崩しかけ、つんのめるようにして部屋に飛び込んでしまう。

真っ暗だった。カーテンは閉め切られ照明も灯っていない。足先に触れているのはぬいぐるみだろうか。

野島夕菜がすぐ側にいることに気付いて、舞香は立ち竦んだ。ドアノブに手をかけ、白いジャージを着て、訝《いぶか》しげな視線をこちらに投げかけている。額も頬も鼻も顎も、大小のガーゼで覆われている。どのガーゼも黄ばむか茶色い染みが付くかしていた。

暗がりに目が慣れていくにつれ、部屋が散らかっていることが分かった。床とベッドを服が覆い尽くしている。余所行きの、流行の服が所狭しと。

そのどれもがズタズタに切り裂かれ、引き裂かれていた。

大きなハサミがオブジェか何かのように、壁に垂直に突き刺さっていた。

「もう要らねえから。一生外、出られないし」

夕菜の声がした。壁にもたれたのが気配と音で分かった。

「そんなこと」

「あるよ。これは治らないっぽい。医者もちゃんとしたこと言わねえし、とりあえず経過を見ましょう、様子見ですね、そんなんばっか。隣町のいい病院行ってもおんなじ」

夕菜は頬のガーゼにそっと触れ、恨めしげに歯を剝いた。

「傷は塞《ふさ》がんねえし、変な汁もずっと出てる」

「……痛みは？」

「熱い。ひりひりする」

舞香を睨み付ける目が、少しだけ穏やかになる。

「先生は呪いとかバカだと思わないの？」

「思わない」

「信じてるの？」

「うん」

「先生は犯人じゃないんだね？」

「ないよ」

夕菜は身体ごと舞香の方を向いて訊いた。

「じゃあ、クラスにいるんだ？　ユアフレンドを受け取ったやつが」

「わたしはそう思ってる」

舞香は真っ直ぐ夕菜を見つめた。ややあって、夕菜はぼそりとつぶやいた。

「……やっぱり、そうなるよね」

俯きながら続ける。

「こういう話、友達にはできなくてさ。違う——普通の話も無理。千亜紀はいろいろメッセージとかくれるけど、適当にしか返せない。ほんとは嗤ってるんじゃないかって思うとイライラして。他のクラスのやつにだって言えないよ、回り回って絶対犯人のとこに行くから」

枕元のスマートフォンに目を向ける。

誰も信じられなくなる心理は理解できた。千亜紀は本心から心配しているはずだが、今の夕菜には通じなくて当然だ。

「こんな顔じゃ人呼ぶのも無理だし、それ以前に鹿野以外、誰も来ねえし」

呪われて以来、彼女はずっと一人だったのだ。というより呪いがきっかけで、以前から脆《もろ》かった交友関係があっさり断ち切られたと言うべきか。

「ごめんね、もっと早く来ればよかった」

舞香は考える前に言っていた。笑みを浮かべそうになっている口元に力を込め、無表情を保つ。

夕菜の潤んだ目が弱々しく光った。

「先生。これ、どうしよう……」

彼女の震える肩を、舞香はそっと摑んだ。

夕菜は舞香の胸に顔を埋めると、子供のように泣き出した。

※　※

勉強が楽しいと思ったことは一度もないが、授業は好きだ。正確には、授業の間だけ僅かに安心できる。誰も自分を見ないから。

でも今は違う。何故なら――

九条桂はノートから顔を上げた。三年二組の教室。六時間目、数学の授業の最中。教壇では足立が世間話をしていた。

教室は緊張に包まれていた。

男子の一部は退屈そうにしているが、後は皆、不自然なほど背筋を伸ばしているか、亀のように背を丸めている。

クラスの大多数が不安なのだ。恐れているのだ。野島夕菜のようなことがまた起こるかもしれない。ユアフレンドの持ち主が、三度おまじないを使うかもしれない。いや、もう既に使っていて、そろそろ効き始めるのかもしれない。

次は自分の番ではないか、と女子は戦《おのの》いている。

隣の女子ではないか、前後の女子ではないか、と男子のほとんどが気にしている。残りの男子にとっては他人事だ。あるいは噂など端から信じていないだけかもしれない。

更紗と夕菜の不幸は偶然の連鎖で、黒板の写真の件は悪戯だと見做《みな》しているわけだ。

ユアフレンドのおまじない——と、桂は胸の奥で呟いた。

おまじないは女子にしか効かないらしい。伝え聞く大昔の犠牲者は女子ばかりだ。そして今回の犠牲者二人も。

美人ばかり、上位の女子生徒ばかりが狙われているわけでもないらしい。これも噂でしかないが、容姿に恵まれない女子も、過去に何人も標的にされ、自殺している。だから何人かの男子と違って、女子は高みの見物というわけにはいかない。

迫り来るおまじないの恐怖。醜く変えられてしまうことへの恐怖。

これ以上傷付けられることの恐怖。

普通から遠ざかる恐怖。

チリチリと焦げるような感覚がマスクの裏、桂の左頬に広がっていた。実際に何かが起こっているわけではない。顔のこと傷のことで思い悩む度に、この感覚に襲われる。

中学二年の秋、下校中のことだった。学校近くの国道沿いを歩いていると、軽自動車が突然突っ込んできた。撥ね飛ばされた桂はそのまま、駐車場のフェンスに叩き付けられた。直後に車は停まったので押し潰されることはなく、フェンスがクッションになったおかげで致命傷を負うことはなかった。

だが老朽化したフェンスから幾つも飛び出た鉄線が、桂の顔を容赦なく切り裂き、肉を抉り取った。現場は血まみれだったという。気絶していたので桂自身は見ていない。手術は大小合わせて十回した。病院に担ぎ込まれた時に比べれば、何百倍もまともな顔になった。視力にも全く異常はなかった。だが顔の左半分にだけ大きな跡が残った。回転するドリルを突き立て、出鱈目に動かしたような傷跡が。

赤黒い肌はファンデーションで隠せても、隆起だけはどうにもならない。大きなマスクを付け、前髪を伸ばしても、目の周りを完全に隠すことはできない。顔の左右の対称は大きく崩れ、遠くから見ても違和感がある。当初は口を動かすことが難しく、発話も不明瞭だった。

三学期が始まって早々に、桂は周囲の目が恐ろしくなった。学校にいる時はもちろん、外出するだけであちこちから好奇の目が自分に突き刺さる。話すことも苦痛になった。友達が「え?」と訊く時の、曖昧な表情と尖った声色が耐えられない。

学校を休みがちになった。友達とも距離を取った。外に出るときはマスクが手放せなくなった。会話するのは両親だけだが、その両親も娘の「価値」が下がったと悲しんでいるのを、桂は知っていた。夜中にひそひそと話し合っているのを廊下で聞いてしまったのだ。嫁の貰い手がいない、それ以前に就職先がない――

どうにかまともに登校できるようになったのは三年の二学期からだった。学校も同級生たちも以前と変わらず接してくれはしたが、桂の心は少しも晴れなかった。

わたしは普通ではなくなってしまった。

みんなから、世間から排除されてしまった。ただ石を投げ付けられたり、唾を吐かれたりしないだけだ。

死ぬまでこの扱いは変わらないのだ。「医療技術は日々進歩している」と医者には励まされたが、今日明日で顔が元通りになるわけではない。

高校受験で試験を受ける時だけはマスクを外さざるを得なかった。事前に問い合わせたところ「風邪などでない限り着用は認めない」と回答されたからだ。見知らぬ校舎で自分に注がれる、教師や他校の生徒たちの無遠慮な視線。桂は心を閉じて耐えた。もはや試験どころではなく自己採点は散々だったが、四ツ角高校だけは合格した。

暗い気持ちで桂は高校生活を過ごした。表だって嫌がらせをしてくる人間はいない。遠ざけられてもいない。それでもマスクを外すなど考えられない。疎外感や、視線への恐怖心は常に感じている。例外は皆が黒板に顔を向けている、授業の間だけ。

だが今はその授業中さえ緊張を強いられている。

きっとメッセージで遣り取りしている生徒もいるだろう。あいつが怪しい、こいつも怪しい、そんな会話をしているに違いない。そう他人を非難しつつ、自分もあれこれ推測している。容疑者リストを作成しようとしている。

〝呪具〟の封筒を拾ってからのことを思い出していた。

夕菜が飛び出した後、机を元通りにしていた時に、床に落ちているのを見付けた。写真を見た時は息を呑んだ。文面を読んだ時は目を疑った。自分以外は誰も気付いていないのを確かめて、咄嗟に自分の机の中に突っ込み、そのまま二日放置した。その間ずっと、次の標的を予測しないではいられなかった。

「ねえ、一連の事件で何か心当たりはない？」

あの日、昼休みが始まってすぐのこと。鹿野真実にそう訊かれた時、桂は迷った。封筒を見せるか否か。自分の考えを伝えるべきか否か。馬鹿にされるかもしれない。不審がられるかもしれない。でも――

「どうしたの九条さん」

「これ、拾ったんだけど……」

意を決して封筒を引っ張り出した。真実をトイレに連れて行って手渡した。中身を検《あらた》めた真実の顔がみるみる色を失う。考えていたことを話して聞かせると、真実は何度も頷いて、「来て」とトイレを飛び出し、保健室へと向かった。そして。

「――というわけなんだよ。傑作だろ」

足立が言って、自分で笑った。どうやら取っておきの面白エピソードだったらしいが、弱々しい笑い声がちらほら上がるだけだった。足立は雨に濡れた子犬のような目をして、板書の説明に戻った。桂はシャープペンシルを握り直した。

チャイムが鳴り、足立が合図する。山岸が号令をかけて挨拶し、昼食の時間が始まる。

足立が出て行って少しして、桂は学生鞄から、弁当箱とレジャーシートの入った小さな手提げ袋を取り出した。昼食はいつも一人で食べている。マスクを取っても誰にも見られない、屋上に出るドアの手前の踊り場で。

教室を出ようとしたその時、

「げっ」

女子の声が教室に響いた。

荒木香織だった。自分の机の前で中腰になり、嫌悪の表情で手元を見つめている。

「どうしたの」と小原五月が問いかけると、香織は弾かれたように手を挙げた。

「机の中に入ってた！」

手には写真と便箋が握られていた。

写真は香織の自撮りだった。頬骨は控えめに補正され、目は拡大され、肌の色は過剰なまでに白い。SNSに本人がアップした画像を印刷したもの、ということだろうか。

便箋には活字がプリントされている。〈荒木香織が〉〈腫れ上がって〉という箇所だけが、辛うじて見えた。

桂は声を上げそうになった。

呪具だ。ユアフレンドの持ち主は、次の獲物を香織に定めたのだ。

「おまじないじゃん！」

叫んだのは五月だった。

丸い顔を青くして、香織に走り寄る。二人は抱き合わんばかりの距離で「ヤバい！」「呪われる！」と喚《わめ》く。クラスメイトの殆どは何がどうなっているか分からず、その場に立ち尽くしている。例外はあの日、保健室にいた面々だけ。

窓際に立つ真実は、険しい表情で香織たちを見つめていた。

樺島希美は両手で口を押さえている。

千亜紀は椅子に座ったまま、二人を凝視していた。唇はわなわなと震えている。「ねえ千亜紀ちゃん、どうしよう？」と五月が訊いても答えられないでいる。ただ弱々しく首を振るだけだ。

「どうしよう、どうしよう」

大袈裟に困る五月に、香織はにやりと唇を歪めてみせた。

「バーカ、こんなの悪戯に決まってんじゃん」

そう言うと、便箋と写真を重ね、力任せに破った。クラス全員に見せつけるように、挑発するように。続いて入念に丸める。

香織は上履きを鳴らして教室の隅へ向かった。そのまま勢いよく、呪具をゴミ箱に投げ込んだ。パコン、と間の抜けた音が教室に響いた。

終礼で教室に現れた舞香は、どこか落胆している風だった。張り付いた愛想笑いも、いつもと違って弱々しい。何かあったのだろうか。

香織か五月、どちらかが呪具について舞香に伝えるかと思ったが、二人とも何も言わなかった。二人は挨拶が済むとひそひそと話しながら、すぐさま教室を出て行った。

学校を出て徒歩十五分。住宅街を抜け、狭く長い階段に差し掛かる。大人も子供も「三百階段」と呼んでいるが、実際は百二十一段。桂の家はその三百階段を上った、さらに奥にあった。

生い茂った木々に遮られた三百階段は薄暗く、じめじめしている。ひび割れ苔生《こけむ》した踏み段を見つめながら歩いていると、

「あれ、本物だと思う？」

いきなり背後から声を掛けられた。

鹿野真実が深刻な表情で階段を上ってきて、すぐ隣に並んだ。中央の手摺りを摑みながら、「九条さんの距離からなら、ちゃんと見えたんじゃない？」と質問を重ねる。

「……分からない。全部読んだわけじゃないし」

「そっか」

真実は鞄に手を突っ込み、丸い何かを取り出した。丸められた紙らしい。写真も交じ

っている。

「それって」

「うん。回収しといた」

階段を上りながら、真実は紙の玉を開き始めた。

「よく触れるね」

「え？」

「ごめん。野島さん宛のを拾った時、わたしは無理だったから。ずっと机に入れっ放しで嫌だったけど、触るのはもっと嫌で、だから……」

「普通はそうかもね」

真実は写真の切れ端を摘まんだ。香織の右目と鼻の部分だった。

「でも、これは標的が定まってるやつだから、それ以外には効かないってことじゃないかな。丑の刻参りの藁人形と一緒だよ」

「藁人形だって触りたくないよ」

「まあねえ」

写真の切れ端を鼻先に近付け、匂いを嗅ぐ。かすかに顔をしかめる。

「……匂うの？」

「うん。たぶん血」

平然と言う。桂は無意識に真実から距離を取っていた。真実は気付いていないのか気にしていないのか、素知らぬ顔で便箋の紙片を選り分けている。読める箇所を探しているらしい。忌避感を覚えながらも桂は訊いた。

「ってことはこれ、本物だよね？」

「え？」

「だって、わたしが見付けた野島さんのやつも、写真に血が付いてたよね。同じってことは本物だよ。呪具だよ。そういうことになるよ」

「ならないよ」

一言で真実は打ち消した。

「なるよ。それにユアフレンドのおまじないが、血を使うってことも分かる。血を写真に塗るの」

「それも分からない」

「どうして？　同じのが連続で……」

「だってこれ、わたしでも九条さんでも作れるよ？」

真実は軽い口調で言った。簡潔な説明だったが一瞬で腑に落ちた。

あの封筒を見た人間なら、似せて作ることはできるのだ。拾った自分でも、見せた真実でも。ということは。

「こないだ昼休みに、保健室にいた人なら作れる、ってことだね」

「そう。本物か偽物かなんて今は分からない。それこそ荒木さんが言ってたとおり悪戯かもしれない。それとも荒木さんが自分でやったのかも」

「どうして」

「自分が容疑者リストから外れるためだよ」

真実は大真面目に言った。のっぺりした顔から強い意志が迸《ほとばし》っている。ふざけているわけではない。彼女は本気で、こんな探偵ごっこのようなことを口にしているのだ。

桂は奇妙な浮遊感を覚えながら、気になったことを言葉にした。

「それって、荒木さんが犯人ってこと？」

「可能性は除外できない」また物語めいた言い回しが飛び出した。

「でも自分におまじないをかけるなんて」

「手順を正しく行っていないか、そもそも自分には効かないか」

「分からないよ、そんなの」

「そう」真実は頷いた。「今は手がかりが少なすぎるからどうとでも推理できるの。犯人特定はまだまだ先ね」と、肩を竦める。その横顔に一瞬、疲れたような表情がよぎった。

「犯人……」

桂はそれだけを口にした。犯人。こんなことが起こる前なら、これも非現実的な言葉だっただろう。だが今は違う。

「いるんだね」

「そう。犯人はいるよ。さら様を傷付けて、文字どおり死ぬほど苦しめたやつがいる。そいつは今も学校に通って、うちのクラスで平然と授業受けてるの。わたしはそいつを見つけ出す」

せっかく開いた紙をグシャリと握り潰す。小さな目が怪しく光る。

「どうして犯人捜しなんかするの」

桂は率直に訊いた。前々から真実が更紗を慕っていたことは知っていたが、その理由が分からない。誰かに頼まれたとも思えない。

「大好きな人が殺されたら、普通はするよ」

当然のように真実は答えた。すぐに続ける。

「好きってそういう意味じゃないよ。さら様はわたしになんか全然興味なかった。グループに入れてもくれなかった」

「だったらなんで」

「知らないよ。じゃあどうしたらいいの。みんなみたいに大人しくしとけばいい？」

真実は足を止めた。つられて桂も立ち止まる。

「何もしないで犯人が見逃してくれるようにお祈りしとけばいい？　それとも全部偶然でおまじないなんか嘘だって思い込む？　そのくせ印象だけであいつが犯人だとか憶測して、ひそひそ噂し合ってればいい？　それが普通？　まとも？」

口調は怒りに満ちていた。紙の玉を握る手に力がこもっている。桂は言葉を失った。真正面からクラスメイトと話すのは勿論、感情をぶつけられるのも久々だった。

憎々しげに手元を見つめながら、真実が搾り出すように言った。

「楽しくてやってるわけじゃないよ。やらないと気が済まないの」

「ごめん」

どうにか桂は詫びた。それ以外に何も思い付かなかった。

真実は殊更に大きく息を継ぐと、申し訳なさそうな顔をした。

「いいの。こっちこそごめんね。わざわざ追いかけて、自分から話しかけたくせに怒り出すなんて、気持ち悪いよね」

「そんなことはない、けど……」

桂は正直に答えた。再び真実が歩き出したので、続いて階段を上る。

「けど、気になってるよ。家、学校挟んで反対側だよね」

「こういう話ができる人、九条さん以外に思い付かなかったの。封筒を拾っただけで犯人の狙いを推理するなんて」

「大したことじゃないよ」

これも正直に答える。更紗、夕菜とくれば次は千亜紀だろう——推理などと呼べるほどのものではない。素直な憶測だ。

「それともう一つ」

真実が言った。桂は階段を上りきる。すぐにぴたりと足が止まってしまう。

四ツ角高校の制服を着た女子が三人立っていた。桂を認めた途端、手前の二人が表情を険しくする。

香織と五月だった。二人ともスマートフォンを手にして、こちらを睨み付ける。その後ろで千亜紀が不安げな視線をこちらに向けていた。

香織が何か言おうとした瞬間、

「待ち伏せ？」

真実が先手を打つかのように問い質した。舌打ちする香織と五月に、

「やると思った。この辺は人通りも少ないしね。だからこうして身辺警護——」

「うるさい」

五月が尖った声で返した。

どういうことだ。やると思ったとは。身辺警護とは。桂が戸惑っていると、真実は紙

玉を掲げた。

「そこの御三方はね、これを九条さんがやったと思っていらっしゃるの」

芝居がかった口調で三人を睨《ね》め付ける。

「さっすが探偵さん」

皮肉を隠さずに香織が言った。肩に提げた開きっぱなしの鞄を揺らし、身体ごとこちらを向く。当たっているのか。自分は疑われているのか。

「ち、違うよ」

咄嗟にそう口にしたが、続きが出てこない。おまじないなど使っていない、ユアフレンドなど受け取っていない。だから自分は犯人ではない。そんな単純な事実を伝えることができない。マスクの中の生温かい呼気が、耐えがたいほど不快に感じられた。

「どうして」

なんとか問いかけると、

「そんな顔だから」

香織はスマートフォンを弄《もてあそ》びながら答えた。

瞬間、左頬にチリチリと例の感覚が走った。左瞼が痙攣し始める。三人の視線が痛い。いや、四人だ。隣の真実も自分を見ているのが分かる。

こんな顔だから美人を妬《ねた》むだろう、呪うだろう。姫に選ばれ、ユアフレンドを譲り受けるだろう。そしておまじないをかけるだろう。自分は香織たちにそう見做され、犯人扱いされているのだ。真実もそれを予測して追いかけてきたのだ。

（お前か！）

血まみれの夕菜が自分に掴みかかってきたのも、同じように考えたからだ。絶対にそうだ。

膝に力が入らなくなっていた。胃袋が浮き上がる。今すぐ走って逃げ出したいのに、一歩もその場を動けない。

五月が口を開いた。

「カオの机にそれ突っ込んだの、あんただろ。更紗ちゃんやったのも、夕菜ちゃんも」

「違う、違う。おまじないなんか」

「〝なんか〟じゃない。人が死んでるの」

「でもまあ」香織が引き継ぐ。「今は〝なんか〟でいいかもね。破って捨てたら効果ないって分かったし」

自分の顔を指差してみせる。頰骨、ニキビ、顔色。どれも普段と変わらない。

「もっかい訊くけど、あんたがやったんだよね。そんなだからうちらのグループに嫉妬してるんだよね。綺麗な更紗ちゃんもかわいい夕菜ちゃんも憎かったんだよね。そんで次はあれでしょ、千亜紀ちゃん狙うつもりだけどバレそうだからって、うちに変更したんだよね」

そんなことは思っていないし、してもいない。そう反論したいのに言葉にできない。左頬がはっきりと痛みを訴え、火照りさえ感じられる。そのせいで思考する余裕がなくなっている。気付けば路面のアスファルト、香織の靴ばかり見ている。目を合わせられないのだ。

香織はまだ話している。

「ていうかうちらのグループが羨ましいんだろ。みんな綺麗でキラキラして仲良しで、青春を謳歌してるうちらが」

「自分で言うか普通」

ぼそりと真実が言った。

「あ？」香織と五月が口を揃える。

真実はまるで動じず、二人を正面から見据えた。

「自意識過剰だなあ。見てくれがよろしくないからって、みんながみんなあんたたちに嫉妬するわけないでしょ。仲良し演じて空気読み合って、親友ごっこに必死な同調圧力の奴隷じゃないの。むしろ憐れだよ」

「はあ？」二人の顔が同時に赤らむ。

「百歩譲って上位グループへの嫉妬が動機だったとして、それでも九条さん一人には絞れないよ。例えばわたしだって充分怪しい。顔はこんなに平べったいし目はちっちゃいし離れてるし。親戚にヒラメちゃんって呼ばれる度にイライラする。ねえ、なんでわたしは除外したの？」

「か、鹿野さん」桂は口を挟んだが、真実はなおも話し続ける。

「わたしや九条さんだけじゃない。宇佐美さんも怪しいし倉垣さんも大概でしょ。カバちゃんだって愛嬌があるし明るいけど、客観的に見たらブスの範疇だよ。ブスでデブで大飯食らいの汗っかき。人間だもの、普通に嫉妬くらいするよ」

「鹿野さん、鹿野さん」

香織たちは呆気に取られている。

「嫉妬っていうなら小谷先生も怪しい。わたしたちの若さに嫉妬してるの。見た目もあれだし、いつもヘラヘラしてるし。生徒を踊らせて高いところから笑ってるのかも」

「鹿野さん、さっきからいろんな人に失れ——」

「そもそもの話になるけど、あんたたち二人とも別に美しくもかわいくもないよ？　さら様がご存命だった頃は引き立て役でしかなかった。今は中杉さんの引き立て役」

「お前！」

とうとう香織が怒鳴った。スマートフォンを武器のように振り回して何か言おうとするが、あまりに腹が立ったのか唸り声しか出せないでいる。五月は対照的に落ち込んでいた。

二人を悠然と眺めながら、真実は言った。

「中杉さん、取り巻きの尻ぬぐいをしてあげたら？」

「別にそういうのじゃないよ」

うんざりした様子で千亜紀が言った。

「わたしが仕切ってるわけでもない。犯人が分かった、シメるって言うから付いてきただけ。そしたらこれだもん」

「千亜紀ちゃん」と香織が慌てて振り返る。

「そんな言い方することないじゃん。わたし狙われたんだよ。醜くされかけたんだよ。気付かなかったら今頃」

「どうだろうね」

冷ややかに千亜紀は言った。真実の手にした紙玉を顎で示すと、

「さっきの鹿野さんの推理には足りないところがあるよ。それ、わたしだって作ろうと思えば作れるもの」

「何言ってんの、持ってる千亜紀ちゃんがそんなことするわけないじゃん」

ハハ、と乾いた声で香織が笑った。五月も大きく頷く。千亜紀はハア、と小さく溜息を吐いて、

「今はどんな可能性もゼロにできないって意味だよ。証拠が少なすぎる」

と、低い声で言った。つい先刻、真実が言っていたのと同じ結論に達している。真実がどこか嬉しそうに紙玉を弄んでいた。

消沈している取り巻き二人を一瞥してから、

「時間取らせてごめんね、九条さん」

千亜紀は堂々と詫びた。桂は狼狽《うろた》えながらも、「いいよ、大丈夫」と答える。頬の感覚はいつの間にかほとんど引いていた。

「じゃあ、帰っていいかな」と真実。

「許可なんか要らないよ」と答える千亜紀に、香織が食ってかかる。

「待ってよ。せっかくうちらが犯人捜してあげてんのに、なに勝手に謝って終わらせてんの？」

「そうだよ、これじゃわたしたち、馬鹿みたいじゃん」

「馬鹿〝みたい〟？」

千亜紀は嘲りの微笑を浮かべた。歪んでいるのに美しく、悪意のある表情なのに魅力的だった。この状況で同性に見蕩《みと》れている自分に気付いて、桂は目を逸らした。

「ちょっと！」

香織が叫んだ。

「何なのさっきから。更紗ちゃんたちがいなくなって調子乗ってんの？」

「下らない」

「はあ？　もう意味分かんないふざけんな」

「ふざけてんのはそっちでしょ。わたしがいなかったらこれ、どうやってオチ付けるつもりだったの？」

「こいつ」

パン、と香織は足下にスマートフォンを叩き付けた。それを合図にするかのように言い争いが始まる。真っ赤になって怒り狂う香織、冷め切った千亜紀。五月がおろおろしながら、口を挟むタイミングを窺っている。

「大体さ、うちらだって別にお前のことなんか好きでも何でもねえんだよっ」

香織の怒鳴り声が住宅街に響いた。自分の言葉で更に興奮している。足下のスマートフォンを何度も踏みつけながら、

「そもそもお前さ、更紗ちゃん夕菜ちゃんに馬鹿にされてたの知らないの？　いっつもイジられてたじゃん、それを友達みたいに――」

そこまで言って唐突に黙る。ぱちぱちと何度も不思議そうに瞬きし、激しく目を擦る。

「あれ……」

そう言った瞬間、ぐにゃり、と香織の顔が波打った。見たことのない、有り得ない動

きをしている。ひっ、と五月が小さな悲鳴を上げる。

音もなく額の右側が腫れ上がった。みるみるうちに赤黒く変色し、表面に無数の隆起ができる。腫れ物は生き物のように膨らみ、広がり、瞼まで浸食する。

「何これ、見えないんだけど……痛っ」

香織が手で押さえると、指の間から黒々とした血が垂れ落ちた。

「痛い、痛い、いた、ぃ」

壊れた機械のように繰り返す。両手で頭を摑み、払いのける。ばさり、と音を立てて髪がごっそりと抜け落ちた。

「え、何、どうなってるの？　ねえ五月、千亜紀ちゃん」

いつの間にか頰がこけ、死人のような顔色になっていた。中腰になって、手を差しだしながらフラフラと歩き回る。鞄をずるずると引きずっている。

「顔が、変だよ。ねえ。重くて、すごい何か」

桂は無意識に後ずさっていた。他の面々も香織から距離を取る。

「ほんもの……」

真実が小さな目を見開きながら呟いた。

桂の全身に鳥肌が立った。

「ねえ！」

香織がアスファルトを蹴って、五月にすがりついた。五月は悲鳴を上げながら力任せに振り払い、突き飛ばす。

「あっ」

桂は思わず声を上げた。

香織がよろけた先は階段だった。予《あらかじ》めそう決まっていたかのように足を踏み外す。

手を伸ばそう、助けようと思っても身体が動かない。

腫れ上がった血まみれの顔には、驚きとも絶望ともつかない表情が浮かんでいた。そう思った次の瞬間、香織は視界から消えた。

硬い物がぶつかる音、擦れ合う音が響いた。

すぐに遠ざかって聞こえなくなる。

凍り付くような静寂が辺りを包み込んだ。誰も何も言わず、動くこともしない。ただ階段を見つめている。ぺたん、と五月がその場に尻餅を突いた。そのまま顔を押さえ、押し殺した泣き声を漏らす。

その声で金縛りが解けた。桂はこわごわ身を乗り出し、階段を見下ろした。

階段には香織の持ち物が散乱し、鮮やかに彩られていた。ポーチ、化粧品、タオル、携帯スピーカー、分厚い中折れ財布、バッテリー、スマートフォン、ヘアアイロン、カラーペン。そして赤い血。

香織は遥か下の地面に、仰向けに倒れていた。微動だにしない。足も首も不自然に曲がっている。この距離からでも膨れ上がり崩れた顔だけははっきりと見える。

「お、お岩さん……」

五月が泣きじゃくりながら言った。

「書いてあったよ。お、お岩さんみたいになれって」

今頃になって効果が現れたのだ。

呪具を破り捨てたくらいでは防げないのだ。

かさり、と小さな音がした。真実の手から落ちた紙の玉がアスファルトを転がり、やがて静止した。

第四話

「その娘はもう死んだ。魅力的な子だった」

——手塚治虫『ブラック・ジャック』

〈荒木香織の顔が　東海道四谷怪談のお岩さんの絵みたいになりますように　右の額と目蓋が腫れ上がって垂れ下がりますように　髪の毛がたくさん抜け落ちますように　腫れ上がったところと頭は焼け付くような痛みに襲われますように　それ以外は死人みたいな土色になりますように
かほちよにいきるすべなきもののわざたえてのろはむうるはしみにくし〉

訃報を聞いたのは一時間目のチャイムが鳴った直後だった。三井が教室に入ってくるなり早口で「荒木香織が昨日、事故で亡くなった」と脂汗を拭きながら言った。三百階段から落ちたという。いつも一緒にいる小原五月が、病院で香織の親と一緒に最期を看取ったそうだ。

小原は来ていなかった。九条桂と鹿野真実が意味ありげに視線を交わしていた。どちらも憔悴している風に見えた。事情を知っているのだろうか。或いは——

お岩さんのように醜くなった瞬間を目撃したのか。

教室で聞き耳を立て、SNSで検索するだけでも拾える情報は多い。告別式を終える頃には状況が見えてきた。九条と鹿野、中杉と小原。この四人が見ている前で、荒木はお岩さんになり、その弾みで階段から転げ落ちて死んだらしい。小原が突き落としたという噂もあるが真偽のほどは定かではない。

翌朝、目と瞼を真っ赤に腫らした小原が、荒木の席に花を供えた。

学校は騒ぎになっていた。異様な空気が三年二組だけでなく、学校全体を覆っていた。昨日は校門前に何人か、記者が来ていたらしい。盛り上がっているのだ。世間を賑わしているのだ。

日本史の升野《ますの》が授業中「噂話を真に受けないでね。加担するのも厳禁よ」と説教した。男子バレー部顧問の現国、常田《つねた》が「下らない学校の怪談と結び付けたりしてないだろうなあ」と凄んだ。どちらも指導したつもりだろう。わたしは教科書で顔を隠しながら笑いを堪えた。ユアフレンドはバレない。まともな大人なら相手にもしない。

だが。

荒木の死後、三年二組には言わば厳戒態勢が敷かれるようになった。終礼が済むとすぐ、生徒は教室から退出させられる。小谷が施錠し、翌朝の八時に解錠する。どうやら小谷はおまじないを「実在するもの」と見做し、対処しているらしい。学校にどうやって話を取り付けたのだろう。いずれにしろ、机や後ろの棚に呪具を突っ込むことは難しくなった。

わたしは冷静だった。荒木の死を知っても葬儀に参列しても動揺せず、泣き叫ぶ親族を目の当たりにしても、罪悪感に苛まれることはなかった。事故死だからか。それともクラスの連中を攪乱させるためだけに、適当に選んだ相手だからか。きっと後者だろう。便箋の文章も適当だった。小谷の妨害は想定外だったが、困惑はしていない。悔しくもない。

悔しいのは荒木が変貌する瞬間を見られなかったことだ。

崩れる顔を間近で観察したかった。悲鳴を聞きたかった。周囲の嫌悪の表情も確かめたかった。タイムラグさえなければ、教室で見ることができたのに。五時間目が終わって理科室から帰ってきた後、六時間目の授業中に。

どうしたことだろう。すぐに効果が現れるのではなかったのか。手順④にそう書かれていた筈だ。今までも「すぐ」とは言えないほど間が空いたが、今回は特に酷い。

それだけではない。もっとおかしな点が一つある。

当人にも周囲にも呪具を見られたのに、おまじないが効いたことだ。これも手順④と矛盾している。ユアフレンドの記述と、実際の効果に齟齬がある。

おまじないが、呪いの力がおかしくなっているのだろうか。であればそのうち弱まって消えることもあるのだろうか。

せっかく手に入れたのに。せっかく姫崎麗美に選ばれたのに。

こんなに楽しい気持ちになったのは初めてなのに。

いや、待て。

一字一句暗記したユアフレンドの記述を頭に思い浮かべながら、わたしは自分を落ち着かせた。

「すぐ」という表現は相対的だ。何を基準にした「すぐ」なのか。世間一般の感覚か、姫崎麗美の感覚か。それとも此処ではない世界の。有り得ないとは言い切れない。触れたり読んだりできるけれど、あの雑誌はこの世の物ではないのだ。

基準が分からない以上、仮に呪具を渡して効果が現れるまで数日、数カ月かかったとしても、「記述と違う」とは言えない。

もう一つの疑念については、最初の最初に解消していた。わたしが間抜けだったのだ。あの時は動転していたから、細かい状況をすっかり忘れていた。羽村更紗はおまじないにすぐ気付いたのだ。そしてわたしを——

いずれにしろ、渡す瞬間でなければ呪具を見つけられても一向に構わないわけだ。渡し方の選択肢はいくらでもある。教室が施錠されていても呪える。例えばメールやチャットはどうだろう。血膿を塗りつけた写真をスキャンして、テキストと一緒に送信するのは。

駄目だ。このやり方は心許ない。メールやチャットが送信されるのは受信者が契約しているサーバで、受信者はそれをデバイスで呼び出しているだけだ。本当の意味で「渡した」と言えるか、かなり怪しい。「学校で」にも反するような気がする。でも、試してみる価値はあるだろう。成功すれば効率は大幅に上がる。呪いやすくなる。今回、荒木香織を呪ったことで新たな発見があった。改めてユアフレンドに感謝しなければ。

感謝。

思考が止まった。胸が痛む。いきなり涙が出そうになる。

駄目だ、いけない。

考えるな。こんなに楽しいのだ、ありがたいと思え。

感謝しろ。おまじないに、ユアフレンドに。素敵な呪いを遺して自殺した、醜い女子生徒・姫崎麗美に。そして今すぐ次の〈標的〉を決めるのだ。誰にしよう。今度こそ中杉千亜紀か。荒木と仲良しの小原か。それとも――

「ねえねえ」

声を掛けられて心臓が跳ね上がった。叫びそうになるのをぎりぎりで堪える。教室のざわめきが耳に届いた。そうだ。今は昼休みで、わたしは席に着いている。いつものように一人で。

机のすぐ側で、鹿野真実が不思議そうな顔をしてわたしを見下ろしていた。のっぺりした顔にはわずかにニキビができている。無言で彼女を見上げていると、

「ちょっといいかな」

彼女は小声で訊いた。スマホを机に置くと、

「この日の朝、何時に登校したか教えて欲しいんだけど」

画面に表示されたカレンダーを示す。

わたしが黒板に写真と文字を——犯行声明を残した日だった。

「あとはこの日、各休み時間にどうしてたか」

わたしが荒木の机に呪具を突っ込んだ日。

動悸が早まっていた。鹿野はてっきり探偵ごっこに勤しんでいるだけだと思っていた。まさかここまで地味で面倒で、それでいて現実的な調査をしているとは。

答えたくない。うまく嘘を吐く自信がない。だが答えない訳にはいかない。絶対に怪しまれる。

「……なんでわたしに？」

平静を装いながらわたしは訊ねた。時間を稼いで上手い嘘を考えよう。

「単なる席順だけど」

彼女は答えた。

「すぐ答えてくれそうな子にはあらかた訊いたから、次は席順。窓際の先頭からスタートして、こう回ってきたの」

ずっと教室にいるのに気付かなかったのか——そんな呆れの表情が顔に浮かんでいる。

彼女の視線が気になって思考がまとまらない。嘘を作る作業が進まない。

どうしよう。どう答えたら怪しまれずに済むだろう。

なんとか指でカレンダーを指し示して、

「……この日の朝は、いつもの時間に来た」

「いつもって何時？」

「八時二十分くらい」

「学校に着いたのが？　教室に来たのが？」

「が、学校」

「じゃあここには二十一分か二十二分に来た？　それで黒板の異変に気付いたの？」

「うん。その時には結構、人だかりがしてたから」

これは事実だ。鼓動が少しずつ治まっていく。安堵が胸に広がったその時、

「靴履き替えてから、トイレにはいかなかった？」

予想だにしなかった問いかけに、わたしの体温が一気に冷えた。気付けば姿勢を正して鹿野真実を見つめていた。何か知っているのか。わたしがトイレで時間を潰していたことを知り、今カマをかけているのか。

「なんで、そんなこと」

「だって朝イチで来たの四ノ宮《しのみや》さんで、その時にはもう黒板の写真と文字はあったって言うんだよ。七時四十五分きっかり。それから一分後に上埜《うえの》さんが来てる。いつも早く来て妄想トークに勤しんでるんだってさ」

わたしは廊下側の席を見た。海藻のようなツインテールの四ノ宮繭《まゆ》と、ハリネズミのような直毛の上埜藍《あい》が、何事か言い合いながら一台のタブレットを覗き込んでいる。画面にはアニメ絵の男性キャラクターが何人も表示されている。いわゆる腐女子の仲良し二人組だ。一本調子で早口の会話が、ここまで聞こえてくる。

「ってことは犯人はそれより前に来て、一仕事済ませて教室を出たってことでしょ。前日は見回りの先生が何もなかったの確認してるし。だからトイレかどっかに隠れてたんじゃないかなって思って」

当たっている。しかし。

「その二人が、う、嘘吐いてるかもしれない。口裏を合わせて……」

「それはないかな」あっさりと鹿野真実は否定した。「だって二人の間に永井くんが教室に来てるから。いつもギリギリに来るけど、この日は親御さんと喧嘩して、いつもよりずっと早くに家を飛び出したんだって。つまり偶然この時間に登校したの。そして四ノ宮さん上埜さんの証言を裏付けてる。永井くんにこの二人を庇ったり協力したりする理由は見当たらない。むしろ嫌いみたいだよ。この手の女子は男同士の変な妄想ばっかしててキモいって言ってた。黒板見て一緒に驚きはしたけど、会話らしい会話はしていない。あと……」

おっと喋りすぎた、とわざとらしく話を切り上げる。

あろうことか、わたしは感心していた。同時に恐れていた。目の前の探偵気取りは突っ走っているのではない。着実に成果を挙げている。気迫と執念に感化されたのか、クラスの連中は普通に彼女に協力している。言いにくいことも打ち明けている。この調子で調査が進めば、鹿野真実は遠からず真相に辿り着くかもしれない。

「……トイレは、行ったかも。よく覚えてない」

わたしは曖昧に答えた。入る時も出る時も誰もいなかったが、目撃者が全くいないとは限らない。

「そっか。じゃあこの日の休み時間は」

「ここか、トイレか、そのどっちか。でも正確には覚えてない」

小さく苦笑してみせたが鹿野真実は笑わなかった。真剣な目でわたしを見つめている。いや――わたしの顔を見ている。さりげなく、でもしっかりと観察している。わたしの頬を額を顎を。鼻を眉間をこめかみを。

この醜い顔を。

「できるだけ思い出して。自分のことは勿論、他の誰かのこともね。言いにくいなら電話とかでもいいよ。番号はこれ」

彼女は液晶に連絡先を表示させた。高圧的ではないのに有無を言わせない口調と態度。わたしはしぶしぶ鞄からスマホを取り出して、彼女と電話番号を交換した。頭の中で様々な感情と思考が渦巻いていた。これで尋問は終わりだ。解放される。

そう思った時、小さな思考が頭の片隅で灯った。一瞬で爆発し、ある感情を湧き上がらせる。突然のことにわたしは狼狽した。汗があちこちから流れ出した。いけない。止めろ。このまま自然に切り上げろ。

「……あの」

「うん?」

「荒木さんがその、事故に遭った時、その場にいたって聞いたけど」

鹿野真実の平板な顔に変化が表れた。目には暗い光が宿り、唇がぴくりと動く。

「いたよ。救急車呼んだの、わたしだもん」

口調もさっきまでとは違って弱々しい。

「み、見たの？　おまじないが効いたところ」

わたしは訊いた。訊いてしまった。掌に大量の汗を感じる。

湧き上がった感情とは、好奇心だった。耐え難いほどの欲求だった。理性がいくら止めても、訊かずにはいられなかった。

彼女の片眉が上がった。肩をいからせる。やはり不謹慎だったか。気分を害してしまったか。それともわたしの態度や口調が怪しくて不審に思われたのか。

後悔の念に苛まれていると、

「みんな知りたがるね」

やれやれといった調子で彼女は溜息を吐いた。

「それ訊いてきたの何人目だったかな。嫌になるよ。人が死んでるし、こっちはショック受けてるのに」

「ごめんなさい」

「いいよ。気になるのが普通といえば普通だし。でも答えるのは嫌。お断りします」

こちらが返事をする前に、彼女はスタスタと離れていった。同じ列の、男子を飛ばした「わたしの次」の女子、棚見由季《たなみゆき》に声をかける。

その後ろ姿をぼんやり眺めながら、わたしはいつの間にか想像していた。同級生について学校について考えていた。

大勢いるのだ。人が醜くなる様を見たがる人間は、少なくないのだ。確かに血まみれの夕菜にみんな注目していた。黒板の写真を夢中で見ていた。彼女にタオルを被せたり、写真を剝がしたりする人間は、生徒の中からは一人も現れなかった。

蔑みながらも求めているのだ。遠ざけておきながら観賞はしていたいのだ。醜い人間を、醜く崩れていく人間を。次の標的が自分になるなんて夢にも思わず、ずっと野次馬でいられると信じ込んで。

なんて愚かなのだろう。下劣で浅はかなのだろう。

鹿野真実はそんな連中とわたしを一緒にした。区別できなかった。

チャイムの音がした。同時に奥歯に痛みを感じる。わたしは知らない間に歯を食い縛っていた。机の上で両手を固く握り締めていた。

※　※

ユアフレンドのおまじないについて知ったのはいつだっただろう。桂は記憶を掘ろうとして、あっさりと思い出した。この顔になる以前、小学六年生の時だ。四ツ角高校に通う姉から聞いた、という触れ込みでクラスメイトから教えてもらったのだ。

少しばかり毛色の違う、学校の怪談。聞いた当初もその程度の印象だった。その場で多少盛り上がって、すぐ忘れた。今の今まで思い出さなかった。進路を決める頃に思い出していれば、ここを志望することはなかったかもしれない。

こんなことになるとは思わなかった。学校の怪談だと思っていた噂が、現実の脅威だとは想像もしなかった。人を傷付け、殺す力だとは。自分もその余波を食らい、苦しめられるとは。

瞼を閉じれば香織の変わり果てた顔が浮かぶ。呻き声、垂れ落ちた血。虚脱した表情。鞄とその中身が散らばった階段。

眼下の地面に横たわる香織。

「救急車呼ぶ！」

叫んだのは鹿野真実だった。スマートフォンを耳に当てながら、猛然と階段を駆け下りる。桂は手すりを摑み、ふらつく足で後を追った。何度も転びそうになり、途中で千亜紀に追い越された。彼女は香織の側にしゃがむと、真っ先に捲れたスカートを戻した。

桂が声をかけても香織は反応しなかった。頰を叩こうとして手が止まる。触れない。いや――触りたくない。

反対側に回った千亜紀が大声で香織の名前を呼び、躊躇《ちゅうちょ》なく頰を打った。

小原はただ泣きじゃくるばかりだった。千亜紀は救急車が来るまでの間に、香織の荷物を拾って鞄に詰め込むことも済ませていた。真実は電話で、状況と現場の位置を冷静に伝えていた。自分は何をしていただろう。

サイレンの音。救急車の中。病院。取り乱す香織の家族。彼らや医者に何と説明したのか思い出せない。記憶が不鮮明で時系列はあやふやだ。ただ同じ感情だけが胸に留まっている。

呪いがまた人を殺した。直接ではないにせよ死に追いやった。

次は自分かもしれない。

その恐怖と同じくらい、罪悪感と自己嫌悪が桂の心を蝕んでいた。

変貌した香織の顔に触ることができなかった。醜い、気持ち悪いと思った。そう思われることがどれだけ辛いか分かっているのに。そんな視線を向けられる苦痛を、充分すぎるほど味わっているのに。

香織が死んだ翌日から、桂は眠れなくなった。運良く眠りに落ちてもすぐうなされ、飛び起きてしまう。悪夢を見るせいだ。繁華街で見えない誰かに、マスクを剝ぎ取られる夢。顔を押さえ、大勢の視線を避けながら逃げ惑ううちに、顔が疼き始める。隆起し始める。掌が熱いもので濡れ、指に髪が絡みつく。自分の顔がどうなっているか克明に想像してしまい、絶叫したところで目が覚める。その繰り返しだった。食も細り両親に心配され、思い切って事情を説明すると心療内科の受診を勧められた。

「お前は友達の不幸で参ってるんだよ」

父親は暗い顔で言った。

「桂は本当に優しいのね。だから傷付いたのね」

母親は涙を流して言った。

一度だけ心療内科に行き、睡眠薬を処方された。薬を飲むようになって悪夢を見る率は減ったが、気持ちは少しも晴れなかった。

気付けば期末テストが一週間後に迫っていた。

まるで勉強する気になれない。三年に進級してすぐ志望大学も決めていたが、今は一ミリも意識を向けることができない。いずれ後悔するのは目に見えていた。居残って無理にでも勉強しようか。駄目だ、教室は小谷が施錠するようになった。おまじない対策らしい。場当たり的ではあるけれど効果はある。この点だけは安心できる。

ということは。

桂はそこでようやく気付いた。

小谷が教室の前のドアを施錠し、次いで後ろのドアを施錠する。廊下にたむろする生徒はほとんどいない。好機だ。桂は小谷に声をかけた。

「先生はユアフレンド、信じるんですか」

小谷の地味な顔に驚きの表情が浮かんだが、すぐいつもの笑顔に戻った。仮面のような微笑。温厚で授業も分かりやすい方だが、苦手だという生徒は大勢いる。何を考えているか分からないと忌避する生徒も。顔立ちと寸胴を「ハニワ」と揶揄する生徒も。上江洲や永井がそうだ。夕菜も更紗もそうだった。

桂には疑問だった。嗤うような顔だろうか。むしろ少年のようで可愛らしい。張り付いた笑みさえなければ、もっと親しみを感じていたはずだ。もっと早く声をかけていたはずだ。

「今はそうすることにしてる」

鍵をチャラリと鳴らして小谷は答えた。

「おまじないなんてただの噂です、あり得ません、だから放置します——って納得いかないから。これ以上、二組の子を誰も苦しめたくないしね」

桂は戸惑った。想像していた以上に真剣な回答だ。よく見ると笑っているのは口と頬だけで、目は悲壮な決意で光っている。

「よ、よくOKしてくれましたね、校長とか、教頭とか……」

「言いくるめたの。悪ふざけで変なことする生徒が現れるかもしれないから、って。このタイミングで教室に忍び込んで、不謹慎な落書きとかしそうな子、いるでしょ」

四組の素行の悪い男子が何人か思い浮かんだ。二年にも一年にも、その手の生徒はいる。

「実際、どう？　変なことは起こってない？　聞いた話でもいいけど」

「今は特に、ないです。鍵閉めが効いてると思います」

桂が鍵に目を向けると、小谷は「そう。やってよかった」と言った。疲労と安堵が口調から滲み出ていた。思った以上にまともだ。生徒思いだ。担任に対する印象が、わずかな会話で変わっていた。

「体調はどう？　今も眠れない？」

「いえ。マシになりました」

医者に行く前に不眠について小谷に伝えた記憶があるが、細部は曖昧だ。

「他の三人はどうかな。その場にいた子たち」

「小原さんは落ち込んでます」

途端に小原五月の顔が浮かんだ。つい数時間前、昼休みのことだ。自分の席で彼女は一人、虚ろな表情でスマートフォンを撫でていた。液晶画面に無数の罅《ひび》が入っている。見覚えがあった。あの日あの時、千亜紀と口論になった時に、香織が地面に叩き付けたものだ。つまり香織の遺品だ。赤いカバーのあちこちが黒く汚れていた。

五月の細い目から涙が流れ、丸い頰を伝っていた。

クラスメイトを地位でしか見ていない五月だが、香織は例外だったらしい。似た者同士、本当に仲が良かったのだろう。突き飛ばした後悔の念に苛まれているのかもしれない。周囲の視線に気付き、彼女は顔を隠して教室を出て行った。

「鹿野さんは調査を頑張ってます。中杉さんも落ち込んでるけど、周りのフォローでちょっと立ち直ってるみたいです。他のクラスの子とか。あと男子。永井とか上江洲とか」

「そっか。わたしの印象とそう変わらないね」

生徒をちゃんと見ている。また少し距離が近付いた気がする。そう思った時、小谷がふっと表情を和らげた。作り笑いではない、本物の微笑が浮かんでいる。

「九条さん、そんな声だったんだ」

「え?」

意味が分からない。会話をしたことは何度もあるし、授業で当てられて答えた回数はもっと多い。荒木が死んだ直後も、病院で経緯を説明したはずだ。

小谷は恥ずかしそうに視線を逸らした。

「ごめんね、わたしが今までちゃんと聞いてなかっただけ。正直、印象がなくて」

「そう、ですか」

「壁を作ってたみたい。この顔もそう」

上がったままの口角を指す。自覚があったのか。

「だからこんなことになっても、全然ちゃんと対策できてないの。そのくせ疑心暗鬼は膨らんでて、今ちょっと緊張してる」

疑心暗鬼とはなんだ。緊張とは。首を傾げていると、

「はっきり言うとね……九条さんが犯人だったらどうしようって思ってる」

小谷は詰まりながら言った。

沈黙が廊下に漂う。遠くで吹奏楽部のフルートの音がする。

自分でも意外だったが、桂は傷付かなかった。むしろ自分に呆れていた。小谷がユアフレンドを信じているなら、自分に疑念の目を向けてもおかしくない。何故今までその可能性に思い至らなかったのだろう。こんな顔なら疑われて当然ではないか。香織と小原は実際に疑っていたではないか。

頬が痛むかと思ったが何の感覚もしなかった。代わりに場違いな安心感が胸に湧いている。

目の前の教師は本気だ。本気で生徒を心配し、一連の出来事に心を痛めている。何とかしようと実際に動いて、言いづらいこともこうして生徒に打ち明けている。決していい教師を演じているわけではない。事実いい教師なのだ。ただ分かりにくいだけ、笑顔が壁になって見えないだけだ。

だから小谷舞香は犯人ではない。ユアフレンドの持ち主ではないし、生徒を苦しめたりもしない。真実は容疑者リストに入れているようだが、自分なら外す。直感に過ぎなかったが、桂はほとんど確信していた。

「わたしは違います。信じてもらえないと思いますけど」

桂は言った。

「言ってくださってありがとうございます。逆にその、嬉しいです。ちゃんと考えてくれてるって分かったから」

「九条さん」

「気になることとか気付いたことがあったら、伝えます。鹿野さんみたいに仇討ちとかは考えてないですけど、単純に止めたいので」

言葉にした直後、悪寒が電流のように手足を走り抜けた。

そうだ。続くのだ。このままだと新たな被害者が出る。

止めるまで終わらない。

これも直感だが確信があった。無意識に予想していた。そして小さな決意が、桂の胸の内で固まった。

止めよう。

自分にどれだけのことができるか分からないが、止める努力はしよう。おまじないを無効にする方法を見付けるか、犯人を特定するか。とりあえず鹿野真実と協力するのがいい。もちろん小谷とも。

「ありがとう」

小谷は目を細めた。フーッと大袈裟な溜息を吐く。

「よかった。嫌われたらどうしようかと思った」

「いえ、全然」

「野島さんには嫌われたみたい。お見舞いに行って、途中までは上手くいってたのに」

「そうなんですか」

「うん。難しいね」

そろそろ別れる流れだ。桂が挨拶をすると、

「じゃあ、気を付けてね」

小谷は答えた。すぐに続ける。

「わたし、生徒のみんなのこと守るから」

小さな声だったが、決意に満ちていた。表情も真剣だった。

「はい。それじゃ」

桂は踵を返して歩き出した。廊下を真っ直ぐ進み、角を曲がってすぐの階段に足を踏み出したところで、無意識に頬に手を当てる。

例の感覚が顔の左半分に広がっていた。

突き放されたような気分にもなっていた。どうしてだろう。顔のことを言われたわけでも、視線が気になったわけでもないのに。小谷と話せて嬉しかったのに、すぐまた距離を感じたのは何故だろう。

首を捻りながら桂は学校を出た。


消しゴムを切らしていたのを思い出して駅に向かい、スーパーでシャープペンシルの芯と一緒に買った。大通りを歩き、古びたファミリーレストランの前に差し掛かる。郊外型の広い駐車場に車はまばらだった。何気なく店舗に目を向けると、窓越しに客と目が合った。

鹿野真実だった。かなりの距離があるのにはっきり視認できた。四人がけのテーブル席。対面には四ツ角高校の制服を着た女子が座っているが、顔は見えない。

真実が腰を浮かせて、大きく手招きした。

激しく心音が鳴った。

クラスメイトに、ファミリーレストランで、「来い」と呼ばれている。同級生と飲食店に行く。いつ以来だろう。思い出せないほど久々だ。

真実は小刻みに跳ねるようにして、手招きを繰り返していた。「もう」と言わんばかりに頬を膨らませている。桂は小走りで店の出入口に向かった。

「どうしたの、すごい睨んでたけど」

テーブルに辿り着くと、真実が不思議そうに訊いた。「ううん、なんでもない」と誤魔化して視線を彼女の対面に向ける。小原五月が香織のスマートフォンを手に、暗い顔で二人がけソファの真ん中に座っていた。すぐ前の大皿は空だった。

桂は真実の隣に座った。

「ええと……調査？」

「もう捜査ね。完全に犯人捜しだから」

真実は神妙な顔で言って、通りかかった店員にメニューを頼んだ。

メニューを眺めてあれこれ悩み、結局ドリンクバーだけで済ませることに決めた。呼び出しボタンを押し、やって来た店員に注文する。これだけのことで胸が高鳴った。深刻な場だと察しがついていたが、高揚感を覚えずにはいられなかった。

ドリンクバーのコーナーへ行き、トロピカルティーをグラスに注ぐ。ストローが見当たらないので店員に訊ねると、「環境保護のため今は置いていない」と返ってきた。いつの間に変わったのだろう。これでは飲むときにマスクを取らなければならない。

やはりここは、普通の人用の店だ。

楽しかった気持ちがあっという間に萎んだ。気落ちして戻ってくると、待ち構えていたように真実が口を開いた。

「犯人の心当たりはあるかって、小原さんに訊いてたの。パンケーキ四段重ねを二セットとドリンクバーを奢ってね」

五月が顔を上げた。口元が光っているのはメイプルシロップか何かだろうか。

「前も言ったけどさ、やっぱ下の方のやつらが怪しい。わたしらがキラキラしてて美人だからウゼーってなって、それで」

ちらりと桂を見る。チリリと頰が焼けたがすぐに止んだ。身構えていたせいだろう。

真実が水を一口飲んで、

「要するに、動機は嫉妬ってことよね。カースト下位の女子が、上位の女子を妬んだ。その序列は美醜とある程度の因果関係がある。だからブスが犯人だ、ってこと?」

「だから言ってんじゃん」

「わたしも前に言ったよ。別にあなたたちのこと、羨ましくもなんともない。美しくて素晴らしいのはさら様だけ。後はどうでもいい」

「もういいって。それ、さらちゃんも呆れてたよ」

「知ってる。でも突き放したりはされなかった。わたしみたいな人、昔から周りに必ず一人いたんだって。幼稚園小学校中学校、親戚付き合いにもご近所にも、旅先とかでも。いちいちウザがってたらキリがないって」

彼女なら有り得る。

「はあ、慣れてたんだ」

「そう。だからさら様にとって、わたしは空気みたいなものだったの。でね、わたしにとってはさら様以外が空気。嫉妬なんかしない」

真実は五月を真っ直ぐ見つめた。五月が舌打ちして睨み返す。張り詰めた空気がテーブルを覆い尽くしている。桂は縮こまって事態が静まるのを待った。

「じゃあ、九条さんはどう？」

「えっ」唐突な真実の問いかけに、桂は縮み上がった。

「可愛くてクラスの中心にいる人たちのこと、妬んでる？　付け足しで荒木さん小原さんも」

「は？　付け足しって何？」

五月が尖った声で訊いたが、真実は涼しい顔で桂を見つめていた。

残酷な質問だった。この顔だから訊いているのだと分かる。それを五月の前で答えさせるのも酷いといえば酷い。だから招いたのかと今更になって合点する。

しかし。

「……羨ましい気持ちは、あるよ」

桂は思い切って答えた。グラスを持つ両手に、力が入る。

「もちろんある。でもそれはみんなに対してだから。か、鹿野さんにも、小原さんにもある。普通の人たち全員に」

これだけのことで口も喉も渇き切っている。

意を決してマスクを下ろし、一気にトロピカルティーを飲み干してすぐに戻す。テーブルにグラスを置く頃には、顔中が痺れていた。

「こ、これだけのことも大変。普通じゃないから。自意識過剰だって言われても無理。二人とも見てたよね。この顔、気になったでしょ」

言葉が勝手に口を突いて出ている。

答えが返ってくる前に話してしまう。

「特別綺麗になりたいなんて全然、思わないよ。ふ、普通になりたいだけ。だから綺麗な子が嫌いだとか、傷付けたいとかも、全然。それ以前のもんだ……」

呼吸が苦しくなって、桂は話すのを止めた。

五月は気まずそうに外を見ている。真実は視線をテーブルに落としている。訊いておいてそれはないだろう、と思いながらも桂は納得していた。今のは受け止めづらい発言だろう。立場が逆なら自分も何も言えなくなる。

どうしよう。打開策を考えていると、五月が不意に桂のグラスを摑んで立ち上がった。自分のグラスも手にしている。

「同じの？」

「えっ」

「じゃあ何がいい？」

面倒臭そうに訊く。咄嗟に「コーラ」と答えると、五月はスタスタとドリンクバーのコーナーに歩いて行った。

呆然とその背中を眺めていると、

「ごめんね」

と真実が言った。

「正直、わたしも疑ってなかったわけじゃないの。封筒をわたしに見せて推理を聞かせてくれたのも、怪しまれないように善意の第三者を装ったんじゃないかって、ちょっと考えてた」

「これのせいだよね」

マスクを指し示す。真実はその場で小さくなって、「うん。本当にごめん」と言った。

「仕方ないよ。正直に言ってくれてありがとう」

桂は本心から言った。

「小谷先生も疑ってた。さっき学校でその話になったの」

「え、小谷が？」

かいつまんで説明すると、真実は唇をひん曲げた。

「意外と真面目だね」

「だから先生も犯人じゃない気がする」

「いや、どうかな。それとこれとはまた別」

「でも」

反論しようとしたところで、五月が戻ってきた。コーラで満杯のグラスを桂の手元に置き、滑らせるようにストローを添える。

「ここの系列、はっきり『ください』って頼んだらストローくれるよ」

そう言い捨て、気怠そうに座る。桂は礼を言ったが、五月は何も反応しなかった。

「話を戻すね」真実が口火を切った。

「正直、わたしも小原さんと似たようなことを考えてた。今も完全に却下したわけじゃない。でも、もっと単純な動機のセンから探してもいいと思ったの」

真実は意味深に間を置いた。

「『木を隠すなら森の中』って言うでしょ。殺したい相手が一人いたら、そいつを殺《や》る前と後に、全く関係ない人間を何人か殺すの。意味深なニセの法則を持たせてね。被害者の名前と、殺害現場の地名のイニシャルが同じだとか、被害者の名字がアメリカの歴代副大統領と同じで、しかも殺害された順と就任した順が一緒だとか。探偵がその法則に気を取られているうちは、犯人は容疑から逃れることができる」

「漫画とか小説だけでしょ」と小原が鼻で笑う。

「もちろん。だって現実的じゃないもの。探偵にニセの法則に気付いてもらうまで、犯人は殺人を続けないと駄目だからね。どんどん罪は重くなる。しかも仮に早い段階で気付いてくれたからって、本命を殺したところで終了ってわけにもいかない。犯人の真意――本当の動機がバレる恐れがあるから。じゃあ追加で何人殺せば安心できそう？　一人じゃ心許ない。二人でも若干不安。万全を期すならあと三人か四人は殺しておきたい。ね、どう転んでも割に合わないでしょ。でも」

グラスの水を飲み干し、再び話し出す。

「ユアフレンドのおまじないは割に合うの。心理的にも、法律的にもね。そもそも犯罪じゃないし、手順も多分そんなにややこしいものじゃないと思う。木を隠すための森を簡単に作れる。頂点の羽村さん、二番手の野島さん、ちょっとズラして荒木さん」

「ズラしてって何？」

「これで一応、いかにも上位グループを狙ってます感は出るでしょ。写真を黒板に貼って変な文句残したのも、それを印象付けるための手段。わたしも含めてみんな惑わされてるだけで、実はこれまでの中の一人か、これからの一人が本命って可能性はあるんじゃない？」

真実は桂の水を飲み始めたが、桂は何も言えなかった。

「個人的な怨恨のセンもある。そう思って小原さんに今訊いてるの。心当たりはない？単純に誰かが誰か一人を、傷付けたいほど恨んでるって話、知らない？」

「……どうかな」

五月は俯いて考えこんだ。先程から真実に何度か無視されているが、怒っている様子はない。気迫に圧されたのか。いずれにしても、真実の仮説にはそれなりに説得力があった。

「でも、それって」桂は思い付いて口にした。「その……本命以外はカモフラージュのためだけに呪われた、ってことだよね。それか、これから呪うか」

「うん。だからそう言ってる」

「羽村さんも？」

「もちろん」

真実は嫌悪の表情を浮かべた。

「考えたくないよ。さら様がニセの図形を引くための点Aにされて、死に追いやられたなんて。でも、嫌だからって除外したら捜査にならない」

「カオも？」

五月が訊いた。「カオも点にされたってこと？」

「かもね」

真実が冷酷に答える。

二人は再び睨み合い、桂は再び縮こまる。先に目を逸らしたのは五月の方だった。

「……何だよ、それ」

食い縛った歯の間から搾り出す。形見のスマートフォンを握る手と指に力がこもり、血が引いている。

「わたし、カオ殺しちゃったんだよ？」

「小原さんのせいじゃない」

語気を強めて真実が言った。桂も大きく頷いてみせる。あれは事故だ。不幸な偶然だ。

「でも怖かった。カオのこと怖いって、近寄るなって思って……」

「わたしだって思ったよ」真実が再び被せる。「あの場にいた人は彼女を怖がった。小原さんだけじゃない。わたしも九条さんも中杉さんもみんな」

桂は頷いた。自分も間違いなく恐れた。忌避した。横たわる香織の頬に触れなかった。そこは認めなければならない。

「とても悪いことだよ」真実が暗い顔で、「最低だと思う。でもそれを言うならみんな最低なの。小原さん一人が抱え込むことじゃない」

「くそ」

五月が小声で吐き捨てた。涙と鼻水で顔中が光っている。

「ニセの法則とか図形とか、そんな理由でカオがああなって……」

香織のスマートフォンに涙が滴り落ちる。

「カオすごい頑張ってたのに。行きたい学校があるけど偏差値的に厳しいし学費もさ、いま親父さんが仕事ヤバくて出せないからって、去年からコツコツ自分で貯めて、ほんとはダメだけどバイトもして。くらしマートが自然派路線になった店あんじゃん」

「くらしファームね」

真実が合いの手を入れる。県境を越えたところにある中型のスーパーだ。そこまで遠出すれば、同じ学校の生徒や教師に見つかることはないだろう。

「バイト行くのもこっそりチャリにして、支給された交通費も貯めてさ。髪も自分で切ってスマホも二台持ち止めて、わたしがパパ活したら？　って訊いたら凄いキレてさ。冗談でも言うな、そういうのは言葉にするだけで段々ハードル下がるからって、五月も絶対やってほしくないからって、ま、真顔で……」

五月はテーブルに突っ伏した。傾いたグラスを真実が咄嗟に摑む。

声を殺して泣く五月に、かける言葉が思い付かなかった。

クラス内に怨恨は見付からなかった。少なくとも五月は心当たりがないという。「チャットグループで悪口言いまくってるのが本人に知られたとかは？」と真実が訊いたが、五月は頭を振った。そうした場でクラスメイトをからかうのは日常茶飯事で、それも悪意があってすることではないという。更紗、夕菜、千亜紀、香織に五月、他クラスの女子が何人か参加しているグループの、他愛ない日常会話。

「あんたも何回かネタにした」と五月は真実に言った。「信者とか手下とか言って。さらちゃんが犯罪やらかしたら身代わりに出頭してもらおう、みたいな。言っとくけど、さらちゃんは全然乗ってこなかったよ」

「そりゃあそうよ」と真実は誇らしげに答えた。

自分もネタにされたことはあるのだろう。桂は思ったが訊かなかった。五月も言わなかった。槍玉に挙がったのは女子に限らず、男子も教師もいた。小谷はグループ内のやり取りでもハニワ呼ばわりだった。ここから犯人を捜すのは難しい。

日が暮れたあたりで解散となった。帰宅した桂は母親に小言を言われたが、まるで頭に入らなかった。考えるのはユアフレンドのこと、犯人のことばかり。

部屋に戻りマスクを剝ぎ取り、無意識に部屋着に着替えた直後。

机に置いた鞄が目に留まった。

椅子に重ねたスカートとブラウスも。

少し時間は遅いが、いつもの景色だった。それなのに異様だった。目が離せないほど禍々《まがまが》しい気配を感じる。理由は考えるまでもなかった。

桂は息を殺して制服のポケットと、鞄の中を改めた。

呪具はどこにも入っていなかった。

写真も、手紙も。封筒も、それに類するものも見当たらない。

直前まで立ち込めていた重く怪しい空気は、拍子抜けするほどきれいに霧散していた。

胸を撫で下ろしてすぐ、自分に嫌気が差す。同級生、それも少しではあるが確実に距離の縮んだ二人にまで、疑いの目を向けてしまう。その状況にもうんざりした。

いつまでこれが続くのか。

そこまで考えて、桂は小谷との会話を思い出した。

犯人の行動を止めるまで続くのだ。だから止めなければならない。

決意を思い返したところで、頬の感触が甦った。

あれは何だったのか。なぜ小谷と話して感じたのか。分からないまま桂は夕食を取った。テスト勉強には少しも身が入らなかった。

翌朝。三百階段を降りたところに、花が供えられていた。今までは見なかった。落ちている線香の灰がまだ新しいことから察するに、供えられたのは昨夜らしい。暗くて気付かなかった。

自分も花を手向けよう。今までそんな発想に至らなかったことが申し訳ない。親しくはなかったが、荒木香織の死はただ悲しく、苦しい。まともな感情が戻ってきていることを実感しながら、桂は学校へと向かった。

校門をくぐったところで、職員用玄関に小谷の背中が見えた。すぐに見えなくなったが、右手に真っ白い包帯をしているのが分かった。どうしたのだろう。昨日の今日だ。不思議に思いながら桂は生徒用玄関を入り、上履きを履き替える。

「おはよう」

真実だった。ほとんど開いていない目を擦っている。桂は場所を譲りながら挨拶を返した。

「昨日はごめんね、捜査に付き合わせて」

「全然」

「一時間目って数学だよね」

「その前に学年集会」

「だっけ。特に話すことも――」

真実が上履きを引き抜くと、中から白いものが落ちた。簀《すのこ》の上にぽとりと着地する。封筒だった。

横書き用、あるいは洋封筒と呼ぶのだろうか。表には宛名だけが印字されていた。

〈鹿野真実様へ〉

真実が吸い寄せられるように屈《かが》んで手を伸ばし、封筒を拾い上げる。そのまま小走りで玄関の隅、傘立ての隣に向かう。

桂が来るのを待って、真実は封筒を裏返した。

赤いハート形のシールで封がされていた。その右下に差出人の名前が記されていた。

〈あなたのともだちより〉

遠くで男子の楽しげな声がする。簀が床を打ち鳴らす音も聞こえる。桂にはどれも遠く感じられた。真実の手にした封筒から目が離せない。

これまでとは違っている。だから模倣犯の仕業のようにも思える。単なる悪趣味な悪戯だと。しかし桂にはそう突っぱねることができなかった。理性より先に感情が暴れ、決め付け、予感してしまう。

これは本物だ。

そう遠くない未来、真実の顔は醜く崩れてしまう。

「ふふん」

真実が不敵に笑った。いや、笑ってみせた。表情は固く、唇は青ざめている。

「望むところだよ、わたしのともだち」

周囲に視線を走らせると、彼女は乱暴に封を開けた。

荒木香織の事故死はあまりにも突然だった。

物言わぬ香織の顔は包帯で隠されていた。

おまじないが絡んでいると病院で桂たちから聞き、舞香は目眩《めまい》を覚えた。桂は虚脱した表情で自分が見聞きしたことを淡々と、散らばった鞄の中身に至るまで詳しく説明したが、五月は泣くばかりだった。舞香を疑っているのか真実は多くを語らなかった。千亜紀は香織と言い争いになるところまでは語ったが、そこからは口を閉ざした。思い出したくないのか。あるいは思い出せないほど強いショックを受けたのか。

今度は「お岩さん」らしい。馬鹿げているが、だからこそ犯人の悪意を感じた。

お約束のように校長、教頭、学年主任の深川から、いじめが無かったか確認された。

三年二組にユアフレンドを受け継いだ女子がいる。

もう三人も、おまじないの犠牲になっている。

香織の告別式が終わった頃から、そんな噂がどこからともなく発生した。教師たちの耳にも入る。ほとんどが一笑に付し、神経質な何人かが「くだらない噂を流すな」と生徒を叱りつけた。青山は「怖いわ」と身震いしていたが、どこか嬉しそうでもあった。

職員室で彼ら彼女らの様子を眺めながら、舞香は夕菜を見舞った日のことを思い出した。暗い部屋で泣きじゃくる、ガーゼで顔を覆った少女を。

夕菜は暗い部屋で泣きながら、苦しみを打ち明けた。舞香はたまに相槌を打つ以外は何もせず、彼女の言葉に耳を傾けた。彼氏とは別れた、友達なんか本当はいなかった、親も落胆しているのが態度で分かる、自分はもう二度と元の生活には戻れない――

意味が摑みづらい箇所もいくつかあったが、舞香は根気よく聞き続けた。しゃっくりが弱々しくなったのを見計らって質問とお願いをする。犯人に心当たりはないか。クラスで気になったことはないか。ユアフレンドのおまじないについて、知っていることがあれば教えて欲しい――

「千亜紀が怪しい」

少し考えて、夕菜は答えた。

「あいつ、ちょっとバカっぽいから、わたしとさらちゃんでよくイジッてたの。二年で同じクラスになってから。だからあると思う。こっちはイジリでも千亜紀的にはイジメだった、みたいなやつ」

「そんなに酷いことしたの？」

「口でからかうだけだよ。あとメッセージで《アルツ入ってる》とか。それに千亜紀、中学の写真とかマジで田舎臭くて。おな中だったら絶対友達になってねーわって」

溜息が出そうになるのを堪え、そこで思い出す。

「でも中杉さん、野島さんのこと本気で心配してるよ。野島さんが怪我してからショックで休んでたし、授業中に倒れたこともある。お見舞いのメッセージもくれるんだよね？」

夕菜は考え込んだが、やがて「うん、やっぱイイ奴かも」と頷いた。

ユアフレンドのおまじないの噂については、青山から聞いた話とほぼ同じだった。犠牲者が二人多く、姫崎麗美の唯一の肉親である母親が正気を失い、失踪したことになっていた。細部が大きく異なる噂を聞いたこともあるというが、夕菜は思い出せなかった。

非科学的な話、それも人を傷付ける邪悪な力の話を生徒としている。だが同時に生徒と心を通わせることができている。己の仮面を剝ぐことで、生徒との壁を破ることができた。夕菜の表情も当初よりずっと穏やかになっていた。

しかし——

舞香は回想するのを止めた。自分はできることをするだけだ。生徒のためにも。

教室を施錠する案はすんなり通った。生徒たちからも不平を言われることはなく、むしろ安心している風でもあった。とは言ったものの、例えば終礼でユアフレンドについて語ること、訊くことは躊躇われた。

この中に○○の給食費を盗んだ奴がいる——

大昔にテレビで見た、学園コントの出だしが脳裏をよぎる。馬鹿げた連想だが決して的外れではない。犯人は三年二組の生徒の中にいるのだ。ユアフレンドについて語れば間違いなく犯人を刺激することだろう。新たな犠牲者が出るかもしれない。苦しむ生徒が増えるかもしれない。

次にするべきは密かに犯人を探ることだ。

授業でもそれ以外でも、舞香はそれとなく三年二組の女子生徒を観察した。女子たちは明らかに不安がっている。談笑している最中も、どこか互いによそよそしい。中杉千亜紀は連日、遅刻するようになった。眠れないという。彼女だけではない。急に体調を崩し保健室に行く生徒、早退する生徒は学校全体で増えた。その一方で、荒木香織の死に関する噂は着実に広まっていた。男女を問わず、学年を問わず。教師生徒の垣根を越えて。

荒木って元々ブスだったけどさ。

うん。

おお。

ユアフレンドで余計ブスになって、ショックで三百階段から転げ落ちて死んだんだって。

へえ。マジで。
違う違う、小原五月に突き飛ばされて死んだの。ブスは近寄るなって。
ひっでー。
いや有り得るっしょ。
うん、有り得る。
「女の友情」なんて所詮そんなんだし。
普段は仲良くつるんでても、内心憎み合ってるなんてザラだし。
いざとなったら余裕で切れるもんな。
でも小原さん、悲しんでるよ。しょっちゅう泣いてるじゃん。
どうだか。本音は分かったもんじゃないよ。形見のスマホってのがわざとらしい。
犯人かもな。
犯人じゃなくても、親友を失った可哀想な自分に酔ってるのかもよ。
あー、絶対それ。
中杉千亜紀も絶対そのパターンでしょ、ゲロまで吐いてさ。
ところで荒木、どんな顔になったの？
頬骨バーンってなったんじゃない？ あはは。
穴子さんみたいになったたって聞いたよ。唇がブックーッて腫れ上がって。

顔中イボだらけになって死んだの。通夜でこっそり見た子がいる。

はいガセ。俺クラス違うけどすげえ近所で通夜行ったから知ってる。棺の窓んとこ、花が載せてあって見れなくなってた。

それさ、やっぱり顔は見せられないってことだよな。大人もガチでそう思って判断したってことだろ。

羽村ん時と一緒じゃん。

どんな顔だったんだろうな。羽村も、荒木も。

どんなブスにされたんだろうな。

野島はまだ生きてられるレベルってことかな。

見たいな。

見たいね。

見てえな。

次は誰だろうな。

どんなブスにされるんだろうな――

そういうことか、と舞香は腑に落ちていた。

黒板に写真が貼られた直後から、クラスに漂っていた空気。生徒たちの顔や言動から仄《ほの》見えた、不思議な高揚感。今や学校全体を覆い尽くしているこの熱気。

みんな楽しんでいるのだ。ユアフレンドの犠牲者がどんな目に遭ったか嬉々として推理しながら、新たな犠牲者が出るのを心待ちにしている。そのためなら適当なデマを流し、死者を鞭打つような発言も辞さない。

決定的に彼ら彼女らの下劣さを思い知ったのは、期末テスト一週間前のことだった。授業を終えて廊下を歩いていると、二組の後ろの扉が勢いよく開いた。椛島希美が大股で出てくる。直後に笑顔の永井と上江洲が先を争うように転げ出て、希美の前に立ちはだかった。

「お願いしますよカバ姉さん、返してくださいよ」

可笑しそうに身を捩りながら、永井が手を合わせる。希美はフンと大袈裟に鼻を鳴らして、「ダメ、処分するっす」と突っぱねた。彼女の太い指の間からプリントのようなものが見えた。

「いいじゃん別に」上江洲が半笑いで、「こんなの男なら誰だってやってるぞ。本能レベルでやるように組み込まれてんの。いちいち目くじら立てることじゃねえって」

「そういうレベルの話ではない」

「カバ姉だって最下位じゃなかったんだからむしろ喜んでよ。見たんだろ?」

「そういう話でもない」

希美は丸められたプリントを掲げて、

「ブスデブに関して言えば、自分はセミプロと言っていいでしょう。昨日今日で太ったわけじゃないし。金銭を得たことはないけど食べ放題で得することは結構あります。なのでこの見た目は誇りです。けど他のみんなは違う。アマチュアを笑うのは失礼すよ」

殊更に二重顎を突き出す。

上江洲が腹を抱えながら言った。

「さすがカバ姉さん。尊敬するよ。でもそれまだ途中だから」

「頼むわ、小五の頃からの長い付き合いじゃん」と永井。

「ダーメ」

「いいじゃん、カバ姉さんは平気だろ——」

奪い取ろうと手を伸ばしたところで、上江洲は舞香に気付いた。途端にばつの悪そうな顔をする。希美の芝居染みた澄まし顔がわずかに歪む。

「どうしたの」

舞香は訊いた。

「何でもないです」と男子二人が口を揃えた。

「単なる遊びなんで、気にしないでください」と上江洲。

「そうなの？　椛島さん」

「カバ姉さん的には逆においしい状況っすよ、な？」と永井。「別にやりあってるわけじゃないし、むしろ親しい故のお約束っていうかプロレスっていうか」

「椛島さんに訊いてるの」

舞香が少しだけ語気を強めると、永井が意外そうに目を見張った。希美はしばし迷っていたが、やがてプリントをそっと差し出した。

三年二組の名簿だった。それも女子のところだけ引き伸ばしたものだ。左端に女子の名前が上から下に、出席番号順に並んでいる。右側の余白には手書きで記号が書き込まれていた。

荒木香織　D→×？（仏）
上埜藍　D
宇佐美寧々　E
小原五月　C
鹿野真実　C
椛島希美　E^+（◎）
九条桂　E（○）
倉垣のぞみ　E^-
四ノ宮繭　C

棚見由季　C（◎）
中杉千亜紀　A^-
野島夕菜　A^-→×（◎）
羽村更紗　A^+→×（仏）
箕面春花《みのおはるか》　B
湯田奈緒《ゆだなお》　C（◎）

「これは何？」

なんとなく予想が付いたが、舞香は男子に訊ねた。二人は顔を見合わせたが何も答えず、代わりに「すいませんでした」と詫びの言葉を口にした。

「二組の女子の、格付けチェック表すよ」

答えたのは希美だった。

「見た目の格？」

「そうっす」希美は名簿を示して、「あ、でもわたしは今更だし妥当な判定だと思いますよ？　こんなんで傷付くほどヤワじゃないし、あとカッコ判定はむしろ公正だし」

「カッコ判定はどういう意味？」

「条件付きでヤレる」

「え？」

「自分、デブ専的には全然ヤレるんですって。二重丸はどストライクの意味らしいっす。その筋にはモテるんすよねえ、例えば」

希美は誇らしげに胸を張って、他クラスの男子何人かの名前を挙げた。どれも日の当たる側の生徒たちで、永井らとも親しい。

その永井と上江洲は明後日の方を向いていた。

「椛島さん……」

舞香は思わずつぶやいていた。

無傷を装う希美の姿に心を痛めていた。ここまで下世話に値踏みされ順位を付けられ、傷付かないはずがない。つい先刻の一連の発言がいかに希美にとって失礼だったのか、舞香は改めて気付いた。目の前の男子二人に怒りがこみ上げる。

気配で悟ったのだろう、不意に希美が口を開いた。

「いやいや、大丈夫すよ。自分は全然平気です。これ、朝から二人で書いてたらしいんすけど、わたししか見てないから被害者ゼロなんすよ。でも他の女子が見たら傷付くから没収しようとして今に至る、というわけっす。だからオオゴトにしちゃいけない案件すよ。いや、こんなことになって申し訳ないです、先生にもお二人にも」

かばうような口調と視線だった。

男子は曖昧な表情で立ち尽くしている。同調したいが流石に教師の前では自重している、といったところか。どう落着させようか考えていると、名簿の記号に目が留まった。何人かの生徒に矢印が付いている。そして。

「【(仏)】単体はお陀仏——死んだって意味？　上江洲くん」

ハイッス、と聞こえなくもない音を彼は口から発した。

「じゃあ【↓×(仏)】だと『最底辺のブスになった。おまけに死んだから物理的な意味で抱けない』って意味？」

「…………」

クラスメイトが死んで思うことがそれか。そんなことにしか興味がないのか。それが男の本能というやつか。生徒に腹が立ったのは久し振りだった。怒鳴りつけてやりたくなるのを堪える。

「没収します。二度とこういうことはしないで」

舞香が冷たく言い放つと、二人は「うす」と逃げるように教室へ戻っていった。再び顔を見合わせニヤニヤ笑ったのが見えたが、舞香は何も言わなかった。

「助かりました先生」希美が大きな身体を縮めた。「他の女子が気付く前にって思って……」

「ありがとう」

卑屈さをやんわり窘めようかとも思ったが、感謝だけを言葉にして舞香はその場を立ち去った。格付け表は職員室のシュレッダーに突っ込んで粉砕したが、腹の虫は次の授業の半ばまで治まらなかった。

終礼が終わると生徒たちのほとんどは教室を出ていった。数人の男子が駄弁っていたが、呼びかけるとすんなり退室する。鍵を閉めていると九条桂に声をかけられた。

「先生はユアフレンド、信じるんですか」

「今はそうすることにしてる」

格付け表の記号が頭に浮かんだ。【E（〇）】——「ブスだが顔を隠せば抱ける」といった意味だろうか。下品極まりないが事実を捉えていないわけではない。桂は長身で細身だが女性らしい体つきで、胸も舞香より大きい。顔に傷さえなければ違う人生を歩んでいただろうし、本人もそう考えているだろう。

他人を妬むこともあるだろう。憎むこともあるだろう。もしユアフレンドが手元に現れたら、おまじないを試すくらいのことはするに違いない。事実そうして三人の同級生を呪い、今は邪魔な担任に探りを入れているのかもしれない。

いや——どうだろう。

目の前の女子生徒は明らかにやつれていた。眠れないとも聞いていた。

舞香は迷った末、誠実に会話することを選んだ。夕菜にしたように正面から、包み隠さず。

「——言ってくださってありがとうございます。逆にその、嬉しいです」

桂はほんの少し目を細めた。マスクに覆われて判然としないが、笑ったらしい。力を貸してくれるという。「単純に止めたい」とさえ言ってくれている。やはりこの子が犯人だとは思えない。疑念が消えたわけではないが、今は信じたい。地道だがこれしか方法はないだろう。犯人に至る道筋はこれだけだろう。クラスの生徒一人一人と向き合って、関係を深めることだけ。

会話が終わりに向かっている。この後は期末テストの問題を仕上げ、その後は三年の教諭たち何人かと、会合という名の飲み会だ。直近の予定を思い返しながら、舞香は言った。

「じゃあ、気を付けてね……わたし、生徒のみんなのこと守るから」

無意識に決意を表明していた。他の教師が聞いたら笑うだろうが、少しも恥ずかしいとは思わなかった。これが本音だ。これ以上、生徒を危険に晒してはいけない。担任として、人として。

瞬間、桂の左瞼が激しく痙攣し始めた。

「はい。それじゃ」と言うなり背を向け、逃げるように階段へと消える。

舞香はしばらく廊下に突っ立っていた。我に返って慌てて歩き出す。

柱に異変が起こった。変なことを言った覚えはないのに、どうしたことだろう。

最後の最後でおかしくなったのは、これで二度目だ。

舞香は野島邸での、夕菜との会話を思い出していた。

「ちょっと楽になった」

話し疲れたのかぐったりした様子で、夕菜はスマートフォンを枕元に置いた。つい数分前に連絡先を交換したばかりだった。

「何か気付いたことがあったら、いつでも教えてね」

舞香は部屋の隅で立ち上がる。そろそろ帰る頃合いだろう。怪我人に無理をさせてはいけない。

「先生」

幼い声で夕菜が呼んだ。不安そうに続ける。

「誰がやったんだろう。それに、つ……次ってあるのかな」

「分からない。でも」

舞香は真っ直ぐ立って答えた。

「もう、クラスの子が誰も傷付かないようにしたい。もちろん野島さんもね」

新たな犠牲者が出るのは何としても防ぎたかったし、夕菜のアフターケアも同じくらい大切だ。この時も本音だった。偽りのない気持ちを言葉にした。

しかし。

夕菜の顔が不意に曇った。ベッドの上で両手を握りしめ、鋭い視線で舞香を睨め上げる。何事だろうか。戸惑っていると、

「は」

夕菜は奇妙な声を上げた。嘲り笑うような、溜息のような声だった。

「じゃあね、センセイ」

そう言うと、ばたりとベッドに倒れ、舞香に背を向けた。タオルケットを頭から被る。

面会終了、ということだろう。目の前でシャッターを下ろされたのが、はっきりと理解できた。ざわついた気持ちのまま舞香は足立とともに、野島邸を後にした。

全く同じだ。夕菜も桂も別れ際に、いきなり。

やはりこの表情がいけないのだろうか。再び警戒してしまうほど胡散臭く、他人行儀に見えるのだろうか。

(舞香は笑ってる時が一番マシだから)

母親の声が頭に響いた。

「小谷さんは行かないんですか」

声をかけられて舞香はキーを叩く手を止めた。隣の席で足立が机を片付けながら、こちらを見ている。冷房が利いているのに職員室は湿っぽく、陰気だった。残っている教師たちも一様にくたびれていた。

「今日のは小谷さんを励ます会ですからね。主賓がいないと」

「これを終わらせたら行きます。また後ほど」

舞香はそう言って仕事に戻った。荒木が死んでから、他の教師が気を遣っているのは肌で感じられた。「不幸な偶然だよ」「あなたが悪いわけじゃないから」と慰めの言葉をかけてくれる人間も少なくない。気持ちは嬉しいが、だからといって「ユアフレンドの持ち主を一緒に捜してください」などと頼めるはずもない。升野と常田に至っては授業の最中、その手の話を信じるな、広めてもいけないと二組の生徒たちに言ったらしい。

この件に関しては大人には頼れないのだ。今までも、これからも。

テストを作り終えて保存し、プリントアウトして見直しをする。いくつか修正して再び保存し、パソコンの電源を落とす。ディスプレイを閉じたところで、隣にまだ足立がいることに気付いた。思い詰めた表情をしている。

「どうされましたか」

「一人で抱え込まない方がいいですよ」

「え？」

口角が自然と上がる。足立は真剣な目で舞香を見つめながら、

「いろんなことがあって参ってるんじゃないですか。僕でよければ弱音を吐く相手になります。こないだ野島を見舞いに行った時も全然役に立たなかったので、せめてそれくらいはと。小谷さん、大人数の飲み会で発散できるタイプでもなさそうですし」

「いえ、お気持ちだけで……」

「それです、その微笑みが逆に物凄く抱え込んでるっぽいんです」

舞香は目を見張った。

足立は叱られたような顔になった。すみません、と悲しげにつぶやく。遠くの島で若い教師が、こちらの様子を窺っているのが分かった。

言葉が出なかった。この顔が仮面であることに気付く人間は少なくないが、面と向かって指摘した大人は足立ただ一人だ。真っ直ぐな人間だと前々から思っていたが、これほどまでとは。

驚いたが呆れはしなかった。腹も立たない。むしろ心に小さな明かりが灯ったような気がした。

「ああ、あの、ありがとうございます」

情けないほど狼狽しながら舞香は返した。この男なら協力を頼んでもいいかもしれない、と思いかけて打ち消す。それとこれとは別だ。現に上江洲たちがユアフレンドの話

をしても、足立はすぐさま一蹴したではないか。

「行きましょう。何かの時には相談させてください」

荷物をまとめて立ち上がった。足立は複雑な表情で舞香を見上げたが、やがて「喜んで」と答えた。

会場の居酒屋に着くと奥の座敷に通された。襖を開けると三井が「メインゲストの御出ましだ」と赤ら顔で言って、ずれた眼鏡を戻す。参加しているのは十余人。思ったより大きな酒宴だった。何人かの教師はすっかり出来上がっていた。

舞香は最初だけグラスでビールを飲み、あとはウーロン茶にした。足立は二杯ほどで早くも真っ赤になり、深川と話している間にどんどん呂律が怪しくなっていく。「こんな状況だからこそ情報リテラシーの教育を徹底しなければならない」と升野が熱弁を振るい、常田に同調されるも「そんな本気にならなくてもさ」と彼以外の何人かから茶化されていた。

どの声も遠く感じられた。誰のどの振る舞いにもピントが合わなかった。誰もが舞香に慰めの言葉をかけてくれる。気持ちは嬉しかったが、言葉は心を素通りして行った。トイレから戻ってきて元いた場所に座る。グラスを手にしてすぐ、くしゃりと紙を踏み付ける感触がした。Ａ４のプリントが脛の下敷きになっていた。

名簿だった。それも三年二組の女子だけの。左端には名前が出席番号順に、右にはアルファベット。何人かの女子には◎や▲といった記号も記されていた。永井らが作っていたものとは違うが、同じ性質のものだとすぐに分かった。

　女子の格付け表だ。

　こんなものが何故ここに。

「あっちゃあ」

　向かいで三井が頭を抱えてみせた。

「ダメですよ深川さん、ちゃんと処分するって言ったじゃないですか」

「ごめんごめん」と深川が笑いながらグラスをあおる。

「これって……」

「あっこれね」三井が答えた。「俺が授業中に見つけて没収したの。ほら六時間目って二組でしょ。川崎と緒方が回しっこしててさ」

　陰気なオタクの二人組だ。

　彼らの顔を思い浮かべていると、三井が舞香の手から素早く格付け表を抜き取った。

「羽村と野島はオタクにも大人気だねえ、AAAとAAだし……いや、でもひっどいなあ、馬みたいに予想してんだもんあいつら」

「予想？」足立が訊いた。

「一連の出来事が本当にユアフレンドのせいだったとして、次に誰が食らうか。羽村、野島、荒木ときて四人目、五人目、六人目の犠牲者は誰か。完全にゲーム感覚で推理してんの。不謹慎にもホドがあるよ」

「でもよくできてるじゃないか。筋がいい」

「ちょっとちょっと深川さん」

「三井くんだってさっきホメてたろ。本命が中杉ってのはまあ順当だけど、対抗が箕面ってのが分かってるよなあって」

「あはは、まあそうですよ」開き直ったのか三井が笑い出した。「カースト下位でイモっちいけど、美人じゃないですか箕面って。自分は中杉より上だと思いますよ、でもあいつ大昔の美人なんだよなあ、原節子っぽい」

「ねえ止めましょう、止めましょうよ三井さん」

「何言ってんの升野さん、小谷さんたちが来るまで一番辛口だったのあなたでしょ。荒木がやられて全く読めなくなったとか、小原は顔デカいから二人のうちどっち狙うかって言ったら断然小原だとか。いやー、やっぱ女は女のルックスに厳しいよね」

「言ってません、言ってません」

「あの、本当に止めませんかこの話」

足立がにこやかに言った。途端に三井が唇を尖らせる。

「足立さん、女子の味方すんの？」

四方からブーイングが飛び、足立が困惑を露わにする。深川が穏やかな笑みを浮かべながら、「まあまあ、足立くんも熱くならずに」となだめる。

「ですが」

「あくまでゲームだよ。現実とは何の関係もないしね」

「付き合うなら誰、抱くなら誰って話でもないしね」と常田が半笑いで言う。

「小谷さんもほら、笑ってらっしゃるから。平和に、平和に行こう。ね、足立くん」

「しかし」

「女性陣だってみんなイケメンランキング作ってるって」と、三井が升野と舞香を交互に指した。

「生徒のはもちろん教師のも。お互い様だよ」

「作ってません、作ってませんって」

「連下は小原？　椛島だっけ？」

格付け表が教師たちに手渡しされていく。彼ら彼女らの声が座敷に響き渡る。

「そう。大穴は宇佐美と倉垣」

「この子たちは犯人候補じゃない？」

「だからこその大穴でしょ。やっぱこれ面白いわ」

「あのう、皆さん」

「いいって足立さん、そういう真面目キャラをここで演じられても寒いだけだよ」

「鹿野が犯人って説はどう？　探偵だから違うと見せかけといて、ってやつ」

「今となってはありきたりですね」

「じゃあ誰です？　妬み嫉《そね》みが動機だと仮定して」

「本命は倉垣」

「宇佐美でしょ」

「その二人が共犯って説はどうです？　一人称の犯人一人の視点と見せかけて、実は二人の視点が交互に書かれてたってやつ、こないだ小説読んで騙されたんですよ」

「あの二人、別に仲良くないよね。倉垣はずっと一人だし」

「宇佐美は湯田、箕面と組んでるのかな。下層グループ」

「一人称に叙述トリック仕込んであるの、もう飽きたなあ」

「九条が怪しい。あのマスクで人物誤認トリックをやるの」

「いや無理でしょ。目のところは特殊メイク頼まないと」

「だからこれ、ゲームだって」

「そういえば前に読んだミステリ、三人称の地の文に事実と異なることが書いてあって壁に投げたね。最低限のルールも守れないくせに何がミステリだ」

「椛島は？」

「ないない。あの子は逞しいから」

「ああいう子ばっかりだったら女子の扱いも楽なんだけど……」

「あの」

「くだらない。三人称のルールなんて『この世界に唯一絶対の客観的事実があってほしい』っていう幼稚な願望の産物じゃないですか」

「腐女子の二人犯人説は」

「それもない。こういう子たちは現実になんか興味ないよ」

「ミステリは厳正なルールの中で遊ぶジャンルなの。スポーツと一緒でルール違反は一律でアンフェア、反則、アウトだよ」

「はいはい、そうやってね、自力で解けなかったミステリをアンフェア認定して貶めて、解けたミステリを初心者向けと嘲笑うのが、自称ミステリ上級者の常套手段ですよ」

「手厳しいなあ。あっ、小谷さん笑ってる。今みたいな毒舌がツボなんだ」

「男子犯人説は？　性自認が女子だったオチ。今っぽいでしょ」

「でもそれだと女子全員が標的になり得るぞ。美人か不美人か関係なく、女子であること自体が嫉妬の対象ってわけだ。下手したらテロだな」

「おお、こわ」

「羽村が犯人で実は生きていた説は」

「それだと動機が意味不明だよ。あの子が嫉妬なんかするわけない」

「自分におまじないはかけられ……？」

「ない。噂ではそうなってる。だから三人は外れる」

「棚見は？」

「僕、けっこう好みですよ。放っとくと髭が生えそうな子」

「髭かあ。マニアックなとこ攻めるねえ」

「九条なあ、普通にあの傷はお先真っ暗でしょ。世を儚んで人を恨んで――」

ぱきん、と硬い音が座敷に響いた。

砂の擦れ合うような音が続く。

何の音だろう。何が起こったのだろう。座敷が徐々に静まり返っていくのを、舞香は遠くに感じていた。足立が驚きの目でこちらを見ている。

「小谷さん」誰かが呼んだ。

「え、はい」

無意識に答えた瞬間、右手が熱を帯びた。徐々に痛みが走り出す。彼方にあった現実がすぐ近くに戻ってくる。ずきずきと疼く手にゆっくりと目を向けて、舞香は「あれ」と気の抜けた声を漏らした。

右手が真っ赤だった。

強く握り締めた指の間から、幾筋も血が垂れていた。

ウーロン茶がテーブルに広がり、氷が皿の間をゆっくり滑っている。掌と指に突き刺さったグラスの破片が、ジリジリとかすかな音を立てている。

舞香の右手は、グラスを握り潰していた。

「こ、小谷さん……」

三井が青ざめた顔で言った。

「大丈夫です」

舞香は即答した。意識しても右手が全く開かないが、構わず続ける。

「本当に大丈夫です。すみません。水を差してしまって」

深川が引き攣った顔で身体を引いた。他の面々も似たような反応をしている。何故だろう。何がそんなに恐ろしいのだろう。そこまで思って舞香は自分の表情に気付いた。

笑っている。

こんな状況で笑顔が張り付いている。グラスを割って血まみれになりながらニコニコしている。なるほど、これでは怖がられて当然だ。

「すみません、すぐ片付けますので……」

痛みは激しくなっているのに、右手を動かすこともできない。左手で摑めばいい、そう思ったら左手まで動かせなくなっている。

何がどうなっているのだろう。自分はどうしてこんなことに。

「小谷さん!」

足立が傍らにしゃがみ込み、右手を摑んだ。それを合図にするかのように次々と皆が立ち上がる。常田は皿を避け、升野がテーブルを拭いている。救急箱がないか店員に確かめているのは三井だ。舞香は彼らの様子をぼんやりと眺めていた。


幸運にも居酒屋のすぐ近くに救急病院があり、足立に付き添われて舞香は手当を受けに行った。掌と指の肉に食い込んだ幾つものガラス片を、医者がピンセットで抜き取った。熱を伴った痛みが時に肩の辺りまで走り抜けたが、声を上げるほどではなかった。

右手を包帯で巻かれ、化膿止めの処方箋を出されて病院を出た。家までの道で足立がずっと「すみません」「すぐ止めるか、話題を変えればよかった」と詫びと後悔の言葉を繰り返す。自分の声が「気にしないでください」と答えているのを、舞香は意識の片隅で聞いていた。包帯の内側だけが別の生き物のように脈打っていた。

いつの間にか自宅のあるマンションの近くまで来ていた。足立に礼を言って別れ、エントランスをくぐる。鍵を開けるのも着替えるのも、化粧を落とすのも左手一本では面倒で、次第に苛立ちがこみ上げる。まともな感情が、切り離していた心が戻ってくる。

ベッドに倒れこんだ瞬間、「くそ」と毒付いていた。

左手を振り上げ、掛け布団を叩く。

みんな馬鹿だ。子供だ。いい歳した大人が、くだらない遊びに夢中になりやがって。

そうか、わたしは腹が立ったのか。

二組の女子たちを酒の肴にされてムカついたのか。

受け流そうとしても無理だったのか。

くそ、くそ、くそ。

気付けば舞香は泣きながら布団を殴り続けていた。

ようやく落ち着いても痛みで眠れなかった。


翌日。舞香は寝不足で学校に向かった。職員室に入るなり何人かの教師に謝られ、深川には怪我の心配をされた。席に着くと向かいの三井が「俺は昨日の時点で謝ったよね?」と訊いてきた。少しも覚えていなかったが「ええ」と答えると、三井は怯えた顔で仕事に戻った。

ノートパソコンを開き、パスワードを入力するだけで難儀した。指先も傷だらけで、キーを叩くのも簡単ではないのだ。この先の苦労を思いながら机に置かれた郵便物を確認する。事務員がポストから回収し、選り分けて置いてくれたものだ。

足立がいつの間にか来ていた。目が真っ赤に充血し、瞼が腫れ上がっている。寝不足にしても酷い有様だが、今の自分も似たようなものだろう。朝方鏡に映った顔を思い出していると、足立が口を開いた。

「昨日の件なんですが。あの、別れ際にお伝えした……」

「何の話ですか」

舞香は首を傾げた。何か言っていたような気もするが思い出せない。あの時はまだ、心が遠くにあった。脳もまともに働いていなかったのだろう。記憶を掘り起こそうとしたその時、

「いえ！ 覚えてなければ全く問題ないです。全然大した話じゃないので」

足立が場違いな大声で言った。「さてと」とわざとらしく言ってキーを叩き始める。訳の分からないまま舞香は手元の郵便物に視線を落とした。通販で買った仕事用の書籍が二冊、スマートフォンの充電ケーブルが一本。前の学校で親しくなった先輩教師からの絵葉書。産休を取って帰省中だという。

感情はあらかた元どおりになっていた。先の足立の言動は可笑しく、先輩が子供を授かることは単純に嬉しい。そう自分のことを分析しながら、一番下にあった封筒を手に取る。表に学校の住所と「小谷舞香様　親展」、裏に「小谷健太」と書かれていた。

誰だろう。こんな名前の親戚は記憶にない。とりあえず封を開けて左手の指を差し入れ、中身を引き抜く。

現れたのは舞香の顔写真だった。

今よりずっと若い。おそらく大学の頃のものだ。ゼミの演習で発表しているところを撮られた。そんな記憶がある。学部のサイトに掲載すると聞いたような気もするが、よく覚えていない。

写真の表面には茶色い汚れが付着していた。

まさか、これは。

封筒には切手が貼られ、消印が捺されていた。覗き込むと便箋が入っていた。暴れ出す鼓動を感じながら再び指を入れ、便箋を摘んで引き抜く。嫌な汗がブラウスの下を流れ出す。

便箋にはこんな文章がプリントされていた。

〈小谷舞香の顔が赤黒くてボコボコした痣だらけになりますように　特に口の周りは大きくぐるりと、泥棒のイラストみたいに痣が取り囲みますように　歯茎が酷い歯肉炎でグズグズになって歯が何本も抜けますように　抜ける歯は主に前歯で、全部で三本以上であれば何本でもいいです　姫崎さんにお任せします
かほちよにいきるすべなきもののわざたえてのろはむうるはしみにくし〉

第五話

「私はもうすぐ醜くなるのよ!! そうしたらみんな私を化け物扱いするようになるのよ。あなたも!!」

——楳図かずお『おろち』

複数の人間に、同時におまじないをかけることは可能だろうか。

深夜、部屋で次の〈標的〉について考えていて、ふとそんなことを思った。すぐさま膝に置いてあったユアフレンドを開く。

記憶にあったとおり、「できない」とは書かれていなかった。手順①に「同じクラスの女子」と書かれているから、おまじないの効く人数に事実上の上限はある。だが、この記述は〝同時攻撃〟を否定するものではない。やってみる価値はありそうだ。

誰にしよう。

一人は鹿野真実だ。余計なことを嗅ぎ回り、わたしを他の連中と同じに見ている探偵気取り。

もう一人は――

瞬間、今まで考えもしなかったことが頭に浮かんだ。大急ぎでスマホを掴み、辞書を検索する。

〈女子（じょ-し）①おんなのこ。むすめ。⇕男子。②女性。おんな。「女子学生」「女子ゴルフ」〉

やはりだ。女子は女性全般を指す言葉でもある。よく考えれば誰もが普通に「女子トイレ」と言う。もっと言えば六十代七十代の女子高生だって稀なだけで実在する。たまたま今の四ツ角高校にいないだけだ。

だからおまじないは、担任の小谷舞香にも効く。

どうだろう。この解釈は正しいだろうか。

それとも素直に考えたとおり、担任教師は射程範囲の外だろうか。

誰も答えを教えてくれない。姫崎麗美の魂が、直接頭に囁きかけることもない。もしやと思って全ページを隅々まで調べたけれど、ユアフレンドにも書かれていなかった。

難しそうだ。あくまで感覚だが、〝同時攻撃〟より見込みは薄い。

歯ぎしりをしていた。

呪いたいのに。醜くしてやりたいのに。

今までただの担任だったくせに、急に真面目に対策を講じ始めた。しかも一向に施錠を止める気配がない。そもそもあの薄っぺらな笑顔。本当は生徒のことなんか何も考えていないくせに。

メールやメッセージでおまじないを試すのは断念していた。デジタルデータは履歴が残る。足が付く。何より退屈だ。物質である紙とインクで、出力した写真とわたしの血膿で、わたしはあいつらを呪ってやりたい。苦しめてやりたい。でも鹿野はともかく小谷には効かなそうだ。どうしよう――

待て、わたしは勘違いしている。というより視野が狭くなっていた。

実際に効くかどうかは、今の小谷の場合さほど重要ではないのだ。

ユアフレンドを信じているらしい小谷なら、自分宛の呪具を手にしただけで戦慄するはずだ。自分の顔が崩れるのを想像して恐怖するはずだ。呪われるのではないかと日々怯えること、これもまた一つの呪いだ。物理的に効かなくても、精神的に効く。今までどおり効いたらそれはそれで儲けものだ。

であれば呪具もこそこそ渡す必要はない。むしろ正面から、これ見よがしに届けた方が効果的だ。同じことは鹿野についても言える。

わたしは計画を練った。ユアフレンドの新たな使い道を理解できて、油断すると踊り出しそうなくらい嬉しかった。

※　※

体育館で学年集会が始まった。生徒たちは整列して座っている。舞台は使わず、教師たちはマイクを手にして、生徒たちに連絡事項を伝える。まずは期末試験について、続いて夏休みに行われるいくつかの模試について。生活態度について。

今は升野がマイクを両手で摑み、夏休み期間中の進路指導室の利用について説明している。

この次は舞香が話す番だった。三年二組に相次いで起こった、悲しい出来事について。更紗と香織には改めて黙禱をする予定だ。

昨夜の酒宴を思えば茶番でしかない。それに全校集会で、更紗と香織の黙禱はその都度済ませている。だが、学年集会でより言葉を尽くして悼むこと、動揺する生徒たちを気遣うことは必要だった。意義があった。

でも今はどうでもいい。一刻も早くこの場から逃げ出したい。

それが舞香の本心だった。それしか考えられなくなっていた。

次の瞬間にも、自分の顔が痣だらけになるかもしれない。歯が抜け落ちてしまうかもしれない。この大人数の前で、その一部始終を見られてしまうかもしれない。

恐怖と焦燥が舞香の中で暴れ狂っていた。

かろうじて平静を装い、座っている生徒たちの横に立っていた。

「それからそれから、皆さんが一番よく活用するであろう、赤本。これの貸し出しは原則行っておりません。コピー、コピーをしてください。コピー機も指導室には置いています――」

升野の癖のある話し方が神経に障る。まるで舞香に悪意を持って、時間稼ぎをしているように思えてしまう。落ち着け。冷静になれ。

苛立ちを押さえ込んでも恐怖は消えず、今度は新たに後悔が込み上げる。

どうして今まで、この可能性に思い至らなかったのだろう。狙われるのは生徒ばかりで、自分は安全だと何を根拠に確信していたのだろう。おまじないについては伝聞でしか知らないのに。

そうか、とこの状況で合点が行く。

だから夕菜も桂も、わたしと距離を置いたのだ。わたしが生徒を高みから見ていることに、二人とも勘付いたのだ。言葉の選択から敏感に察知したのだ。

何が「生徒を守る」だ。「担任として、人として」だ。

高みの見物を決め込んでいたのは、他でもないわたし自身だ。格付け表を回し読みして二組の女子を値踏みした、昨日の教師らと何も変わらない。

「指導室には基本わたしがいます。ですが、常駐しているわけではありません。飲食禁止ですからね。職員室でお弁当を食べたり、もちろんお手洗いに行ったり――」

逃げ出したい。

おまじないからは逃げられないが、せめて大勢の視線からは逃れたい。

悪質な悪戯であってほしい。でも確かめる術はない。今日効かなくても明日効くかもしれない。自分はこの先じりじりと、おまじないに怯えて生き続けなければならないのだろうか。

いっそ今すぐ醜くしてくれないだろうか。そうすればこの不安は解消されるのに。

駄目だ。混乱し我を忘れかけている。

「もちろん、ただの自習室として使うだけではありません。進路『指導』室ですからね、『指導』室。どしどし相談していただいて構いません。誠意を持ってわたくし、指導させていただきます。ただし――」

無意識に頬に手を当てていた。手触りはいつもと同じだが、既に色は変わっているのかもしれない。今変わりつつあるのかもしれない。すぐ近く、一組の男子生徒と目があったが、特に変わった反応は見せなかった。ということはまだか。束の間安心してすぐ不安になる。

手の痛みはいつの間にか消えていた。それどころではなくなっているのだ。

「小谷先生、どうかされましたか」

側の足立が小声で訊ねた。心配そうに見ている。ということはまだ大丈夫らしい。

「大丈夫です」

舞香は答えた。

誰だろう、と改めて根本的な疑念が頭をもたげる。

ユアフレンドを受け継いだのは誰だ。おまじないをかけて三人を苦しめ、うち二人を死に追いやり、次いで自分を獲物に定めたのは。

三年二組の女子生徒を、前から順番に見やる。醜くなる瞬間を眺めてやる、と内心ほくそ笑んでいる人間が、この中に一人いるのだ。誰だ。どの女子だ。一人ずつ推理してみよう、やはりこれは容姿にコンプレックスを抱えている人間が、嫉妬で――いけない。これではますます昨日の教師たちと同じになってしまう。

「以上です」

升野が話を終えた。マイクをこちらに掲げる。舞香は左手で受け取ると、おずおずと生徒たちの前に立った。

視線が一瞬で、自分に集中した。三割くらいの生徒は俯いたり明後日の方を向いたりしているが、それでも大勢から注目されているのは事実だ。

このタイミングで都合よくおまじないが効くとも思えない。が、効かないという保証もない。マイクを握りしめる手は早くも汗でじっとりと濡れていた。

よりによって夕菜のことを思い出していた。

声を出そうとするも上手く出ず、空咳を繰り返す。

「……先日から、三年二組で相次いで、悲しい出来事が起こっています。皆さんもご存じかと思いますが……」

三人のことを簡潔に説明する。顔に手をやりたくなる気持ちを抑える。三井と深川が神妙な顔でこちらを見ていた。

「驚き、不安になるのは自然な反応です。悲しくなるのも当然です。わたしも受け持ちの生徒がこんなことになって辛い。ですが、その感情に流され、大切なことを見失ってはいけません。真偽不明の情報を流したり、故人を悪く言ったり……」

何人かの生徒が互いに視線を交わし、歯を見せる。彼ら彼女らがもし、わたしが醜くなる様を目の当たりにしたら、どれだけ多くの人に伝えて回るだろうか。いずれにしろどの生徒も、罪悪感など少しも抱かないだろう。

遠くで足立が小さく手を振っている。場違いな身振りだ。何故この場で、このタイミングで。そう訝ってすぐ、舞香は自分が黙りこくっていたことに気付く。生徒たちがざわついていた。

「……すみません」

詫びるとともに作り笑顔が張り付いた。意識して引っ込め、姿勢を正す。ざわめきが徐々に落ち着いていく。

頬に違和感を覚えた。これは汗だ、汗が頬を伝っているだけだ、と早々に理解するも不安は治まらない。この状況を犯人は見物しているのか。見世物として、ショーとして。

「最後に、亡くなった羽村さん、荒木さんに、みんなで今一度、黙禱を捧げましょう。そして野島さんの一日も早い回復を祈りたいと思います。皆さん、起立してください」

緩慢な動作で生徒たちが立ち上がった。床板が擦れ、上履きの鳴る音が体育館に反響する。

並んだ生徒の頭。その一角で何人かが声を上げた。

「大丈夫?」

「つらいの?」

「先生っ」

二組だった。一人の女子が座り込んだまま、深く俯いている。手にはスマートフォンが握られている。あの髪型、あの体格、制服の着こなし方は、確か――

「鹿野さんが」

と女子の声がした。

足立に目配せし、彼が頷いたところで、うわっ、と男女の悲鳴が次々に上がった。

さっと人垣が引き、鹿野真実を中心に円形の空間ができる。希美がぐったりしている彼女を支え、その傍らで桂が放心した顔でしゃがみ込んでいる。

「あっ」と叫んだのは足立だった。取り乱した様子で生徒たちを押しのける。舞香はその後に続き、真実の下に走り寄ろうとした。

できなかった。

彼女の顔が見えた途端、足が止まっていた。近寄りたくても一歩も踏み出せない。

真実の首から上は、限界まで痩せ細っていた。

目は落ち窪み頰はこけている。

頭蓋骨の形が分かるほど、筋肉も脂肪も削ぎ落とされている。

肌はかさかさと音がしそうなほど乾き切っていた。

白いブラウスの肩や胸に、抜けた髪が大量に積もっていた。

まさか、彼女も。

希美が大声で呼んでも薄目を開けるだけで、何の反応も示さない。

「救急車！」と深川が怒鳴る。

「うわ、ミイラじゃん」「ゾンビだよ」

ざわめきの中からそんな囁き声が聞こえた。心配そうに見せかけているだけで本当は面白がっている、そんな感情が滲み出た声だった。

ずきずきと舞香の右手が疼いた。

「なんで……」

消え入りそうな声で桂が呟いた。

保健室のベッドに横たわり天井を見上げる真実を、舞香は傍らで見つめていた。間が悪いことに隣町で大規模な交通事故があり、救急車の到着が遅れているらしい。カーテンを摑んだ松雪が苛立たしげに窓の外を見つめていた。「どう処置していいかも分からない」と言う。

「もしおまじないだったらどうしますか。そういうの詳しかったりしませんか」

数分前、意を決してそう訊いたところ、「落ち着いて」と優しく肩を叩かれた。

エアコンの音に交じって、真実の呼吸音が聞こえる。弱々しく今にも消えてしまいそうで、焦りばかりが募る。「痩せろ」とでもおまじないをかけたに違いないが、ここまで衰弱するとは犯人も想定外だったのではないか。

体育館で真実の有様を目の当たりにして、犯人はどう思っただろう。晒し者にされた真実を見て、どう感じただろう。驚き慌てただろうか、心を痛めただろうか。それとも嬉々として眺めただろうか。

右手の痛みがぶり返していた。

「……せい」

真実の呼吸がわずかに変化した。いや、これは声だ。何かを言っている。

「せんせい」

聞き取れた瞬間に目が合った。「鹿野さん！」と呼びかけて屈み、顔を寄せる。

「九条さん、は……」

「みんな授業。今、救急車呼んでるから」

「先生は」

「自習にしてもらった」

どうせこの時期は誰も授業など聞いていない。生徒たちは教科書で隠しながら、こっそりテスト勉強に勤しんでいる。自習はむしろ歓迎されるだろう。

「何か顔が痛くなって、スマホで見たら、力が抜けて……悔しい」

真実は唇を歪めた。

「さら様、ごめんなさい、わたし、役立たずで」

ひゅう、と息を漏らす。右目から一筋の涙が零れ落ちる。

「そんなことないよ、鹿野さんは立派だよ」

言葉にしてから実感が追い付いた。そうだ。真実は立派だ。生徒も教師もみんな傍観と噂話と、くだらない犯人当てゲームに終始している。そんな中で彼女は。この子は。

再び真実の口が動いた。

「で、でも意味分からない。謎。なんで？」

「え？」

「だって……うん、いい」

真実は少し考えて、話を変えた。

「先生、お願い」

「ごめん、何のこと？」

「仇討ち、代わりにお願い」

「鹿野さん」

「ユアフレンド、信じてるんでしょ。九条さんと協力……嘘臭いとか言って、ごめんなさい。ネタ、あげるから」

「ねえ、何の話してるの？」

松雪が訊いたが舞香は答えなかった。

真実はベッドから手を差し出した。指も掌も少しも痩せておらず、ふっくらと年相応に肉が付いている。やはりこれはおまじないの効果だ。この世の病ではないのだ。

真実が舞香の左手を摑んだ。

「スマホ……消えた」

「え？」

「さら様のスマホ、行方不明。親御さんが。家探しても、なくて。前の日は持ってた」

「失くしたってこと？」

「分からない。電源入ってない」

だからGPSで場所が突き止められない、という意味か。

真実の手に力がこもった。

「犯人、持ってった、かも。写真とかやりとり、残ってるとか」

「うん」

「あと、アリバイ調査は、九条さんに」

「伝えたってことね」

「そう、だから二人で」

「うん、うん」

松雪が再び口を挟もうとしたが、何も言わなかった。

「あとね、先生」

「何」

「これ……ユアフレンド。今朝、靴箱に」

「そうなの？」

「うん」

腑に落ちるとともに怖気が走る。自分と真実、どちらにも大胆に送り付けている。もう隠す気はないらしい。正面から見せつけ、脅す作戦に出たのだ。黒板の写真より更にどす黒い悪意が感じられた。

「先生。おかしい」

「何が？」

「変だ……違うかも」

「違うって何が？」

「おまじない。全部違ってて、それかも」

うわ言だ。意味がまるで摑めない。

サイレンの音が近付いて来た。松雪と目配せして会話を打ち切り、「救急車来たよ」と真実に伝える。ストレッチャーに移し替えられ、救急隊員に担ぎ出されるまで、彼女は細目で舞香を見返していた。

わずかに緊張が解けた途端、自分にかけられたおまじないのことを思い出した。

鹿野真実の痩せ細った顔を見た瞬間、わたしは飛び上がりそうになった。便箋に書いたとおり餓死者のような有様で、やれミイラだゾンビだとひそひそ言い合っている連中もいた。可哀想に。本当に可哀想に。

もちろん嬉しかった。わたしを虚仮《こけ》にした鹿野を返り討ちにした達成感は素晴らしいものだったし、わたしを見つけ出し裁こうとしていた探偵が、逆にわたしに裁かれて晒し者になるのは愉快だった。あそこまで弱るとは思っていなかったけれど。

顔を極端に変化させると、体調に影響を及ぼすこともあるらしい。何かの弾みで野島も出血多量で危険なことになっていたかもしれない。気を付けなければ。

小谷はどうなるだろう。

※　※

この時間は確か四組で教えているはずだが、耳を澄ませても悲鳴やざわめきは聞こえてこない。やはり担任には効かないと考えた方がいいだろうか。

早朝、鹿野の靴箱に呪具を放り込んだら、数時間後の学年集会で効果が現れた。

一昨日に郵送で送り付けた小谷には、未だに効果が出ていない。

これは期待しない方がよさそうだ。

いずれにしろ小谷は怯えていた。集会でそれとなく観察したけれど、明らかに落ち着かない様子だった。いつもの笑顔もぎこちなかった。きっと写真を見たのだ。便箋を読んだのだ。今も怯えているに違いない。鹿野の惨状を見て更に打ちのめされたかもしれない。

怖がらせるには、予感させればいい。想像させればいい。実際に事が起こるか否かは重要ではないのだ。

そういう意味では、小谷には〝効いた〟。精神的に呪うことができた。上々だ。わたしはユアフレンドを、より上手く使いこなせるようになっている。というより、そうなることを見越して姫崎麗美はわたしに託したのだろう。

次は誰にしよう。いや、急いで選ぶ必要はない。今日はゆっくりと小谷を観賞しておくとしよう。わたしは目の前の教科書に視線を戻した。

授業が終わる。休み時間が終わってまた授業が始まり、また終わる。クラスの連中が鹿野の変貌ぶりを話し合っているのが聞こえる。トイレに行くと他のクラスの女子たちが話題にしている。小谷の悲鳴はまだ耳に届かない。

期待するなと何度も自分に言い聞かせたのに、はやる気持ちを抑えきれなかった。古典の授業は今日はない。終礼まで待てない。

食堂の隅で独り昼食を済ませてすぐ、わたしは教室に引き返して机を探った。数学の問題集とノートを引っ張り出して、職員室に向かう。質問しに行くふりをして、小谷の様子を見るためだ。

職員室のドアを開けて入ろうとした瞬間、「おいおい」と背後から声を掛けられた。足立が冷ややかな目でわたしを見下ろしていた。

「いま生徒は入室禁止だよ」

言われてようやく思い出す。そうだった。テスト一週間前から入ってはいけないのだ。中学の時もそうだったのに、完全に忘れていた。浮かれすぎだ。自分の馬鹿さ加減を呪いながら、わたしは「すみません」と詫びた。

「数学で分からないところがあったので」

「ふうん」足立は無表情で顎を撫でると、「そこでよければ聞くよ」と窓際を指した。ここで断ると余計に怪しい。わたしは問題集を開き、本当に分からないところを二、三個質問した。

足立の解説は機械的だった。表情は氷のようで、しばしば溜息が交じる。わたしと話すのは苦痛なのだろう。それでも答えてくれるだけありがたいし、たわけた嘘に付き合わせてしまって心苦しい。

「どうかな、理解できたかな」

「はい」

「また分からないことがあったら、いつでも聞きに来てね」

足立は死んだ目で言った。

「ありがとうございました」

礼を言って教室に戻ろうとすると、階段からバタバタと、二人の女子が駆け下りてきた。四組の女子だ。どちらも目鼻立ちの整った美人で、制服を着崩している。羽村のグループとも仲の良かった連中だ。わたしは咄嗟に道を譲った。

「足立先生！」二人が声を掛ける。

「おお、どうした」

足立の顔に笑みが浮かんだ。

「先生、前に教えてくれたお笑い番組、見ましたよ。ダウンタウンのごっつ何とかってやつ」

「ちゃんとレンタルしました」

「そうか。偉いぞ。で、どうだった？」

「普通」女子が口を揃える。足立は楽しげに天を仰いで、

「まあそう思うよなあ。正確にはあの番組がきっかけで、ああいう笑いが普通になったんだ」

「へええ、詳しいね」

「いや、実は先生も物心つくギリギリで、だいぶ後で兄貴に教わったんだけど」

「知ったかよ」と女子たちが笑い、足立も笑った。

ただの雑談だった。それもくだらない、本当にくだらない雑談だった。わたしは歩き出した。階段を上ろうとしたが足に力が入らず、手摺りを掴む。

楽しい気持ちは完全に消え失せていた。

むしろ惨めな気持ちで一杯だった。

これまでと同じだ。わたしは今も弱い。今も下層だ。今も地べたを這いずり回っている。ユアフレンドを持っていても何も変わらない。

小谷も醜くなればいいのに。早く次の〈標的〉を決めなければ。今度の女子はもっと醜く、もっと痛々しく、二目と見られない顔にしてやらなくては。

一生こんな風に、惨めな気持ちで生きないといけない顔に。

歯軋りしながら階段を上っていると、「大丈夫すか？」と大きな声がした。今度は椛島希美が見下ろしていた。

「しんどそうっすよ。保健室行ってきたらいいんじゃないすか」

「いい」

「そうすか。あ、足立先生んとこ行ってきたんすか」

教科書で察したらしい。

「うん」

「小谷先生、いました？」

「さあ。入れないから」

「そりゃそうだ。馬鹿っすね自分」

椛島は手にしていたスマホで、自分の額を叩いた。ぺちん、と間抜けな音が吹き抜けに響き渡る。続けざまに指先で液晶画面を拭い、「あっ皮脂がやばい」とつぶやく。

「すいませんね、じゃあお大事に」

椛島はそう言うと階段を駆け下りていった。彼女の汗ばんだ首もとが視界から消えて、わたしは歩くのを再開した。ほんの少しだけ心が軽くなっていた。

一つの決意が胸のうちで固まっていた。

椛島希美は〈標的〉にしないでおこう。他のクラスメイトと同じようにわたしと接してくれている。ごく普通に。当たり前のように。考えてみれば名前も同じだ。そんな遊び心で許してあげてもいいだろう。でもそれ以外は、それ以外の同級生は。

姫崎麗美もこんな惨めさと憎しみにかられながら日々を送ったのだろう。

一粒二粒の希望にすがって、何とか生きていたのだろう。

辛かっただろう、苦しかっただろう。でも安心してほしい。わたしがあなたに代わって復讐してやるから。あなたに生贄を捧げてやるから。あなたの苦痛が手に取るように分かる。何が救いになるのかも分かる。

当然だ。わたしはあなたのともだちだから。

会ったこともない、実在すら怪しい親友、姫崎麗美のことをわたしは思った。

※　※

病院に運ばれた真実は入院することになったが、ひどく衰弱しているという。命に別状はなく彼女の母親が側にいるが、医者も首を傾げているらしい。

「どうしてこんなことに……」

固定電話の受話器の向こうで、母親は洟を啜りながらつぶやいていた。舞香は散々迷った末、「終わったら伺います」とだけ答えた。

受話器を置くと足立から声をかけられた。

「外に椛島が来てますよ。テストで分からないことがあるそうです」

舞香は返事もそこそこに立ち上がった。昼食はエナジードリンクだけだったが、ほとんど喉を通らなかった。午前中の授業中も生きた心地がしなかった。

廊下で希美を見てすぐ違和感を覚えた。手ぶらだ。勉強道具の類を一切持っていない。

「椛島さん、質問って……」

「先生すいません、おびき寄せました」

腰を落として詫びながら、希美は舞香の手を引っ張った。想像以上に強い。抵抗できないまま舞香は、技術棟へと至る廊下の半ば辺りまで引き摺られた。

「この辺でいいかな。それはそうと先生、その怪我、大丈夫すか」

「ちょっと切っただけ。それより……」

「そうそう、これなんですけど」

希美はスマートフォンを差し出した。持ち込み禁止は建前のようなものだが、ここまで堂々と教師に見せるのはやりすぎだ。注意しようか。そう考えていると、希美が小声で言った。

「羽村さんのです」

膨らんだ顔は真剣そのものだった。太い指でスマートフォンを示す。

「この赤いケースもそうだし、この上んとこにティアドロップ形の赤いシール貼ってるのもそう。わたしそういうのすぐ覚えるし、そもそも中杉さんが見つけて、間違いないって言ってました」

「中杉さんが？」

希美は頷いた。肉に埋もれた小さな目で、舞香を見据える。舞香はさりげなく目を逸らした。他人の視線が恐ろしい。この距離だと一層辛い。だが話を切り上げることはできなかった。真実の言っていた羽村更紗のスマートフォンが、まさか向こうからやって来るとは。

「なんかさっきトイレで鉢合わせたんですけど、すっごい顔色悪くて。で、これ持ってたから『何で?』って訊いたら『机の中に入ってた』って言うんですよ。あんまりビックリしたんでトイレに逃げてたって。それでずっと確認してたって。あ、電源は入るんですけどロックは解除できませんでした。だから中身は見てません」

「それでわたしに?」

「ええ。中杉さんと相談して決めました。中杉さん、これで相当食らったみたいで辛そうだったから、わたしだけ来ました」

これも犯人の仕業か。

遺品をクラスメイトに送り付けて、動揺させようとしたのだろう。その目論見は見事に当たったわけだ。しかも一連の事件で最も苦しんでいる、千亜紀を狙うのが悪質極まりない。おまけにこのタイミングで。畳み掛けているのか。

ひょっとすると自分の手に渡ることも計算済みかもしれない。今頃はこの状況を想像してほくそ笑んでいるのだろう。ますます愉快犯ぶりに拍車がかかっている。

「まあ、親御さんに渡すのが一番なのは分かってるんですが……」

「そうね。わたしが責任持って届けるよ」

舞香は左手を差し出した。どう説明して渡せばいいかすぐに思い付かないが、だからと言って生徒に頼ってはいけない。希美は「よろしくお願いします」と携帯を渡すと、足早に立ち去った。

職員室に戻って席に着く。できる範囲でスマートフォンを操作してみたが、特におかしなところはない。バッテリーがわずかに残っている。

「没収ですか」

足立に声をかけられた。

「ええ、まあ」

「あんまり堂々と手に持ってたら、取り上げざるを得ませんよね」

足立は一人で納得した。舞香はスマートフォンを引き出しに仕舞い、仕事に戻る。ふと足立の視線を感じ、反射的に口元を隠してしまう。余計に怪しいと理性では分かっていたが、無意識に動く手を止めることはできなかった。

「……やっぱり、具合が悪いんじゃないですか、小谷さん」

足立が訊く。少し声の調子を落として、

「鹿野のこともですけど、昨日も大変でしたし」

「大丈夫です」

「診てもらった方がいいと思いますよ。風邪とかなら松雪先生に言えば、こっそり薬をもらえるかもしれませんし」

善意で言っているのは充分に理解できたが、今は煩わしくて仕方がない。見るな。話しかけるな。放っとけ——強い言葉が出て来そうになるのを抑える。どこも悪くないのに保健室など行けるか。だいたいこれのどこが風邪だというのか。鼻水も出ていないし咳もくしゃみもしていない人間を摑まえて——

「馬鹿」

「えっ」

「いえ、足立先生のことじゃありません。自分がです」

舞香はそう言って勢いよく立ち上がり、職員室を飛び出した。猛然と廊下を駆ける。保健室でマスクを貰えばよかったのだ。

おまじないが効いても最悪の事態は防げる。どうして今まで気付かなかったのだろう。普段付ける習慣がないせいか。九条桂と昨日話したばかりなのに。つい数時間前に保健室に行ったところなのに。

息を切らせながら保健室のドアを開けると、想像以上に大きな音がした。机で書き物をしていた松雪が椅子から飛び上がる。

「なになに、どうしたの」

「あの、マスクを」

そこまで言ったところで、口の中に違和感が走った。

舌が痺れる。頬の内側も。歯茎も。大きな丸いものを突っ込まれたような感触がする。

「小谷さん？」

松雪がきょとんとした顔で訊いた。答えようにも口が動かない。

ずず、と口の中で何かが動いた。口内のあちこちが蠢いている。かすかな振動が口腔から骨と筋肉を伝って皮膚に、顔全体に到達する。

舞香は手で口を押さえた。「ごめん」と何とか言って踵を返し、廊下を走り抜け職員用の女子トイレに駆け込む。奇妙な音と感触が顔中で暴れ回っている。

洗面所に片手を置いた瞬間、激しい痛みが歯茎を伝った。思わず口を開く。

かつ、かつ、からからんっ、と硬い音がタイル張りのトイレに響いた。

洗面台に転がった物を見て、舞香は「ひっ」と声を上げた。

四本の歯だった。平たく小さいものもあれば、先端が尖っているものもある。いずれも洗面台に比べると黄色く、歯根には濡れた赤茶色の組織がこびり付いている。

痺れが少しずつ消えていく。舌の感覚が戻っている。口の中を舌先で探ると、歯茎がぶよぶよと音がしそうなほど柔らかくなっているのが分かった。

おまじないの効果が、とうとう現れたのだ。封筒を開けてから四時間と少しで。

舞香は恐る恐る顔を上げ、鏡に視線を向けた。

顔の下半分が赤黒く腫れ上がった、見知らぬ女の顔が映っていた。上の前歯と犬歯、下の前歯が二本抜け落ち、真っ黒な隙間が空いている。滑稽だった。冗談のような顔だった。でも少しも笑えなかった。膝から崩れそうになって、舞香は両手で洗面台を掴んだ。叫びたいが全身に力が入らない。視界がどんどん暗くなっていく。

出入り口のドアが開く音と、「ちょっと、大丈夫？」と訊く松雪の声が、はるか彼方から聞こえていた。

第六話

其の姉石長比売《いわながひめ》を副《そ》へ、百取《ももとり》の机代《つくえしろ》の物を持たしめて、奉《まつ》り出だしき。故爾《かれしか》くして、その姉は、甚凶醜《いとみにく》きに因りて、見畏《かしこ》みて返し送り、唯に其の弟《おと》木花《このはな》之《の》佐久夜毘売《さくやびめ》のみを留めて、一宿《ひとよ》、婚《あひ》を為《し》き。

——『古事記』

舞香はベッドで震えていた。布団を頭まで被って暗闇の中で丸くなっていた。昨日はいつの間にか帰宅していた。どうやって帰ったのかは思い出せない。今日は欠勤しているが、学校に連絡した記憶はない。つまり無断欠勤だ。最低だ、有り得ないとまともな自分が遠くの方で詰《なじ》るのが聞こえたが、舞香は布団から出ることができなかった。舌でそっと歯を確認する。抜け落ちた歯の隙間。泥のような感触の歯茎。口臭が気になって仕方ない。自分で何度も呼気を嗅いだが、ただ生暖かいだけで判然としなかった。目から下、顔の下半分がずっと重い。

怖かった。恐ろしかった。

訳の分からない力で攻撃されたという事実がまず恐ろしい。保健室の出入り口で不意に口の中を襲った、奇妙な感触を思い出してしまう。奇妙な痺れ。異物感。蠢く歯茎。そして顔全体を襲った振動。

鏡に映った歯抜けの醜い女。

無意識に口を押さえて更に身体を丸くする。こもった湿気が耐え難く、意識は朦朧としている。

(じゃあね、センセイ)

夕菜の言葉と表情を思い出していた。

(はい。それじゃ)

桂の言葉と、目元の痙攣も思い出していた。

自業自得だ。他人事だと思っていたから罰が当たったのだ。そう因果関係を作り出しても、少しも心は休まらなかった。

こもった湿気と息苦しさに耐え切れなくなって、舞香はわずかに布団を持ち上げて部屋の空気を吸った。冷たい空気が頬を撫で、肺を満たす。遠くでスマートフォンの着信音が鳴り始めた。

誰からだろう。

電話に出る自分を想像した瞬間、舞香の全身の肌が粟立った。

先のことなど考えたくない。この顔で生きなければならない、この先の人生など。

(不細工だねえ)

母親の声がした。あの時の声だ。親戚の集まりで、従兄弟や叔父叔母がいる前で。

(ほんと誰に似たのかね。美男美女ぞろいなのに恥ずかしいよ)

耳を押さえても頭に直接響いている。

古びた座敷を覆った居心地の悪い空気を思い出していた。線香臭く、湿り気を帯びている。台所からは古い油のにおいが漂っている。大人たちの笑い声、笑顔。従兄弟たちが曖昧な表情で自分を見ている。注目している。そうだ。自分は泣きべそをかいていた。従兄弟の誰かに小突かれたのだ。

(笑ってなさい)

母親が言った。

(舞香は笑ってる時が一番――)

「やめて!」

舞香は思わず叫んでいた。

この顔で笑っても無意味だ。どうにもならない。

着信音はまだ鳴り続けていた。

授業をしている自分を想像していた。黒板の前に立って生徒たちを眺める。生徒たちは自分と目を合わせない。ノートにペンを走らせている者。眠そうに目を擦る者。机に突っ伏している者。窓の外を眺めている者。

再び黒板に向き直ってチョークを走らせる。カツカツと黒板を鳴らしていると、不意に力が入らなくなった。手から零れ落ちたチョークが床にあたってパキンと鳴る。

白い粉の付いた手が皺くちゃになっていた。

太い血管と茶色い皺が見る見るうちに浮かび上がる。

捏ね回されるような感覚が顔全体に走る。皮膚を通り抜け筋肉を刺激し骨にまで伝わる。ミシミシと頬が鳴る。視界が滲み歯茎が疼く。

思わず口を開けると強烈な臭気が鼻を襲った。直後にパラパラと高い音が足下で鳴る。舌の上に幾つも硬いものが当たる。舌先に触れるのは泥のように腐り果てた歯茎だ。歯が抜けている。前歯も奥歯も全部。舞香はその場にうずくまった。

途端に目の前の床に、ばさりと髪の毛が落ちた。

「いや!」

自分の悲鳴で舞香は目を覚ました。布団を剥いでベッドの上で上体を起こしていた。

赤い染みが掛け布団にも敷布団にも付いている。血だ。右手の包帯と絆創膏は、どこかに消えていた。幸い出血は止まっていたが、固まった血が指先から肘まで、あちこちにこびり付いている。

いつの間にか眠っていたらしい。そして夢を見ていたらしい。考えてみれば昨夜はほとんど眠れなかった。激しく鳴る心音を聞きながら、舞香は大きく溜息を吐いた。現実感が戻るにつれ、絶望が膨れ上がる。

おまじないで顔が醜くなったのは夢ではない。その証拠に舌先が歯の隙間と、崩れた歯茎に触れている。これは現実だ。覚めることのない悪夢だ。

羽村更紗が自殺するのは当然だ。容姿にまるで自信のない自分ですら、こんな気持ちになるのだから。

(先生、もっと自分に自信持ってください)

彼女は屈託なく言った。そして男子に呼ばれ、教室を出て行った。

それほどわたしに自信がないように見えたのか。笑みの仮面が何を隠しているか直感で気付いたのか。そんな更紗の自信は、顔を老婆にされたくらいで木っ端微塵に砕かれた。可哀想に。お気の毒様。御愁傷様。ざまあみろ。

ああ、そうか。そうだったのか。

(さら様のことをどう思ってたか、教えてください)

はい、わたしは羽村さんに偉そうに助言されて腹が立ちました。

自信に満ち溢れた美しい彼女を、鬱陶しく思っていました。嫉妬していました。

醜くされたことを知って嬉しかったです。野島さんの時も目が離せませんでした。

美しい子、日の当たる子、輝いている子が叩き落とされるのは楽しいです。できればずっと見ていたかったです。

なんて醜い心だろう。

こんな顔になる前からわたしは醜かったのだ。むしろ今の方が釣り合いが取れている。可笑しい。笑ってしまいそうだ。でも笑ったら正気でなくなってしまいそうだ。その前に死のう。死んでしまおう。着信音が鳴り止んだ。

着信音。

舞香は我に返った。

時間の認識がおかしい。着信音を無視して悪夢を見て、目覚めて混乱していたのは、ほんの一瞬のことなのか。

ゆっくりと立ち上がり寝室を出る。リビングの床に転がったバッグから、スマートフォンを探り当てる。

着信履歴が表示されていた。四ツ角高校から三件、深川から一件、足立から十二件。正午を少し回ったところだった。

しばらくの間、舞香は座り込んだまま液晶画面を見下ろしていた。汗が乾くとともに、猛《たけ》っていた感情が少しずつ収まった。右手の痛みは続いているが、その状態を静観できている。痛い。ただそれだけだ。

暗くなった液晶画面に、変わり果てた顔が映っていた。目を逸らしたくなるのを堪えながら、舞香は考えていた。

どうやら危険な精神状態を脱したらしい。かろうじて現実に踏みとどまることができている。だが、ぶり返さないとは限らない。顔のことを考えるだけで動悸がする。息苦しくなる。また恐慌をきたす前に、するべきことをしなければ。

詫びよう。

謝るべき相手に心から謝ろう。

もちろん学校にも。だがそれよりも生徒だ。

三年二組の生徒たちに。

その中で誰よりもまず――

舞香は大急ぎで服を着替え、救急箱からマスクを、クローゼットの奥からサングラスを引っ張り出した。

「は？　それでわたしに？」

馬鹿じゃないの、と言わんばかりの口調で、野島夕菜は訊ねた。ベッドの上で胡座《あぐら》を搔き、舞香を見下ろしている。舞香は部屋の隅で正座していた。サングラスに手をかけようとして躊躇う。

ここに来るまでの道のりですっかり消耗していた。

家から駅までの道。電車内。最寄り駅からこの家まで。全てが信じられないほど長く感じられた。時間的にも距離的にも、足立と見舞いに来た時とは比べものにならなかった。顔を隠していても周囲の視線が気になり、今に至るまで冷や汗が止まらない。

マンション一階のインターホンでは、夕菜の母親に怪しまれた。涙ながらに説明してどうにか通してもらったが、未だに不審に思われているのだろう。ドアの向こうに気配が感じられた。

「ごめんなさい」

舞香は言った。

「本当にごめんね。野島さんがどれだけ苦しんだか、全然分かってなかった。ちょっと打ち明け話をして、近付いた気になっただけ。だからこないだのお見舞いの時、嫌な気持ちにさせたと思う」

「イラッとはしたけど、別に嫌ってほどじゃ……」

夕菜は不機嫌そうに、瘡蓋だらけの唇を尖らせる。

「で、本当におまじない、かけられたの？」

「ええ」迷いが生じる前に、マスクに指をかけた。絆創膏の隙間から覗く夕菜の目が、怪しく光っているのが視界の隅に見えた。

「どんな風にされたの？」

彼女が質問を重ねる。興味のないふりをしているが、本当は見たいのだろう。嗜虐と好奇と期待、そうした感情が静かに昂ぶっているのだろう。いけない、これ以上想像すると顔を見せられなくなってしまう。

舞香は一気にマスクを剝ぎ、サングラスも取った。

顔を上げずにバッグから丸めたハンカチを取り出し、床に置いて開いてみせる。中身は職員用便所の洗面台から掻き集めた、四本の歯だった。

夕菜が動いたのが衣擦れの音で分かり、身を縮める。無意識に目を閉じていた。写真でも撮られるのだろうか。さすがに耐えられない。拒否しようと口を開いた時、

「いいよ、もう」

「え？」

「見せなくていい。そのハンカチも仕舞って」

突き放すような口調だった。舞香は言われたとおりにした。サングラスを掛けてから、そっと夕菜の様子を窺う。

彼女はベッドに座ったまま、抱えた枕に顔を埋めていた。

しばらくの間、二人とも無言だった。散らかった部屋に重苦しい静寂が立ち込めてい

た。ドアの向こう、母親が絨毯敷きの廊下を踏みしめる音すら聞こえるほどだ。

「……お互い、大変だね」

夕菜が口を開いた。あまりにも率直で実感のこもった言葉に、舞香は頷くことしかできなかった。

「マジでこれ、キツいね」

「……そうね」

「酷いね」

「うん」

「最悪」

「本当、最悪だと思う」

「これからどうしようね」

「羽村さんのお墓参り」

「は？」

夕菜は首を傾げた。舞香は顔を上げて、

「野島さんにしたみたいに、謝ろうと思って。わたしは……羽村さんが嫌いで、死んでからも全然その……悲しくなくて。逆に嬉しいと思ったから。それを謝って、ちゃんと手を合わせようと思う。その次は荒木さんのお墓にも行く」

何とか言い切った。夕菜に言うべきではなかったか、と途端に後悔が押し寄せる。

「正直だね、先生」

夕菜がぼそりと言った。

「それでお墓参りするんなら、わたしも行かないとな。さらちゃん大嫌いだったし。向こうは全然気付いてなくて普通に親友ヅラしてくるのが余計ムカついたし、荒木は荒木で……」

くしゃくしゃと脂っぽい髪を掻き回す。ややあって彼女は不意に言った。

「先生、墓参りは後にしない？」

「え？」

「犯人を捜そう。手がかりはある。治す方法知ってるかもしれないし。聞き出してから一回シメて、そんで二人に報告に行く。霊前に捧げるって言うの？」

四十九日前だから御霊前だ。更紗が死んでからまだ一月《ひとつき》ほどしか経っていないのだ。短い間に色々なことが起こりすぎている。

「シメるのは駄目よ。それに手がかりって……」

「これ」

夕菜はスマートフォンを掲げた。

「引きこもってんの悔しいから調べてた。犯人がネットでなんか書いてないかなって」

「そんな都合のいいこと」

「あったの」

「うそ」

夕菜が唇を歪めたのが、絆創膏の隙間から見えた。掲げ持つスマートフォンの液晶画面には、長大な文字列が表示されている。インターフェースに見覚えがあった。

「ステゴドン」だった。長文を投稿できることを売りにしている、比較的新しいSNS。舞香は中腰になって、液晶に顔を近付けた。

〈……犯行声明の詳細はこうだ。HとNの before の写真と after の写真、計四枚を用意し、早朝の黒板に貼る。これだけでは効果が薄い。YFの呪文から印象的なフレーズを引用することにしたが、それでもまだ足りない。わたし以外は誰もYFを読んでいないからだ。だから「あなたのともだち」と直訳を併記する。これでYFの持ち主の仕業だと誰もが気付くだろう。赴任したばかりのKは気付かないかもしれないがむしろ好都合だ。小谷舞香。作り笑いで生徒に何の興味もない担任。万一YFとの関連に気付いても、傍観を決め込むかもしれない。Hの通夜でも愛想笑いを浮かべていた……〉

「クラスの女子の名前で検索しまくったけど出なくて、先生の名前でやったら引っかかった。これ、絶対犯人が書いたやつだよ」

夕菜は内緒話のような囁き声で言うと、スマートフォンを差し出した。受け取って前後の文章や、他の投稿もいくつか確認する。

投稿にはユアフレンドにまつわる事柄と、三年二組の一連の出来事が、微に入り細を穿って書かれていた。同級生に対する呪詛の言葉も膨大に書き連ねてある。固有名詞は全てイニシャル表記だったが、先の一箇所だけ、舞香のフルネームが書かれていた。筆が滑った、ということか。

アカウント名は「OpapnjL」。出鱈目に入力して決めたとしか思えない文字列だった。登録されたのは二年前の四月。他のアカウントとは一切繋《つな》がっておらず、投稿へ稀に寄せられるコメントにも全く返信していない。「OpapnjL」にとってステゴドンは交流を目的としない、ただ発信するためだけの場らしい。

「一昨日見つけた。わたしをやった時のことも書いてあった。変わる瞬間をちゃんと見れなくて残念だったんだって。ショックで自殺しない程度に抑えといてよかったたって」

「…………」

「吐きそうになって止めた。それより前の投稿は読めてない」

「……じゃあ、例えば羽村さんの時の投稿は、確認できてないのね？　あと、そもそもユアフレンドを手に入れた時のことも」

動揺を抑え、理性を振り絞って指摘する。夕菜は「でも」とだけ口にして黙り、小さく頷いた。

「最近のも、まだ」

断定できる段階ではないのだ。だが夕菜の勇み足を責めるのは酷だろう。ざっと読んだだけの舞香でさえ気分が悪くなっていた。

「でも、投稿を細かく読んだら、犯人が分かるかもしれないね」

そう言ってスマートフォンを返す。自分の名前を書くような手抜かりはしないだろうが、決定的な記述があるかもしれない。住所が絞れるような記述。教室の席の位置関係。そうだ。「OpapnjL」は受け持ちの生徒だ。クラスメイトと担任を憎悪し、攻撃し、今は授業を受けているのだ。そして自分のしたことを悪びれもせず、こうして全世界に告白している。

改めて思うと鳥肌が立った。

「あっ」

唐突に夕菜が声を上げた。スマートフォンから顔を上げる。

「どうしたの」

訊いても答えない。迷っている風に見える。何度か呼びかけると、彼女は再びスマートフォンを差し出した。

「最新の投稿……今アップされたばかりだ。先生のことが書いてある」

〈昨日、Kが早退した。今日は休んでいる。無断欠勤らしくAが「何か知らないか」と授業中に訊いた。YFの効果が出た可能性が高い。ショックで自殺でもしていなければいいが。いや、正直なところ自殺してくれても全く構わない。担任でも効くと分かったのは収穫だった。心残りは、現場を見られなかったことだ。時間だけは読めない。集会の最中に都合よく効いたKの方が奇跡だ。Kの歯は何本抜けただろう。要望は三日前にここにアップしたとおりだ。今回は自由度を上げてみた。姫の裁量に任せてみた。どんな結果になっただろう。Kは歯抜けになっても愛想笑いしていてほしい。きっと見ものだ。痣だらけで歯抜けでニタニタしてるババア……〉


三年二組の教室のドアを開けると、生徒たちの視線が自分に突き刺さった。驚きと不審の色が彼らの目に宿る。大きなサングラスとマスクで顔を隠した女が、息を切らせて乱入してきたのだ。怪しまれて当然だろう。

六時間目の授業中だった。教壇の三井が身構え、すぐに気付く。

「え、小谷さん？」

舞香は答えず、ピシャンと音を立てて戸を閉める。嫌な汗が全身を流れ、逃げ出した

い衝動に駆られながら、彼女は生徒たちを眺め回して、

「ユアフレンドを持ってる人」

と呼びかけた。右手がドクドクと、痛みを伴って鳴っている。

「ステゴドンを見たの。もうこれ以上はやめて。わたしで最後にして。お願い」

マスクに手をかけたが、取ることはできなかった。

桂と目が合った。戸惑った様子で自分を見返している。三井が何か言っているが聞こえない。教室が徐々にざわめきに包まれていった。


三井に職員室に連れられ問い詰められたが、舞香は答えなかった。サングラスとマスクを取るように言われたがそれにも応じず、ただ詫びの言葉を繰り返した。申し訳ありません、すみません、動転していました——

「何なの？　更年期障害？」

「三井さん」

足立に窘められ、三井は殊更な溜息を吐いた。教師たちの声に交じって、教頭が「参ったな」と唸るのが聞こえた。深川が「無理もありませんよ、立て続けに生徒が……」と憐れむように言うのも。

終礼には出ず、職員室の空気が落ち着いたところで、舞香は席を立った。

職員用トイレの個室は全て空いていた。

舞香は一番奥の個室に入り、サングラスとマスクを取って大きく息を継いだ。最良の選択ではなかった、何て馬鹿なことを、と後悔が次々と湧き起こる。泣きそうになるのを堪えていると、

きい

出入り口のドアが開く音がした。足音が近付いてきて、止まる。床とドアの隙間からわずかに、汚れた白い靴の爪先が見えた。

上履きだ。女子生徒がドアの向こうに立っている。

「小谷先生」

声がした。まだ幼さの残る低い声。

「誰？」

生徒相手に使う声で訊く。答えはない。爪先は動かない。

「どうしたの？　何か――」

「OpapnjLです」

声はそう言った。言葉の意味が分かった瞬間、舞香の全身に鳥肌が立った。首筋、両腕、背中にも腹にも。

「その後、お顔の調子は如何ですか」

感情の全くこもっていない声が訊ねる。舞香は必死に考えを巡らせた。誰だ。誰の声だ。この声は誰の。

開けて確かめればいい。焦って一番簡単な方法に思い至らなかった。立ち上がろうとした瞬間、ドアが激しく鳴った。

〈犯人〉が殴り付けたのだ。

舞香の腰が抜けていた。薄いプラスチック便座が軋む。

微かな音がドアの向こうから聞こえていた。

くく、くく、く……

これは笑い声だ。薄い戸板を一枚隔てた向こうで、〈犯人〉が笑っている。

「先生」

可笑しくてたまらない、といった口調で、彼女が訊ねた。

「わたしが誰だか分かりますか?」

舞香は答えなかった。答えられなかった。誰だか全く分からなかったからだ。笑い声も話し声もまるで聞き覚えがない。声のする方向と隙間から覗く足先で、大柄でないことだけはかろうじて推測できた。

「ですよね」

さーっ、とドアを摺る音がする。向こう側で手を這わせているらしい。

「先生とはほとんど話したことないし」

さーっ、さーっ
「その時もこんなじゃなかった。授業で当てられた時もそう」

這う音が鳴り止んだ。

「ちゃんと話せて自分でも驚いてます」

くく、とまた笑い声がして、

「自信があると喋れるんですね。相手より上に立ったら。絶対に勝てる相手になら」

嘲るような呆れるような調子で、

「これなら毎日楽しいですよね」

とん、と軽くノックする。

「……何言ってるの」

舞香はどうにか返した。自分の声が震えているのが分かる。

「下がって。出るから。それで話し合――」

「黙れ」

振り絞るような声がして舞香は口をつぐんだ。荒い息が聞こえる。自分の言葉に興奮しているのか。

「どうして黙ったんですか、先生」

息の間からそう問いかける。

「黙らないとまた呪われると思ったからですか」

答えられない。ドアロックに手を伸ばそうとして躊躇う。

「羽村みたいにされると思ったんですか。野島みたいに。荒木みたいに鹿野みたいに」

「……みんな、あ、あなたが」

「もちろん」

鼻を鳴らすと、

「試してみますか。また何か送りつけましょうか」

「止めて」

舞香は即答した。口の中に違和感が広がっていた。唾液がひどく粘っている。気のせいだ、思い込みだと頭の中で繰り返し言い聞かせる。

首筋と腕がいつの間にか汗で濡れていた。

「そこはすぐ答えるんですね」落ち着きを取り戻した声が、「やっぱり顔が大事ですか。人は見た目が全てですか」

「そ、そんなこと」

「別にいいです。そんなものだから。前から分かってました。ずっと前から」

諦めきった調子で言う。

「あ、あのね」舞香は必死で思考を巡らせた。「分かった。あなたが誰でも構わないから、もう二度としないで。それからみんなを元に戻してあげて。野島さんと鹿野さん。わたしは別に……構わないから」

くく、と小さな笑い声が上がった。

「痩せ我慢は止めてください」

「違う」

「違いませんよ。この先どうなるか心配してますよね。絶対に絶望してますよね。教師として女として、一人の人間として、先生は致命傷を負った」

負ってなどいない、とは言えなかった。つい数時間前まで絶望感に苛まれ、死を選ぶ寸前まで行ったのだ。しかし。

「みんなを元に戻して」

舞香は再び懇願した。考える前に言う。

「おまじないを解いてあげて。もう誰も呪わないで。あなた自身も含めて」

「わたし自身?」

「そう」

自分の言葉で舞香は今更のように悟った。

ステゴドンの長文を読んで何故いてもたってもいられなくなったか、衝動的に学校に来て、授業を妨害してまで犯人を制止しようとしたのか。

犯人が苦しんでいるのが、投稿から見て取れたからだ。読んでも少しも楽しそうに思えなかったからだ。少しばかり目を通しただけだったが、舞香は確信していた。

あれは悲鳴だ。

冷静に淡々と書いている風を装っているが悲鳴だ。おまじないが、呪いが当人をも蝕《むしば》んでいるのだ。自分の吐いた毒に侵され、痛い苦しい助けてくれと叫んでいる。

息を潜めて舞香は様子を窺った。返事はない。ただ自分と〈犯人〉の呼吸音だけが響いている。トイレの湿気と熱気で朦朧とし、沈黙に息が詰まりそうになった頃、

「……くせに」

「え？」

「何にも知らないくせに！」

ばんっ、と激しくドアが鳴った。何度も立て続けに殴り付ける。

「呪いのことなんて何にも分かってないくせに！」

舞香は「止めて！」と叫びながら耳を塞いだ。無意識に丸くなる。右手も顔も、口の中も熱を帯びている。

「こういう時だけ教師づらしやがって偉そうに！」

一際大きな音がして、ドアが震えた。蹴り付けたらしい。

切れ切れの激しい息遣いが聞こえた。ややあって、弱々しい声がした。

「言うことを聞いてあげますよ、先生」

「えっ」

「次の〈標的〉、先生に選ばせてあげます。それで最後にします。どうですか」

怒りと悔しさに胸が悪くなった。吐き気すら催す。

「そんな馬鹿みたいな……」

「真面目な取引ですよ、先生。一人生贄にすればみんな助かるんです」

「止めて」

「いいじゃないですか。クラスにブスなんか何人もいますよ。そいつらを差し出せばいい。おまじないなんか食らわなくても充分醜くて、この先一生負け続ける生徒を。いえ、最初から土俵にも上がらせてもらえない、何をやってもどうにもならない人間を」

舞香はいつの間にか耳をそばだてていた。聞き漏らすまいとしていた。

これも悲鳴だ。

彼女は自分の苦痛を訴えているのだ。そう直感していた。

「それともキラキラしてる連中を引き摺り下ろしますか。中杉なんかどうです？　仲良し三人組を全滅させると収まりが――」

声が途切れた。上履きが隙間から見えなくなる。直後に「きい」と出入り口のドアが鳴った。

「あらっ」

わざとらしい声がした。「ちょっとちょっと、ここ職員用よ。困っちゃうな」と続ける。青山だ。小太りの容姿が頭に浮かんだ。

「すみません」

はっきりした声。スタスタと足音が遠ざかり、「きい」とまたドアが鳴る。ややあって青山が「どうしちゃったのかなあ。まあ、いっか」と言った。

舞香は思い切って鍵を開け、ドアを押し開いた。青山が目を丸くする。

「今の、誰ですか?」

「えっ」

「今ここにいた生徒は誰ですか?」

無意識に語気が強くなる。怒ったような物言いになっている。青山は驚いた顔のまま、

「ええとほら、あの子、二組の」

そんなことは分かっている。口に出そうになるのを押し止めて答えを待つ。

「ほら、暗くて目立たない……」

喉元を手で示す。「ここまで出かかっている」の身振りだ。舞香は耐え切れずに青山の両肩を摑むと、

「誰？」

ほとんど叫び声になっていた。青山はまじまじと舞香を見つめている。手がすっと持ち上がり、舞香の目元を指差す。

「どうしたの？　その顔」

舞香は突き飛ばすように青山の肩から手を離すと、職員用トイレから飛び出した。サングラスとマスクを戻して廊下を窺う。それらしい生徒はいない。

靴箱の前にも二組の生徒は見当たらなかった。

どこだ。帰ったのか。教室にいるとは考えにくい。トイレに戻って青山に訊くか。他に何か手がかりは。

恐る恐る頬に、額に触れてみたが変わった様子はない。口の中にも新たな異状はない。当たり前のことだが安堵していた。吹奏楽の演奏が耳に届く。運動場からはサッカー部のかけ声もしている。

トイレに来たということは当然、わたしがトイレに入ったのを知っているということだ。廊下で見かけたか。待て、それ以外にもトイレに辿り着く方法はある。

職員室で「小谷はここにいない、出て行ったがまだ学校にいる」と知ることだ。

舞香は職員室に走った。勢いよくドアを開け、大股で自分の席に戻る。向かいの三井が顔を上げ、苛立ちの表情を見せた。

「二組の女子が来ませんでしたか」

三井は「は？」と殊更な大声で言ったが、

「誰も来てない。テスト前で入れるわけないじゃん」

「来たはずです。誰か応対してませんか」

「そう言われても俺は知らないよ」

再び職員室の注目を浴びている。「何なの？」と誰かが言ったが、舞香は構わず机に両手を突いて、

「思い出してください。三年二組の誰かが――」

「倉垣が来ました」

張り詰めた声がした。すぐ隣で足立がおろおろしながら、

「さっきです。それこそ古典で分からないことがあるから、小谷先生に訊きたいって」

ドアを指し示す。

「ちょうど僕が見かけて応対しました。トイレかもしれないねと」

「倉垣さんが……」

「ええ」三井は頷くと、「昨日も僕に質問に来ました。真面目ですね」とわずかに表情を緩める。顔。倉垣のぞみ。ひどいニキビと恐らくは皮膚炎で、顔が真っ赤な女子だ。鼻は潰れ、垂れた目が離れて額は極端に広い。口はいつもへの字だ。そして――

「あらっ」

声がした。出入り口に青山が立っていた。舞香を認めると「小谷さん小谷さん」と歩み寄って、

「さっきの子なんだけどね……あれ」

ピタリと足を止める。口が半開きになっていた。

「あの子、またド忘れして出てこない、ほらあれよ」

青山は周囲を窺ってから、自分の両肩をパンパンと叩くと、

「フケとかが凄い子。桜島の火山灰みたいに」

声を潜めて言った。

舞香の心臓が大きく脈打った。一学期の前半、冬服の頃の記憶が甦る。教室の隅でうずくまるように授業を受ける姿。猫背で廊下を歩く姿。

頭皮と顔の皮膚が、粉のように剝がれて散るのだろう。倉垣のぞみの肩はいつも、雪か灰が降ったように真っ白だった。

※　※

（止めて！）

わたしは小谷の声を思い返しながら歩いていた。大人があんなに怯え、必死になり、自分に頼み事をするのは初めてだった。そんなに醜くされるのが嫌か。

優越感に浸っていた。こみ上げる笑いを押し殺していると、ふと羽村更紗のことを思い出した。わたしはスマホを取り出してステゴドンを開き、あの日の日記を見返した。ユアフレンドが本物で、自分が姫崎麗美の呪いを受け継いでいると確信した、土曜の学校での出来事を記したものだ。イニシャルは頭の中で全て、本来の名前に戻していた。

羽村更紗の机の前に立ったわたしは、しゃがんで中を覗き込んだ。教科書にノートに資料集。都合のいいことに置き勉をしてくれていた。これなら簡単に忍ばせることができる。

我に返る前に済ませてしまおう。冷静になる前に帰ろう。効かないなら効かないで構わない。わたしは便箋を置き勉の一番下にそっと捻じ込んだ。

立ち上がろうとした時、

「何してるの、倉垣さん？」

背後から声をかけられた。冗談のように跳び上がり、振り返る。

制服姿の羽村更紗が不思議そうにわたしを見下ろしていた。

「泥棒?」

「違う、違う」

わたしは激しく頭を振った。叱られた幼稚園児のように縮み上がっていたが、辛うじて後ずさり、彼女から離れた。苦し紛れに質問を質問で返す。

「……なんで?」

「え? 予備校の勉強しに」

彼女はあっさりと答えた。スタスタと机の間を歩きながら、

「家にはいたくないし図書館は混んでるし、予備校の自習室は部外者入れないし。だから常田に頼んだら教室を開けてくれたよ。一言お願いしたら即オッケーだった。バレー部の練習試合があるから、ちょうどいいってね」

自身の机の前にしゃがみ、中身を改める。特にそれ以上の説明をする様子はなかった。

わたしにとっては信じられない事だった。個人で使うためだけに、教師に強請《ねだ》って教室を開けてもらったというのか。わたしが頼んでも絶対に許可されないだろう。

わたしが呆然としている間に、彼女は封筒を探り当てた。中身を引っ張り出して、しげしげと眺める。

「うるはし、みにくし……」

ややあって、整った顔がパッと明るくなった。

「これ、ひょっとしてユアフレンドのやつ？」

わたしは答えられなかった。彼女はそれを肯定と受け取ったようだった。

「へえ、おまじないねえ」

食い入るように便箋と写真に見入っていた。やがて彼女はそれらを封筒に仕舞うと、

「はい」とわたしに差し出した。

意味が分からなかった。彼女が何を意図しているのか、自分が何をされているのか。当て擦りだとは思えない。彼女の表情にも態度にも、悪意は微塵も感じられなかった。

〈羽村更紗が老婆になりますように　皺とシミだらけで歯もほとんど生えていない、肉の垂れ下がったカサカサのババアになりますように　そのままずっと治りませんようにかほちよにいきるすべなきもののわざたえてのろはむうるはしみにくし〉

あの文面を読んで何とも思わないのか。わたしは思わず訊いていた。

「……何のつもり？」

「だって大事なおまじないでしょ？」

「ちゅ、中傷されてるのに？」

「中傷？」

彼女は首を傾げた。その角度、表情。ただ不思議がっているだけなのに、揺るぎない自信が滲み出ていた。

「ええと、うん、まあ別にいいよ。はい」

再び封筒を差し出す。受け取らないでいると、彼女は「置いとくね」と隣の机に置き、自分の席に着いた。鞄から問題集と筆記具を出し、淡々と机に並べ始める。それが済むと、彼女は胸ポケットから白いワイヤレスイヤホンを取り出した。

相手にされていないとはっきり気付いた。彼女はわたしを虫けらくらいにしか思っていないのだ。知らぬ間に握りしめた拳が痛みを訴えていた。

「……馬鹿にしやがって」

イヤホンを挿そうとしていた羽村更紗が、こちらを見上げた。

「チャットグループでわたしを揶揄って遊んでる時もそういうノリなの？　机にゴミ入れたり、わたしの顔写真、加工して机に貼り付けたりするのも」

声を出すだけで足が震えた。動悸が早まった。

「それ、上江洲とかがやってるやつだね。ユーナちゃんも」

羽村はつまらなそうにイヤホンを手で弄ぶと、

「じゃあ、止めさせよっか？」

と言った。雑談のような軽い口調だった。

「な……何を言ってるの？」

「何って、わたしが言ったらみんな止めるよ」

「そういうことじゃない」

「え？　止めて欲しいんだよね？」

「だからそういうことじゃない」

声を荒らげていた。羽村は苦笑いを浮かべて、

「ごめん、よく分かんないや」

と、イヤホンをポケットに戻した。問題集を開き、そのまま問題を解き始める。わたしの存在など忘れたかのようだった。

怒りに震えていると、羽村が顔を上げずに訊いた。

「おまじないのやつ、要らないの？」

「要らない」

どうせ受け渡しの瞬間がバレてしまったのだ。ユアフレンドの文章を信じるなら、効果はなくなってしまうはずだ。まったくの無駄足だった。土曜の午後に学校で鉢合わせするなんて、わたしは運からも見放されている。

「じゃあ、捨てといて」

彼女は言った。周囲に頼めば何でも思い通りになる人間特有の、遠慮の欠片もない命

令だった。

「……馬鹿だと思わないの？」

わたしはまたしても訊いていた。

「こいつキモいなとか、休みの日にわざわざ学校に来て何やってんのとか、そういう」

「全然」

言葉に詰まりそうになって思い出す。

「む……昔は言ってたよ。中学の時、すれ違いざまに汚いとか、ブスが伝染《うつ》るとか、フランケンとか桜島ちゃんとか、はっきり言ってた」

記憶を手繰り寄せるとより烈しい怒りが燃え上がった。そうだ。かつての羽村は美人を鼻に掛け、お高くとまって、弱い者醜い者をからかっていた。

彼女は手を止め、ぽかんとした顔でわたしを見つめていたが、やがて信じられないことを口にした。

「そうだっけ？　ていうか中学一緒？」

わたしは今度こそ絶句した。欠けそうなほど歯を食い縛っていた。

よく聞く話だ。言われた方が執拗に覚えていることでも、言った方は綺麗さっぱり忘れている。だから気にするな、と俯瞰しようとしても、いざ直面するとどうにもならなかった。

ぶぶ、と振動音がした。羽村が机のスマホを確認し、てきぱきと入力する。わたしとの遣り取りなど、ながらで充分だと言わんばかりに。

スマホに視線を落としたまま、彼女は言った。

「みんなわたしに期待しすぎだよ」

うんざりしたような口調だった。

「何を言っても勝手に舞い上がって、かと思ったら勝手にガッカリして。そんな毎日真剣に生きてないし、赤の他人のこといちいち覚えてないっての」

タッチパネルを指先で素早く撫でながら、

「おまじないだって、やりたかったらやればいいじゃん。必要としてる人もたくさんいる」

きっぱりと言い切る。本人は寛容なつもりなのだろう。理解を示しているつもりなのだろう。自分が高みから喋っていることに微塵も気付かないまま。

「あ、だからか」

再び彼女の顔が輝いた。わたしに目を向けると、

「ずっと昔にわたしに言われたこと、気にしてたんだね？　それでおまじないをわたしの机に入れたんだ？」

「い、今気付いた……？」

「うん、ごめんね」

羽村はスマホを両の掌で挟み、上目遣いで悲しい顔を作ってみせた。その全てが神経に障った。呼吸が乱れている。

「じゃあ、どうでもいいってわけにはいかないね……」

呟くと、羽村はわたしを見つめた。わたしは咄嗟に目を逸らしてしまう。逃げ出したい衝動が湧き起こったが、どういうわけか身体が竦んだ。考えてみれば彼女と顔を突き合わせる必要も、話す義務もないのだ。それなのに。

「倉垣さん、前を向いたらいいよ」

「は？」

「そうすれば背筋も伸びるし、卑屈な気持ちもなくなる」

彼女はにこやかに言った。

あまりにも薄っぺらな助言に、わたしは地団駄を踏みそうになっていた。あの小三小四の担任と、似たような言い草なのも苛立ちを増幅させた。そもそも助言して欲しいなどと頼んだ覚えはない。それを羽村は。こいつは。

睨みつけてやったが、彼女は全く動じなかった。

「それから身近なところに幸せを見付けることかな。他人と比べてもいいことなんかないしね」

「………」

「健康も大事だね。充分な睡眠と運動。そしたら肌も綺麗になる」

「………」

黙っていると、彼女は自分の両頰に人差し指を当て、口角を上げてみせた。

「あとはそう、笑顔かな。自分が笑うと周りも笑顔になるよ」

「ならないよ！」

わたしはとうとう叫んだ。

笑顔になんかならない。なるわけがない。

お前は笑うと余計に不細工だ、潰れたガマガエルみたいだ、だから笑うな。家族も同級生も大体そんな調子でわたしを蔑んだ。笑顔が連鎖するのはまともな顔の人間だけだ。普通かそれより上の人間だけだ。こいつはそんなことも分からないのだ。

衝動的に近くの机を蹴り、鞄を床に叩き付けた。大きな音が立て続けに、教室に反響する。その上でまた睨み付けてやる。

彼女はスマホを見ていた。ピクリと片眉が上がるが、すぐ元に戻る。素早くフリック入力をして、乱暴に机に置く。

「何だっけ……そうそう」

笑いたくなるほど脱力していたわたしを一瞥して、

「倉垣さん。わたしにならなくても幸せにはなれるよ」

と言った。

心の中が完全に空になった。あらゆる感情が消え去り、暗い穴がぽっかりと空いた。冷たい風が吹き抜けていく。やがてその穴の奥から、憎しみがどろどろと溢れ出した。

わたしはお前になりたいなんて微塵も思っていない。

可愛く美しく綺麗になりたいわけでもない。日の当たる場所にお前らの代わりに立ちたいわけでもない。そんな高望みはしない。そんな贅沢は言っていない。

わたしはただ普通の顔になりたいだけだ。

普通に扱われたいだけだ。

ここまで話が通じないとは思ってもみなかった。いや、本当は聞き流されたのかもしれない。スマホに夢中で適当に話しているだけに違いない。きっとそうだ。そう解釈して自分を納得させないと、気が狂ってしまいそうだった。

こいつを最初の〈標的〉にして正解だった。醜くなるに相応しい人間だ。でももう叶わない。悔しい。死んでしまいたい。わたしは呪うことさえ叶わないのか。

いつの間にかわたしは泣いていた。

気付いた途端に不安が押し寄せる。泣いたらまた馬鹿にされる。醜い顔がもっと醜くなったと蔑まれる。慌てて顔を隠し、鞄を拾い上げようとすると、

「お礼はいいよ」

羽村がまたしても的外れなことを言った。わたしはその場に崩折れる。この流れで「自分は泣いて感謝されている」と信じて疑わない、彼女の純粋な思い上がりに打ちひしがれていた。

カタン、と椅子を鳴らして彼女が立ち上がった。わたしの下に歩み寄り、手を差し出して、「顔を上げて」と優しく囁きかける。

「今は難しくても、少しずつ始めればいつか——」

声が途絶えた。

不規則な足音がする。次に聞こえたのは小さな叫び声だった。

「い……いたいっ」

机と椅子を倒しながら尻餅をつき、亀のように丸くなる。

わたしは指の間から、彼女の様子を呆然と眺めていた。何かが起こっている。怪我でもしたのだろうか。立ち上がろうとして気付く。

教室の空気が変わっている気がした。ピンと張り詰め、冷たくなっている。

まさか。

羽村がまた小さな悲鳴を上げた。それを合図にしたかのようにわたしは彼女の側に駆け寄った。屈んで肩に手を掛ける。羽村がすぐさま払いのける。

髪の間から皺くちゃの頬が見えた。

まさか、まさか。

心の中に火が灯った。めらめらと広がって全身に行き渡る。わたしは彼女の髪を摑むと力いっぱい引っ張った。「うぐっ」と羽村が呻く。

彼女の顔は変わり果てていた。

目が離せないほど醜く老いさらばえていた。摑んでいた髪がごっそりと抜け、食い縛った歯がぼろぼろと床に落ちる。わたしが望んだ、わたしが便箋に書き記したとおりの顔になっていた。

それまで感じたことのない喜びが、電流のように身体を貫いた。

「離して」

口から出る声はそれまでと同じだった。そのちぐはぐさが不気味だった。手を撥ね除けられてわたしは尻餅を突いた。痛みで我に返ると、黒い感情が一気に膨らんだ。

中腰になった彼女を力任せに押し倒し、手にしたスマホを顔の前にかざした。シャッターのボタンを押す。何度も何度も押す。パシャパシャと音が鳴って液晶にミイラのような顔が大写しになった。彼女は遅れて両手で顔を隠す。

わたしは迷わずくるりとスマホを裏返し、液晶画面を彼女の鼻先に突きつけた。

はっ、と息を吞む音が聞こえた。白い指の間から閉じかけた目が液晶を見つめていた。

「あ、あ」

羽村はわたしにのし掛かられたまま、器用に身体を反転させた。うつ伏せになり、再び丸くなる。全身を縮めて小さく小さく。ああ、とかすれた泣き声が亀のようになった背中から漏れた。

「……くくく」

笑っている自分に気付いた。立ち上がって羽村を見下ろしていた。頭も顔も胸も全部熱い。真っ黒な熱が全身を駆け巡っている。

おまじないが効いた。ユアフレンドは本物だった。

噂は本当だったのだ。

姫崎麗美の怨念をわたしは受け継いでいる。

無効にはなっていなかったのか。幸運にも受け渡しの「瞬間」は気付かれなかった、ということか。分からない。確かめようがない。いずれにしろ願いは叶った。

わたしは羽村の後頭部に顔を近付けた。シャンプーと汗の匂いが鼻をくすぐる。体を震わせて泣いている彼女に囁く。

「羽村さん、前を向いたらいいよ」

驚くほどすらすらと言葉が出ていた。考える前に口が開いて、

「今は難しくても、少しずつ始めればいつか——なりたい自分になれる」

皮肉と嫌味と嘲りを全部込めてぶつける。

「笑顔。大事なのは笑顔だよ」

羽村が一際大きな泣き声を上げた。わたしは立ち上がるとしばらく彼女を見下ろした。ドアが揺れた気がして耳を澄ます。誰もいないし誰かが来る気配もない。

彼女の背中を踏み付けるのは躊躇われた。踏みたい気持ちはあったけれど方法が分からない。わたしはずっと踏まれる側だった。

「お礼はいいからね」

代わりにそう声を掛けると、わたしは便箋を摑んで鞄に仕舞い、教室を出た。

窓越し、壁越しに聞こえる泣き声が耳に心地よかった。靴箱に着いた頃、ようやくわたしは自分がにやにや笑っていることに気付いた。

そして家に戻ったわたしは――


スマホから顔を上げると家の前だった。

質素な門をくぐり、庭石を踏んで玄関ドアを開ける。家族は全員出払っているらしく、家には誰もいなかった。階段を駆け上がり、二階の自室で部屋着に着替える。頭の中はこれからのことで一杯だった。

小谷はステゴドンの、わたしのアカウントを見つけた。

油断して個人名でも書いてしまい、それが検索に引っ掛かりでもしたか。理由はなんであれ、これでは過去を遡られてしまう。これまで書いた便箋の文面はもちろん、どういう基準で標的を選んだか、どうやって呪具を忍ばせたかも知られてしまう。

すでに終わったこととはいえ、手口を知られてしまうのはあまり気分のいいものではなかった。ユアフレンドを手に入れる前、高校に入った頃からのくだらない日記も読まれてしまうが、これはどうでもいい。

今までどおり計画を書くことはできない。

かといって何も書かないのも、小谷に屈したようで癪だ。

ならば嘘の計画を投稿するのはどうだろう。偽の犯行予告だ。

出し抜くだけではない。怖がらせることもできる。例えば小谷宛のおまじないの文章を投稿するのだ。

一度おまじないをかけた相手に、もう一度おまじないをかけることは可能か。その検証の意味でも、小谷を再び〈標的〉にすることには意義がある。そのうえで、中断した取引をまた持ちかけてみてもいい。

駆け引き、攻防。考えるだけで楽しい。実行したらもっと楽しいだろう。

※　※

倉垣のぞみの靴箱には上履きが残されていた。校門まで走ったが彼女の姿は見当たらなかった。家まで追いかけるか、住所は──と次の手を考えていると、「小谷さん!」と声がした。

足立が息を切らせてやって来た。九条桂が鞄を抱えて、その後に続く。下校中の生徒たちが不思議そうに見ていた。

「先生、おまじない……やられたんですか」

「うん」

足立が問いかける。

「どういうことですか。さっき倉垣の話になって、そこから……」

舞香は足立を見つめた。昨日の酒席での出来事を思い出した。そして病院と帰り道でのことも。

舞香は思い切って言った。

「倉垣さんはユアフレンドを受け継いで、おまじないを使いました。一連の事件は全ておまじないの結果です。わたしも狙われました」

自分の顔を指す。

足立は複雑な表情で唸った。不審げな視線を舞香に向け、ぶつぶつとつぶやいている。

「……確かに鹿野のあれは単なる病気では……でも……」

舞香は覚悟を決めた。

サングラスを外し、マスクを剝ぎ取る。だめ押しとばかりに歯を剝いてみせる。

「うわっ」

足立が仰《の》け反《ぞ》った。一瞬で顔が青ざめ、引き攣る。桂が目を見張って口を押さえた。げっ、マジか、と生徒たちの声が周囲から聞こえた。咄嗟に顔を手で隠したが、足が竦んでしまいその場を一歩も動けない。目も開けられない。周囲から突き刺さる無数の視線が恐ろしい。

「小谷さんっ」

足立の声がしたかと思うと、舞香の身体がふわりと持ち上がった。

保健室の窓側のベッドに寝かされた。カーテンは全て閉め切られている。舞香は両手で顔を覆ったままだった。自分でも動かすことができない。指の間から覗くと、ベッドの傍らでは桂が椅子に座っていた。その隣では足立が沈痛な面持ちで立っていた。

「ねえ、本当に大丈夫？」

カーテンの外から松雪の声がした。

「本当に目眩だけ？　さっきチラッと見えたけど、顔に怪我してない？　転んだの？」

「大丈夫です」舞香は返した。

「そう？　ならいいけど……ここんとこ三年二組、変じゃない？　お祓いとか考えちゃうなあ」

「検討します」

適当に答えたが、すぐ考え直す。効くなら頼んでみたいところだ。軽減できたらいい。無効にできるなら万々歳だ。何が有り得て何が有り得ないのか、もはや分からなくなっていた。混乱が収まらない。身体を起こそうとしたが、まるで力が入らなかった。

「すみません」

足立が詫びた。

「僕が信じようとしなかったから、ですよね。それであんなことをさせてしまって。おまけにあんな、あんな……最低の反応をした。本当に申し訳ないです」

言葉を重ねる。嘘でないことは分かった。彼が真面目で善良であることも、ここ数日の出来事で理解していた。だが彼の顔は青いままで、シャツの襟が汗に濡れている。視線を微妙に逸らしてもいる。

ついさっきの彼の叫び声と表情を思い出していた。

倒れかけた自分を抱き止め、ここまで運んでくれた。感謝の気持ちは当然ある。それなのに苦しい。悲しい。見せなければよかったと後悔が湧く。

「……信じてもらえましたか」

舞香は訊ねた。狭い視界が涙で滲む。

足立は一度、はっきりと頷いた。

「ですよね」

卑屈な言葉が、嗚咽とともに漏れる。

「こんなの見たら嫌でも信じますよね。気持ち悪いですよね」

「小谷さん」

「先生」

「嫌ですよね。引きますよね、こんな顔。というか引きましたよね実際」

憐れむような目で桂が見ている。足立は俯いている。

子供のように泣き喚きたい。そう思ったところで、

「小谷さん、手を退けてもらえませんか」

足立が言った。

「……え?」

意外な言葉に涙が引っ込んだ。足立は舞香を真っ直ぐ見つめて、

「恥じるようなことじゃない。その気持ちが小谷さんを余計に苦しめている。隠さないで、普通にしていただければ」

「綺麗ごとは止めてください」舞香は言った。「さっきあんなに怖がってたじゃないですか。この顔が醜いと思ったんですよね。今も思ってますよね」

「思ってますよ」

足立があっさりと認め、舞香は思わず笑い声を上げた。

「ははは……ほら」

「でも思ってる『だけ』です。僕の感覚の問題なんです。小谷さんの顔が絶対的にダメだとかそういう話じゃない」

「それも綺麗ごとですよ」

「綺麗ごとじゃない、理論です。感覚の問題なら、感覚を変えることで解決できる」

足立は小谷に歩み寄り、優しく、力強く言った。

「僕は変えます。変えられます。小谷さんを顔で好きになったわけじゃないんです」

唐突な告白に舞香は絶句した。

「だから小谷さんも変えてください。これしきのことで自分を否定しないでほしい」

「……無理です」

舞香は答えた。

「これしきじゃありません。大事です。こんな顔でどうやって生きていけば」

「そんな気の持ちようですよ。自己肯定感って言うんでしたっけ。それが低ければどんな美人でも整形を繰り返すし、どんなに痩せてもダイエットを止められない」

「………」

「逆に自己肯定感が高ければ、自分を受け入れて前向きに生きていけるんですよ。どんな時でも笑顔でいられるんです。だから笑ってください。無理してるなって思う時もあるけど、僕は小谷さんの笑顔が好きです。さあ、笑って」

足立は誇らしげに言った。

少しだけ動いた気持ちが一瞬で冷め、怒りと悲しみが押し寄せた。涙が込み上げ、嗚咽が漏れる。大声が出そうになった瞬間、

「先生」

鋭い声がして、保健室が静まり返った。

桂が立ち上がって、二人の間に立っていた。

俯いている。肩をいからせ、震わせている。いい大人がくだらない喧嘩をしているのを見て、腹が立ったのか。それとも嘆いているのか。困惑しているうちに怒りが冷めていく。

桂が右手を動かした。マスクのゴムに指をかけ、慣れた手付きで外す。

傷だらけで歪んだ左頰が露わになった。

舞香は目を逸らしそうになって思い止まった。これは桂の意志だ。彼女は自ら傷を見せているのだ。足立も同じことを考えたのだろう。強張った顔で桂を見つめていた。

桂の目は真っ赤に充血していた。唇が動く。

「……分からないけど、わたしもその、隠すのは違う気がしたので。でも自分も隠してるし、じゃあ取らないとって思って」

蚊の鳴くような声で言う。眩しそうに左の瞼を痙攣させている。

「あと、足立先生は悪い人じゃないと思う」

「……そうね」

「ちょっと、その……分かってないだけ」

「そうね」

足立が不思議そうに首を傾げた。

舞香は深呼吸して、両手をそっと下ろした。込み上げる様々な感情を押さえつける。目は白い掛け布団から上げられないが、それでも二人に顔を晒した。

「……とにかく、小谷さん」

足立が言った。

「おまじないだの、呪いだのは正直、受け入れられない部分もあります。でも――小谷さんが苦しんでいるのは事実で、それを何とかしたいと思っています」

「ありがとう」

舞香は礼を言った。今度はすんなりと、彼の言葉を受け入れることができた。

視線は気になる。目を合わせるのは難しい。だが桂は信じられる。足立も信じてみよう。手で顔を隠したくなる衝動を抑えながら、舞香は思った。

足立が仕切り直しと言わんばかりに、パン、と手を叩いた。

「とりあえず倉垣と話さないとな。電話でも構わないけど……」

そうだ。彼女だ。彼女に会いにさっきまで走り回ったのだ。そう思っていると、桂がベッドに手を突いて訊ねた。

「先生、倉垣さんが犯人って本当なんですか」

「うん」

「本当に倉垣さんなんですか」

なおも食い下がる。舞香はトイレでの出来事、倉垣のぞみの語った言葉、覚えている限りの全てを伝えた。口にするだけで心が沈んでいく。

単純明快な真相だった。

最も望んでいない真相だった。

クラスで最も暗く、常に一人で、容姿も優れているとは言い難い女子――いわば最下層の女子が、最上位の女子グループを攻撃した。嗅ぎ回った探偵も返り討ちにした。嫉妬と仕返しだ。彼女がドア越しに問わず語りした恨み辛みは、こんなありふれた言葉に要約できてしまう。

「倉垣さんで間違いないの」

舞香は言った。黙っている桂に、

「ここに来る途中、ステゴドンを読んでたの。全部を詳しく掘ったわけじゃないけど、犯人にしか書けない文章がいくつも見つかったよ。羽村さんのお葬式に出た時は、自殺するとは思わなくて混乱したって。野島さんの時は——」

話しているうちに、掛け布団を強く握り締めていた。ステゴドンの長文から滲み出る、倉垣のぞみの感情に呑まれている。彼女の悲鳴以外が聞こえなくなっている。

「鹿野さんは集会の途中で効果が出て、好運だったたって書いてた。痩せると身体にダメージが出るのが意外だったけど、上手くいったって。早起きして靴箱に封筒を突っ込んだ甲斐が——」

「そこがおかしいんです」

出し抜けに桂が口を挟んで、舞香は我に返った。

桂の言葉の意味が遅れて頭に届く。

おかしいとは何だ。どこがどうおかしいのか。問いかけようとすると、

「だって、あの封筒には——」

※　※

二階のトイレを出ると母さんがいた。エプロンをしたまま、階段の中程からわたしを見上げている。パートから帰ったらしいが何の用だろう。夕食に呼びに来るとは考えられない。もう何年も前から、家族揃って食事を取ることはなくなっていた。

「どうしたの？」

わたしより先に、彼女が訊いた。いつもの表情でわたしを見つめている。汚いものを見る時の、軽蔑と嫌悪の表情。

「え？」

「何がそんなに楽しいの？」

「は？」

「ほら、鼻歌。やけに長いし」

彼女はわたしの背後にちらりと目を向けた。あるのはトイレのドアだ。そこでようやく合点が行く。

どうやらわたしはトイレにいる間、鼻歌を歌っていたらしい。少しも気付かなかった。

持ち込んだスマホで自分のステゴドンの投稿を読み返し、次の計画を練っている間、無意識に口ずさんでいたようだ。

母さんはわたしの手の中のスマホに気付いて、「誰かとチャットでもしてたの？」とまた訊いた。

「ネット見てた」

「ふうん、そう」

「だから何？」

「病気とかじゃないよね？　単に機嫌がいいだけ？」

いつもは無口で無愛想な娘が、上機嫌だから不安なのか。

小さい頃から歌ったり踊ったりする度「余計に不細工」と罵っていたのはお前らだろう。わたしは黙っているんじゃない。お前らに黙らされているんだ。それを今度は少しばかり鼻歌を歌った程度で病人扱いか。

「普通」

頭の中で罵倒の言葉をいくつも投げ付けながら、わたしは部屋に戻ろうとした。

「あ、待って」

母親が呼び止めて、階段を駆け上がってきた。エプロンの大きな胸ポケットに手を突っ込む。「本当に大丈夫？　変な宗教みたいなのにハマッたりしてない？　あれよ、あれ。〈スピケー〉とか」

スピリチュアルのことを言っているらしいが、全く身に覚えがない。

「馬鹿じゃないの」

吐き捨ててドアを開けようとすると、母さんが言った。

「だってほら、こんな訳分かんないことして」

ポケットから何かを引き抜く。

心臓が鳴った。

「あんた前から暗かったけど、これ昨日の朝に二階のプリンタのとこで拾ってさあ。誰も知らないっていうし、あんたがとうとうおかしくなったか、それか何か危ない思想にかぶれたかって心配なの。一人でバカになるのは別にいいけど、うちのお金を勝手に使うようになったりしたら迷惑でしょ、それになんか読んでるだけで気持ち悪くて――」

声がどんどん遠ざかっていく。視界がどんどん暗く狭くなり、母さんが差し出した紙だけしか見えなくなる。

見覚えのある紙だった。わたしが隣町で買った、何処にでも売っている便箋だった。

便箋には文章が印刷されていた。

〈鹿野真実の顔がガリガリに痩せ細りますように　アフリカの餓死寸前の難民や、骨と皮ばかりのミイラや、ダイエットしすぎのモデルみたいな顔になりますように　髪も抜けて地肌が見えるくらいになりますように　首も同じようにして下さい
かほちよにいきるすべなきもののわざたえてのろはむうるはしみにくし〉

第七話

「あんた、あいつに催眠術をかけたんだな？」

「逆だよ。解いたんだ。ずっと彼にかかっていた、外側しか見えなくなる催眠術をね」

——ファレリー兄弟監督『愛しのローズマリー』

「——写真しか入っていなかったんです」

小谷舞香にそう言いながら、桂は思い出していた。

鹿野真実が開封した封筒の中身は、汚れた彼女の顔写真だった。教室で隠し撮りしたと思《おぼ》しき、粒子の粗い写真が一枚きり。

「あれ？」

真実が間の抜けた声を上げた。写真の裏や封筒の内側を改めてみたが、便箋は見つからなかった。遠ざかっていた周囲の音が、徐々に近付いてくる。

何となく白けた空気になって、真実と桂はそのまま教室に向かった。洋封筒は「一応、大事な証拠だし」と真実が鞄に仕舞ったが、その顔はどこかつまらなそうだった。桂は戸惑うことしかできなかった。

二人ともそれで調子が狂ってしまった。真実は中杉千亜紀の机の側を通りぎわ、ペンケースを引っ掛けて落とした。「ごめんごめん」と真実はすぐさま拾って返したが、千亜紀は青い顔で頷いただけだった。桂は桂で椛島希美にぶつかって転倒し、「10－0で自分の責任すよ、対人の事故は100パーっすから」と希美に平謝りされた。

「散々だけどまあ、セーフってことでしょ」

体育館に向かう途中、真実が言い、桂は頷いた。断言はできないがきっとそうだと思っていた。

それなのに学年集会の最中、おまじないの効果が現れた。自分たちの目の前で真実は痩せ細って昏倒した。

「どういうこと？　そうか、あの時鹿野さんが言ってたのって……」

小谷が眉根に皺を寄せた。

「九条さん、スマホ持ってる？　貸して欲しいんだけど」

「持って──ません。校則で」

「持ってるよね？」

理不尽だと思いながらも小谷の剣幕に圧倒され、桂は鞄からスマートフォンを取り出し、ロックを解除して小谷に渡した。足立はわざとらしく遠くを見ていた。

「これ、犯人のアカウント」

小谷は布団にスマートフォンを置いた。ステゴドンのインターフェースが表示されている。彼女は一昨日の投稿に遡って読み始めた。桂も、足立も液晶を覗き込む。

犯人は深夜に一通の封筒を用意した。「K用」と書かれている。鹿野真実のことだ。小谷宛の便箋はその前日、学校に郵送していた。写真は隠し撮りで入手している。文章を書き、推敲し、完成させて出力し、写真とともに封筒に入れている。

便箋を入れなかったとは書かれておらず、今までと違う作法を実践したとも書かれていない。それどころか「すっかり慣れた」「同じ手順を踏むことで気分が高まっていく」といった記述すらある。

「やっぱり、おかしくないですか」

桂は言った。

投稿は間違いなく犯人の手によるものだろう。文中でYF――ユアフレンドを読み返したり、記述を思い返したりもしている。小谷の話を聞く限り、これを書いたのが倉垣のぞみであることも確定だろう。

だが記述と事実に齟齬がある。綻《ほころ》びがある。

ほんの一部だが、決して見過ごせない綻びが。

「どうなってるんだ……」

足立がつぶやいた。桂のスマートフォンを摑んで顔に近付けると、

「またよく分からなくなってきた。やり方は決まってるはずなのに違うやり方が効いた？　待てよ、ってことはこのアカウントは犯人のものじゃないのか？　いや、そうすると倉垣が？　え？」

「落ち着いて」

小谷が言った。

「どっちにしろ倉垣さんから話を聞くのが最善です。確かに妙なことになってます。でも、取るべき手段は変わりません」

乱れていた桂の心が、すっと静まった。足立も大人しくなる。たしかに小谷の言うとおりだ。綻びがあるのは事実だが、綻びを前に戸惑うだけでは何も進まない。

小谷の顔は赤い痣で埋め尽くされていた。口元も膨らんでいる。凄惨と言っていい有様だった。あまりにも変わり果てていた。

だがその表情は今までより明快だった。覚悟、怒り、悲しみ、不安。様々な感情がない交ぜになった複雑な表情なのに、真っ直ぐに見えた。愛想笑いを浮かべていた頃より近くに感じられる。

我に返った足立が言った。

「すみません、取り乱して」

「いえ、わたしも取り乱しています。本当は全然落ち着いてません」

差し出した両手は小刻みに震えていた。拳を握り締める。

「足立さん、手伝ってもらえますか。終わらせたいんです」

「もちろん」

足立が即答した。真っ直ぐ小谷を見つめていた。

※　※

わたしは部屋の中を歩き回っていた。立ち止まってベッドのスマホを摑み、動画サイトに繫いで適当なヒーリングミュージックを再生し、再び歩き回る。少しも癒されないどころか苛立ちが募り、音楽を止める。しばらく無音で過ごすがまた耐え切れなくなり、また別の音楽を再生する。

机の上には便箋があった。洋封筒に入れ、鹿野真実の靴箱に突っ込んでおいたはずの便箋が。

記憶を激しく搔き混ぜ、一昨日の深夜のことを思い出す。鹿野宛の呪具を準備した時のことを、必死に。懸命に。

まず鹿野をどんな顔にするか考えた。イメージを固め、スマホで文章に起こした。要望も書き加え、印刷した。そこからの記憶が全て怪しい。

ひょっとすると便箋を印刷して、引き上げるのを忘れたのではないか。写真に血膿を付けて、封筒に入れてそのまま封をしてしまったのではないか。それから鞄に入れ、ステゴドンに記録がてら投稿して電気を消して布団に入って眠り、翌朝靴箱に――

有り得ないとは言い切れない。母さんの話とも辻褄が合う。

いずれにせよ、鹿野真実のおまじないには不備があった。正しい手順を踏んでいなかった。なのに効いた。発動した。鹿野は便箋に書いたとおりになった。

何が起こっているのか全く分からなかった。

自分の馬鹿さ加減に嫌気が差したが、それ以上に凄まじいまでの不安に襲われていた。酷く喉が渇いている。今まで感じていた喜びや優越感は、跡形もなく消え失せている。

最初に思い当たったのは「同時期にユアフレンドを受け取った人間が他にもいる」だったが、すぐに打ち消した。これは有り得ない。「一冊だけ」と明記されているし、羽村たちが全員、わたしの望みどおり醜くなったことの説明もつかない。

他に何か理由がある。もっと都合の悪い、認めたくない理由がある。そう予感することを止められないでいる。

抽斗からユアフレンドを引っ張り出し、全てのページを読み返す。タイトル、クレジット、姫崎麗美の視点で書かれた序文、手順①から④、注意①から④、古臭いイラスト。引っ掛かる箇所はどこにもない。このおまじないが使えるのはわたしだけで、正しい手順を踏まえて初めて効果が表れる。どれほど穿った読み方をしても、そこは決して揺るがない。

どういうことだ。

効果が表れるまでの時間に幅があるように手順にも幅があって、一部を改変できたり省略できたりするのか。有り得ないとは言い切れない。わたしはスマホのカメラやネット検索で〈標的〉のデジタル画像データを入手し、スマホのメモ帳アプリで文字を入力し、どちらもWi-Fiで繋いだインクジェットプリンタを使って印刷している。どれも姫崎麗美の時代には普及していなかったか、存在すらしていなかったものばかりだ。姫の想定していたものとは異なる手段で、わたしはおまじないをかけている。

だが受け入れられない。おまじないの手順を改変・省略できるという考え方に、たやすく納得することはできない。おまじないとは手順そのものだからだ。民俗や宗教の詳しい知識はないが、呪術は基本的にそういうもののはずだ。ユアフレンドのように本当に効くおまじないだろうと、それ以外だろうと関係なく。

藁人形でなく泥団子にしました。午前二時でなく朝九時にしました。
五寸釘でなくカニの爪にしました。もう打ち付けるのもやめました。

こんな「丑の刻参り」は成立しないだろう。絶対に効かない。だが事実、鹿野真実にはそれと同じことが起こったのだ。

これは何だ。何が起こっている。何を意味している。

頭を抱えたその時、荒々しい足音に気付いた。階段を上ってくる。慌ててユアフレンドを抽斗に隠したところで、ドアが激しくノックされた。

「電話！」

母さんの不機嫌な声がした。

「耳遠いの？　馬鹿にしてんの？　何回呼んだと思ってんの？」

わたしは唸りながらドアを開け、怒りの形相で喚く母さんを睨み返す。居眠りをしていた、何か集中していた、そんな有り得そうな可能性を思い付きもしない母さんに吐き気がしていた。

彼女の罵倒が終わったところで、わたしは訊いた。

「で、誰から？」

単純な疑問だった。わたし宛に電話がかかって来たことなど一度もない。だからこそ母さんもわざわざ二階にまで呼びに来たのだろう。

「足立先生って人」

「子機は？」

「下に決まってるでしょ、何であんたに――」

わたしは母さんの側をすり抜け、一階に駆け下りた。

居間の隅で子機を摑むと、背後のダイニングから視線を感じた。祖母が露骨に聞き耳を立てていた。場所を変えてもいいが、変に勘繰られるのは不本意だ。わたしはその場で、子機を耳に当てた。

「もしもし」

「足立です」

緊張した声が耳に届いた。

「はい」

「えっとですね、ちょっと変な話だけど」

咳払いと少しの間があって、

「小谷先生について何か心当たりはあるかな」

足立は遠回しに聞いた。

なるほど、とわたしは心の中で膝を打った。どうやらわたしに辿り着いたらしい。足立がユアフレンドを信じているのは意外だが、心境の変化があったのだろうか。

「どういう意味ですか」

うっかり流暢に答えてしまう。普段の、今までのわたしとは違っている。胸を押さえて耳を澄ます。

「小谷先生がね、ちょっと前、トイレで生徒の誰かに脅迫されたんだ。それが――倉垣じゃないかって話が出てて。同じ頃に出入りするのを見た人がいる」

青山のことか。太った金魚のような姿が頭に浮かんだ。

「いいえ」

子機を両手で摑むと、わたしは堂々と白を切った。

「そうか……」

足立は溜息を吐いた。すぐに「じゃ、じゃあさ」と取り繕ったような声を上げて、

「再発を防止したいんだけど、何かいい方法はあるかな」

また遠回しに訊く。馬鹿げていると思った。これでわたしが素直に条件を出すと思っているのだろうか。ここは「分からない」と突っぱねるのが一番正しい対応だろう。それか「わたしに言われても」と困ってみせるか。

母さんが居間に入って来た。祖母の向かいに座って、不審者でも見るような目でわたしを見ている。

二人の視線を受け流しながら、わたしは訊き返した。

「これは小谷先生の指示ですか」

足立は口ごもった末に、

「いや、僕の独断だ。名簿を見て勝手に掛けた」

「小谷先生はもう帰られたんですか」

「いや、まだ……違う、もう帰ったね。うん」

「では伝言をお願いします」

呼吸を整え姿勢を正して、わたしはきっぱりと言った。

「取引の件、期末テストの最終日まで待つ。それまでにご連絡ください、と」

子機の向こうでかすかに呻き声がした。ふと思い付いて付け加える。

「小谷先生も例外ではない、ともお伝えください」

わたしは自信を取り戻していた。

そうだ。何が起こっていようと関係ない。足立も、おそらくは小谷もわたしを恐れている。わたしがおまじないを使うことを恐怖している。

「……あ、あの倉垣」

足立は何度も咳払いを繰り返した。

「僕個人のお願いだ。先生とか生徒とか抜きにして、その――暴力は止めて欲しい。周りの人間を傷付けないで欲しい」

声を潜めて必死な口調で言う。これは懇願だ。ご機嫌うかがいだ。わたしは確信した。同時に今までの自分に呆れてもいた。

隠す必要などなかったのだ。

密かに事を進めるのは楽しいけれど、それだけだ。発覚しても問題なかったのだ。わたしを止めることは誰にもできない。教師にも警察にも無理だ。むしろ明かした方がいいこともある。今みたいに大人がわたしに頭を下げ、必死で機嫌を取る様子を目の当たりにできる。

「その件はわたしが決めます」

高揚感を味わいながら、わたしは平静を装って言った。

足立はまた呻き声を上げた。ややあって、

「よろしくお願いします」

と、敬語で言った。わたしは心の中で快哉《かいさい》を叫んだ。

これで終わりだろう。挨拶の言葉を考えていると、「あ、一点だけ」と足立が言った。

「どうかしましたか」

物音と囁き声が聞こえる。足立が向こうで誰かと相談しているらしい。小谷か。大人が二人がかりで、わたしに交渉しているのか。

「気になることがあるんだ」

「何でしょう」

「倉垣は――集会があった日、羽村のスマートフォンを中杉の机に入れたかい？」

いいえ、と答えようとした瞬間、思考が止まった。

ぞわぞわと寒気が広がっていく。舌が一瞬で乾き切る。

消え失せたはずの不安がまた広がっていく。

「行方が分からなくなっていたらしい。それを中杉が見つけて、椛島に相談して、それで椛島が小谷先生に渡したんだ」

今度の不安は更に濃かった。闇夜のように視界が暗くなる。

羽村のスマホのことを思い出していた。

変貌した彼女を置いてわたしは教室を出た。封筒は回収したがそれだけだ。何も持ち出していない。だからスマホのことなど知らない。わたしではない。

だがそう答えることはできなかった。

わたしの知らないところで何かが起こっている――そう認めることなどできなかった。

足立は慎重に、言葉を選んで話していた。

「無関係とは思えない。けど、君のステゴドンの投稿には、このことについて一切書かれていないんだ。だから直接、確認してみようと思ってね。鹿野宛の封筒のこともあるし」

わたしは口を押さえた。

そうしないと叫んでしまいそうだった。

封筒の不備について、足立や小谷は把握しているのだ。

更に事実と投稿との齟齬を見つけ、わたしに問い合わせている。これは機嫌をうかがっているのではない。頼み込んでいるのでもない。わたしを揺さぶっているのだ。

「……ご想像にお任せします」

わたしはそれだけ答えた。

「そうか。分かった。あ、それから」

「まだ何かあるんですか？」

訊いてすぐ後悔した。話を終わらせたい、話したくないと言っているようなものだ。

「いや、いいんだ。じゃあ、よろしくお願いします」

再び敬語で足立が言ったが、今度は皮肉にしか聞こえなかった。

震える手で子機を置くと、祖母が「あんた、話すのそんなに上手だったっけ？」とわざとらしいほど感心した。

「コールセンターのテレアポできるんじゃないの」

母さんが言う。今のは少しも褒めていない。顔を出さない仕事をやれと勧めているのだ。醜い顔を世間様に晒さなくて済む仕事を。

睨み付けると、二人は「うわあ気持ち悪い」と声を揃えた。

期末テストが始まった。いつもの時間に登校し、午前中いっぱいテストを受け、下校して昼過ぎに家に着く。小谷は大きなマスクを着用していたが、サングラスは外していた。目の周りに広がる、隆起した赤い痣はメイクでも隠し切れていなかった。生徒たちは好奇の目で見ていた。「皮膚病」「整形失敗」と陰口を叩く男子もいた。「おまじないでは？」と怪しむ生徒も何人かいた。鹿野真実は未だ退院できないらしい。

小谷は何も言ってこなかった。足立もそうだった。わたしの取引に応じて、生贄を選んでいるのかもしれない。そうでなければ説得する方法を考えているのかもしれない。いずれにしろわたしを恐れているに違いない。絶対にそうだ。そうに決まっている。

何十回も自分にそう言い聞かせたが、消えた喜びも優越感も戻って来なかった。胸の内にあるのは不安と焦り。頭を渦巻くのは嫌な憶測ばかりだった。

期末テストの最終日まで待つ。自分から提案したことなのに、生殺しにされているような気分だった。こうしている間にも何かが動いているのではないか。わたしの知らないことが進んでいるのではないか。

わたしは眠れなくなった。もともと遅くまで起きていたが、それでも枕に頭を置けば一瞬で眠りに落ちていた。ユアフレンドを使えるようになってからは快眠だった。それが今度は一睡もできなくなった。といって勉強する時間が確保できたわけではなく、問題集を開いてもノートを見ても何も頭に入らない。

わたしはユアフレンドを鞄に忍ばせ、登校するようになった。

あるはずのないものが手元にあり、持ち得ないはずの力を行使できる。その証を手にしている。少なくとも今はわたしのものだ。わたしだけのものだ。そう意識するとほんの少しだけ、心が穏やかになった。

最終日前日。終礼が済むと、わたしは学校を出て家に向かった。今にも雨が降りそうな曇天だった。校門を出ていつもの道を歩き、ドラッグストアの前を通り過ぎようとした時、背後から呼び止められた。

「倉垣さん」

九条桂だった。ハアハアと荒い息がマスクの端から漏れている。わたしは顔だけ振り返って、彼女の出方を待った。

呼吸が落ち着く前に、彼女は言った。

「鹿野さんが封筒開けた時、わたし、すぐ側にいたよ。中身も見た」

わたしは反応しないようにした。

「羽村さんのスマホのことも、先生から聞いた。ステゴドンも全部読んだ」

憎しみが胸の奥から湧き出した。

「先生たちも、正直よく分からなくなってる。倉垣さんをその――犯人扱いしていいか。わたしも分からない」

「それで？」

わたしはそれだけ訊いて、九条を睨み付けた。

九条は周囲を見回した。通行人はほとんどいない。ドラッグストアの広い駐車場には車が一台だけ。灰皿の前で小さな老人が煙草を吸っている。

「話がしたくて」

「は？」

「倉垣さんがどういう人なのか、全然知らないから。犯人かどうか以前にそこを知りたくて」

青春ごっこか。嘲笑してやりたくなったのは一瞬だけだった。

九条の目は真剣だった。陶酔している風にも、何か思惑がある風にも見えなかった。

ふと思い付いて、わたしは言った。

「わたしは犯人だよ」

鞄からユアフレンドを引っ張り出し、掲げてみせる。九条が目を見開き、たじろいだ。

「読んでみる？　やり方が載ってる」

パラリと開いて差し出すと、彼女は恐る恐る、顔を近付けた。瞳がものすごい速度で動いている。文面を読んでいるのだ。

ややあって、彼女はぽつりと言った。

「……綺麗にも、できるんだね」

「そう」

「これを読んでも、わたしには使えないんだね。仮に姫崎さんから直接受け取ったとしても、わたし自身には効かない」

「そう」

わたしは笑いそうになるのを堪え、ユアフレンドを閉じた。鞄に仕舞いながら考える。九条は予想どおりのところに食い付いた。わたしを見る目がこれで完全に変わったはずだ。クラスを襲った怪事件の容疑者から、自分の人生を変えてくれる救済者へ。

わたしは犯人だ。ユアフレンドを受け継いだ人間だ。だからお前の顔をどうにでも変えられる。助けてほしいだろう。顔を治してほしいだろう。頼めば少しは考えてやってもいい。

「じゃあ」

九条が顔を上げた。真っ直ぐわたしを見つめて、

「倉垣さんは、ここを読んだ時どう思った？」

と訊いた。

全く想像していなかった言葉に虚を突かれ、わたしは黙った。九条は「あっ、ごめんね、変な質問したね」としどろもどろになって、

「わたしは酷いって思った。この監修の、姫崎さんって人は酷い、最低だって」

「酷い……？」

「うん」九条は頷いた。「正直、人の顔を醜くしたいって思う？　これを読む前から、そんな願望あった？」

ぐらりと地面が揺れたような感覚がした。

「わたしはないよ。あるのは……自分が普通になりたいってだけ。倉垣さんは違う？」

無意識に後ずさっていた。止められない。

「その願いは叶えられません、残念でした、代わりに他人の顔を弄りましょう——これが姫崎さんのやり口だよ。なんていうか、誘導してる。植え付けてる」

そんなことはない。わたしは周囲が憎かった。みんなをわたしと同じくらい醜くしてやりたかった。昔からそれが全てだった。

「ステゴドン読んだんでしょ。わたしは最初からこうだよ。ユアフレンドを受け取る前から」

そうだ。自分の言葉に納得する。わたしは誘導されてなどいない。植え付けられてなどいない。これはわたしの意志だ。ずっとわたしの意志で生きてきた。だから、

「わたしは欲しかったものを手に入れたの」

九条が悲しげに首を振った。

「どの投稿も、辛そうだった。全然楽しそうじゃなかった。あれもきっとステゴドンに書かされてるんだよ。あの手のサービスって依存するっていうから、きっと――」

「うるさい！」

わたしは鞄を九条の頭に振り下ろした。九条が咄嗟に腕で防ぐ。再び目が合った次の瞬間、わたしは踵を返して駆け出した。背後から呼ぶ声を無視して走り続ける。

胸の中は九条への憎しみで一杯だった。

歩み寄ってやったのに、くだらない質問をしやがって。分かったようなことを言いやがって。勝手に同情しやがって共感しやがって。

(もう誰も呪わないで。あなた自身も含めて)

トイレのドア越しに聞こえた、小谷の声まで思い出された。

黙れ、黙れ、黙れ。

お前の言うとおりなら、わたしはただ踊らされているだけじゃないか。ステゴドンに、ユアフレンドに。そんな馬鹿な話があってたまるか。

わたしは周りを醜くしたい。引き摺り下ろしたい。本心からそう思っている。だからユアフレンドはわたしを選んだ。わたしと姫崎麗美は同じだ。ともだちだ。

不意に頭に映像が浮かんだ。

羽村へのおまじないが効いた日の光景だった。学校から帰ったわたしは階段を駆け上がった。部屋に入った。椅子に座った。

駄目元だとは思っていた。

それでも一縷の望みを託し、便箋を取り出して――

あの日の記憶を振り払って、わたしは立ち止まった。

心臓が破裂しそうになっていた。近くにあった電信柱に手を突く。呼吸はなかなか落ち着かない。鼻水も涙も止まらない。そこでわたしはようやく、自分が泣いていることに気付いた。

キャハハと嘲るような笑い声がすぐ近くを通り過ぎた。隣町の私立高の制服を着た女子二人組が楽しげに歩いている。

自分が笑われているとしか思えなかった。

ユアフレンドを手に入れる前と同じ、惨めな気持ちに潰されそうになっていた。


朝まで一睡もできなかった。

食事を取った記憶も、入浴した記憶もなかった。ただ部屋にこもって作業に没頭していた。クラスの女子全員の封筒を用意していたのだ。もちろん小谷も忘れていない。

開きたくない小中の卒業アルバムから何人かの写真を見繕い、その他の写真はネットで地道に検索をかけて集めた。誰をどんな顔にするか考え、文章にも注意を払った。イメージを忠実に言葉に変換しつつ「遊び」「幅」は持たせておく。

小谷たちが誰を選ぼうが、すぐさま対応できる。誰も選ばなくても対応できる。

その過程をステゴドンで逐一書こうかと思ったが、やめておいた。代わりに明け方、こんな短文を投稿した。

〈期日。全員分の用意はしてある。終了後に連絡乞う〉

小谷は誰を生贄に差し出すだろう。それともくだらない説得を試みるだろうか。昨日の九条のように、理解者のような顔をして。

制服に着替え、階段を降りようとすると、寝巻き姿の母さんと目が合った。

「おはよう」

一階から見上げている。わたしは小声で「おはよう」と返した。

「テスト、今日で終わり?」

「うん」

「そう」母さんはわたしから目を離さない。わたしは「何?」と訊いた。母さんはしばらく迷った末に、

「心配だわ」

と端的に言った。

「なんか思い詰めてるみたいだから」

分かるのか。顔に出るものなのか。途端に足が竦んだ。階段がひどく急勾配に感じられ、思わず壁に手を突いてしまう。落ち着け。わたしは意識して深呼吸した。頭に酸素が巡ると、次第に呆れと怒りが胸の内に広がる。

「……今更？」

わたしはそれだけを口にした。言葉にすると同時に感情が頭を支配する。

「初めて気付いたの？　今まで普通だと思ってたの？」

母さんは滑稽なほど狼狽した。わたしは思わず「ははっ」と笑い声を上げてしまう。一気に階段を駆け下りた。母さんを避けて玄関に向かい、乱暴に靴を履く。そのままドアを開けて力いっぱい閉める。バンッと激しい音を背中に聞きながら、早足で学校へと向かう。

小さい頃に、本当に幼い頃に母さんと遊んだ記憶が次々に頭に浮かぶのを追い払う。代わりにこの先のことを考える。

歩いているうちに生徒の姿がちらほらと視界に入るようになる。学校に近付くと二組の生徒も見かける。ふらふら歩いている宇佐美寧々と箕面春花、少し痩せた小原五月。誰をどう醜くする予定だったかを思い返す。

校門をくぐる。

靴箱で履き替えていると、「おはよっす」と椛島希美に声をかけられる。

「……おはよう」

「徹夜っすか。わたしもっす」

彼女は赤い顔を擦りながら靴を履き替える。わたしは動作を鈍くして道を譲り、彼女が階段の方に消えてから歩き出す。習慣、いや——習性だった。誰かと並んで教室に行く気には、どうしてもなれなかった。

教室に入り、テストの時の席に座る。わたしの席は一番後ろだった。

九条桂がわたしの右横を通り過ぎ、前の席に座る。こちらを見たが、睨み返すとすぐに目を逸らし、肩を落とした。上埜藍と四ノ宮繭は教室の隅で語らっている。

八時二十五分を過ぎた。机はあらかた埋まっている。棚見が来る。湯田も来る。中杉が二十九分に後ろの扉から滑り込み、直後に試験監督の足立が来る。彼はわたしを一瞥したが、特に何も言わなかった。

一時限目のテストは世界史だった。解答欄を埋めながら、わたしはおまじないについて考えていた。鞄の中のユアフレンドのことを思い、小谷たちの回答について夢想する。ふとあることに気付いて心臓が鳴った。

小谷も足立も九条も、わたしが犯人だと周りに言わなかったのだ。教師たちの大半は相手にしないだろうが、触れ回ったなら生徒たちは煽動されただろう。正義の名の下にわたしは吊るし上げられ、裁きの名の下に酷い目に遭わされただろう。男子からは暴力を振るわれてもおかしくなかった。

取引の相手が誠実でよかった。だからわたしも誠実でいよう。小谷を少しばかり元に戻してやってもいい。鹿野はどうしよう。退院できるくらいには治してやろうか。野島は――

額にチクリと痛みが走った。

と思った時には顔全体が熱くなった。ぐねぐねと皮膚が、筋肉がうねっている。内側から何かが出てくるかのような痛みと、耐え難い不快感。

「……！」

悲鳴を辛うじて堪え、両手で顔を覆った。周囲には気付かれていない。足立は教室の隅に突っ立っている。痛い。息が苦しい。首、瞼の裏側、鼻の穴の内側までもが熱を帯び、蠢いている。何が起こっているのか分からない。

いや、まさか。

思い当たった瞬間、今度は冷水を浴びたような寒気に襲われた。異変が起こっているのは首から上だけだ。おかしい。そんなはずはない。有り得ない。記述と矛盾する。

鹿野の時よりも更に大きな、決定的な矛盾が起こっている。

〈注意②　このおまじないは、この雑誌をわたし、姫崎麗美から受け取ったあなたには

全く効果がありません〉

ということは、ならば、つまり、これが意味するところは。

「嫌だ！」

わたしは叫ぶと同時に立ち上がった。机も椅子も倒してしまうが、構ってはいられなかった。顔を押さえたまま教室を飛び出し、廊下を走る。背後から足立の声がする。女子トイレに飛び込み、転びそうになりながら、わたしは一番手前の鏡を覗いた。

知らない顔があった。

ニキビも肌荒れも炎症もない、白い肌の女子が、鏡の中でわたしを見返していた。潰れた広い鼻は細く適度な高さになり、目もぱっちりと大きい。口も、額も、頬も首もまるで別人だ。

美しくなったわたしの顔が、鏡に映っていた。

「何、これ……」

足に力が入らない。洗面台に手を突くと、背後でカサリと物音がした。

すぐ後ろ、タイル張りの床に封筒が落ちていた。どこにでも売っているような、白い封筒。上部にセロハンテープが何枚か貼ってある。

背中、いや——襟の後ろに密かに貼られていたらしい。小中の頃に何度となくされていたせいで、手口はすぐに分かった。指先で拾い上げ、中身を改める。

わたしの写真が入っていた。

休み時間、教室で隠し撮りしたと思しき写真。机に肘を突いてぼんやりしている。表面は茶色く汚れている。

もう一枚は便箋だった。震える指で開くと、下手糞な字でこう書かれていた。

〈倉垣のぞみが美人になりますように　もう二度とこんなことをしないような美しい顔になりますように　今まで騙してごめん　本当にごめんなさい

かほちよにいきるすべなきもののわざたえてのろはむうるはしみにくし〉

辻褄が合っていた。

鹿野の封筒。羽村のスマホ。今のわたしの顔。そして今読んでいるこの文章。全てが一つの事実を指し示していた。疑問は幾らでも挙げられるが、それでも覆《くつがえ》せない事実。

わたしは犯人ではなかったのだ。

本当の犯人に踊らされていただけだったのだ。

鏡の中のわたしが泣いている。目と鼻を真っ赤にして唇を歪めて泣きじゃくっている。

歪んでいるのに美しい。客観的に見て美人だ。なのに嬉しくない。ちっとも嬉しくない。

嫌だ。駄目だ。おかしい。間違っている。

「あああぁ！」

わたしは絶叫し、鏡の中の顔を殴り付けた。

※　※

舞香は女子トイレのドアを押し開けた。一番手前の鏡が割れ、洗面台に散らばっている。その手前に女子生徒がうつ伏せで倒れていた。

顔の周りに血だまりが広がっていた。封筒と便箋、写真が少し離れたところに落ちていた。

「倉垣さん！」

廊下に向かって「救急車を！」と叫ぶと、「はい！　松雪さんも呼んで来ます！」と足立の声がした。足音が遠ざかる。

舞香は倒れ臥しているのぞみの側にしゃがんだ。かなりの出血だ。頭を怪我したのだろうか。触れていいものか迷ったがまずは血を止めなければならない。舞香はのぞみの身体を抱え、右腕の痛みに呻きながら裏返した。

「え……？」

舞香の口からそんな言葉が漏れ出ていた。別人としか思えないほど整った顔に見蕩れてしまいそうになったが、喉の傷に気が付いて我に返る。

喉の真ん中が、ぱっくりと大きく裂けていた。傷口から血が流れ出している。手には血まみれのガラス片が握られていた。ナイフのように尖っている。

迷いが生じる前に舞香はハンカチを取り出し、傷口に強く押し当てた。ぬらぬらと熱い血の感触を掌に感じながら、改めてのぞみを観察する。艶のないごわごわした髪に目が留まった。白い粒子のようなものが絡まっている。たくさんのフケだ。

やはりこの女子は倉垣のぞみなのだ。

舞香は信じられない思いで、土気色の顔を凝視していた。

のぞみがケホッと咳き込んだ。血の混じった唾が舞香の頬に飛ぶ。嫌悪はまるで感じなかった。感じている余裕がなかった。頭の中が激しく混乱している。

うっすら目を開いたのぞみが舞香を見上げた。

「倉垣さん？」

舞香は思わずそう訊ねた。

生徒の顔が一度だけ、はっきりと上下した。唇が震える。

口元に耳を近付けると、かすかな呼吸が聞こえた。その合間に、

「し……」

のぞみはかろうじて聞き取れる声で言った。

「死なせて」

「駄目!」

舞香は大声で返したが、のぞみは答えなかった。

遠くからドタドタと足音が近付く中、舞香は腕の中の女子生徒の名を呼び続けた。

第八話

beholder……見る者、観客、見物人
ex) Beauty is in the eye of the beholder.
美は見る人の目の中にある。《意訳》美は見る人によって違う。蓼食う虫も好き好き。
――『ビジネス技術実用英語大辞典V6』

月曜、午後八時。

家を出る時に降っていた雨は、バスを降りた頃には止んでいた。国道沿いの濡れた歩道が、ヘッドライトに照らされ光っている。倉垣のぞみの通夜の会場は、羽村更紗の時と同じセレモニーホールだった。

サングラスを取って一番狭い斎場に入る。参列者は少なく、生徒の姿は一人もなかった。学年主任の深川に黙礼すると、舞香は焼香の列に並んだ。

質素な祭壇の真ん中には、のぞみの顔写真が掲げられていた。中学の卒業アルバムを

引き伸ばしたものらしい。頰にも額にも修整が施され、ニキビも痘痕《あばた》も取り去られていた。質感のないのっぺりした顔の彼女が、暗い目で参列者を睨み付けている。

倉垣のぞみは病院に運ばれたが、一時間後に死亡した。輸血も手術も迅速で的確だったそうだが、不思議なほどあっさりと心肺が停止したという。

彼女の学生鞄からは十五通の封筒と、『ユアフレンド　YourFriend』と表紙にタイトル文字が打たれた、古びた雑誌が見つかった。舞香は悩んだ末、足立と相談して封筒とユアフレンドを手元に置いた。女子トイレで拾った、のぞみ宛の呪具一式と一緒に。

焼香が済むと、舞香は少しの間迷ってから焼香台になっている長テーブルを回り込んだ。のぞみの両親に断ってから、棺の窓をそっと開ける。

土色の、人形のような顔が四角い窓から見えた。喉は白い花で隠されている。わずかに開いた唇の間から、白い前歯が覗いていた。つるりとした頰と額。以前の彼女とは違っていた。違いすぎていた。

のぞみの両親は複雑な表情で椅子に身体を預け、舞香が礼をしても礼を返す以外の反応はしなかった。祖母は何度も首を傾げていた。

斎場を後にしようとしたところで、啜り泣きが聞こえた。大きなマスクをした制服姿の女子が、焼香をしながら涙を流している。九条桂だった。遺族に黙礼し、こちらにやって来る。舞香に気付いて嗚咽を漏らす。

「先生……」

舞香はそっと彼女の肩に触れた。斎場の隅で泣き続ける桂に、黙って寄り添った。落ち着いた頃合いを見計らい、連れ立って斎場を出ると、

「小谷さん」

囁き声で呼びかけられた。足立が強張った顔で立っていた。

「すぐに出ない方がいいですよ。小谷さんもですけど、九条も」

「どうして」

「カメラを持った人がちらほら来ています。報道らしい」

同じクラスで一カ月と少しの短い間に、女子生徒が三人も死んだのだ。うち二人は自殺。加えて謎の怪我をした女子が一人、入院したのが一人。

「既にネットに記事が出ています。憶測で煽るだけの低俗なものばかりですが、反論はできない。学校に矛先というか、好奇の目が向くのも時間の問題でしょう。担任にも同級生にも」

この先自分に向けられる視線を思った。マスクを取れ、と圧力をかけて来ることも想像してしまう。考えただけで胃が持ち上がる。目眩すら覚えてしまう。

一階奥の喫煙室には誰もおらず、舞香たちはとりあえず避難することにした。

喫煙室の壁にはポスターが貼られ、その全てに表の看板と同じ、派手な美人モデルが

印刷されていた。端に小さく「桃華」とクレジットされていた。

沈黙がしばらく続いた後、缶コーヒーを片手に足立が言った。

「真犯人がいるってことですね。最初にユアフレンドを受け取った生徒が」

のぞみが死んでから、事件について足立とまともに話すのは初めてだった。

「ええ」

「真犯人はそれを倉垣の机に忍ばせた。そして倉垣がステゴドンに投稿したとおり、クラスメイトを次々とその……攻撃した。封筒と違って誰にも気付かれない、同時にユアフレンドの記述と矛盾しない方法で」

「そうですね」

何故〈真犯人〉がそんなことをしたのか、具体的にどんな手を使ったのか、いずれも分からない。だが事実そうだったのだろうと予想がついた。ステゴドンの投稿は全世界に公開されており、ネット環境さえあれば理論上は誰でも読める。のぞみは標的や便箋について、名前こそ伏せていたものの事細かに書き記し、投稿していた。だからのぞみが書いたとおりにおまじないを使うことは、クラスメイトなら決して不可能ではない。

だが、この方法は投稿と事実に齟齬があった場合、破綻してしまうことがある。鹿野真実宛の封筒の一件はまさにそうだった。不備があったことに気付かぬまま、真犯人は真実におまじないをかけてしまったのだ。

「今まで騙してごめん、本当にごめんなさい、か……罪滅ぼしのつもりだったんでしょうか」足立は暗い顔で缶を握り締めて、「であれば、真犯人の意図は最悪の形で裏目に出たことになりますね」と言った。

舞香は答えなかった。代わりにバッグからくしゃくしゃになった封筒を取り出した。のぞみの死後、教室の彼女の机から、整理をかって出た桂が発見したものだ。

封筒の中にはのぞみ自身の汚れた顔写真と、便箋が入っていた。

〈倉垣のぞみの顔が普通になりますように　額も目も鼻も口も歯も頬も顎も肌も普通になりますように　誰からも普通だと思われる顔になりますように

かほちよにいきるすべなきもののわざたえてのろはむうるはしみにくし〉

手書きだった。筆跡は間違いなくのぞみのそれだった。

「全く効果がありません」と明記されていても、試してみたかったのだろう。それほどまでに切実な願いだったのだろう。級友たちの顔を変えることよりもはるかに。

自分がもしおまじないを使えるようになったら、きっと同じことをするだろう。いや、絶対にする。

現に舞香は昨夜、ユアフレンドを破っていた。「効果はなくなりません」と注意④に書いてあるにも拘わらず試していた。どれだけ細かく破いても舞香の顔は元に戻らず、ふと目を離した隙にユアフレンドは元どおりになった。常識では測れない力と存在を目の当たりにし、舞香は家で一人震え上がった。

のぞみのステゴドンの投稿には、自分におまじないを試したことについて何も書かれていなかった。ただ、羽村更紗におまじないをかけた日のことを綴った投稿の終盤に「試すだけ試してみた」という、前後と繋がらない一文があった。翌週の投稿に「駄目だった」という記述も。

舞香は便箋を読み返していた。もう何度目になるか思い出せなかった。側の柱はまた涙を流していた。

弔問客が何人も入ってきたので、三人は喫煙室を出た。外の様子を窺っていると、「先生」と背後から声を掛けられた。振り向いた足立が目を見張る。

夏服姿の夕菜だった。包帯とマスクで目以外を覆い隠し、更にロングの黒いウィッグを被っている。その隣には千亜紀が陰鬱な顔で立っていた。

「リハビリがてら。千亜紀に誘われてさ」

夕菜は二言で説明を終わらせ、

「倉垣の顔、あれ、どうなってんの?」

と小声で訊ねた。舞香は最小限の説明をする。

「え、じゃああいつ、自分が犯人だって思い込んでただけ？　それであんな投稿してたの？」

夕菜は拳を握り締めた。

「何だよ、それ……ねえ千亜紀、意味分かる？　本当の犯人、何がしたいの？」

千亜紀は無言で首を振った。また更に痩せ、目も虚ろだった。夕菜に視線で問いかけられたが、舞香たちは「分からない」と答えるしかなかった。

夕菜は「意味分かんねえ」「どうしろっつうんだよ」と繰り返していた。感情の行き場が無いのだろう。ネットで自分への悪意を発信していたのぞみは犯人ではなく、踊らされていた被害者だった。この事実を何と見做し、どう思えばいいか分からないのだ。

「思ったより元気そうだね」

足立が屈託なく言った。夕菜はギロリと睨み付けたが、すぐ「そうだ」と目の力を弛めた。

「小谷先生、病院行った？」

「うん。でも原因不明だって。入れ歯は作ってもらってるけど……」

「そっか」夕菜はスマートフォンを鞄から引っ張り出して、「わたし、もっと変なこと見つけたよ」と言った。タッチパネルを撫でて、画像を表示させる。

写っていたのは高さのない、黒い円筒だった。散らかった部屋の隅にある、ということは夕菜の部屋のゴミ箱か。中は絆創膏で一杯だった。くしゃくしゃになった絆創膏が、部屋の照明を受けて白く光っている。

「先生、おかしくない？」

「え？」

「この写真、変なところがあるの」

舞香は覗き込んだが、特に奇妙なところは見つからない。

「どこだ……？」

足立が顎を撫でながら、夕菜のスマートフォンに顔を近付ける。

「ずっと部屋に引きこもってて、絆創膏もこうやって、使い終わったらひたすらゴミ箱に突っ込んでたの。そしたら気付いた」

液晶画面を撫で、次の写真を表示する。ゴミ箱の中身が半分ほどに減り、代わりにすぐ側に絆創膏の山ができていた。次の写真は更に中身が減り、白い山が高くなっている。おかしくはない。画像を占める白色の割合が増えているだけで、奇妙なところはない。

「白いのが、変？」

掠れた声で言ったのは、桂だった。

「うん、そう」と夕菜が頷く。

「え？　どういうこと？」と二人の顔を見比べる足立に、桂が説明した。

「絆創膏が白いのがおかしいんです。使用済みだから汚れてないといけないのに、この画像のは新品みたいに白い」

「あっ」

足立は大袈裟に天を仰いだ。

「そう、消えるの。血も汁も最初は付いてたのに。臭いもしなくなる。測ったらだいたい五日で、スッと薄くなって見えなくなった」

夕菜は自分の顔を指差すと、

「血とか汁とかが消えるなんて有り得ない。これ、最初から出てないんじゃない？　そもそも怪我なんかしてないんじゃない？　要は幻覚なの」

真剣な目で言った。

「……それは、違うんじゃないかな」

舞香は首を捻りながら、

「だってずっと痛いんだよね？　前に野島さん、そう言ってたよ。わたしも最初すごく痛かったし、歯も」

「だからそれも痛いって思わせてるだけ。ユアフレンドのおまじないは見た目と感触、ええっと――視覚と触覚に働きかけるんじゃないかな。気分が悪くなったり弱ったりするのは暗示っていうか、プラシーボ的なやつで」

「そんな」

「待ってくれ野島」足立が口を挟んだ。

「先生は鹿野が変貌したのを見た。小谷さんの顔も見てる」

「わたしも見せてもらった」

「あとはそう、倉垣もだ」

「うん」

「九条と中杉は、荒木の時その場にいて見たんだよな」

桂が「はい」と答え、千亜紀は黙って頷く。

「野島の仮説が正しいなら、おまじないが作用するのは対象だけじゃなくて、人間全員ってことにならないか？　大勢の人間に同時に幻覚を見せているわけだ。僕にも既におまじないの効果が及んでいる。そうだな、野島」

「だね」

「いくらなんでも、スケールが大きすぎやしないか？　それに僕が今幻覚を見ているってのも、簡単に受け入れられないよ。おまじないの存在は認めざるを得ないけど、流石にそれは……」

「ああ、そう」

夕菜の口調が不意に尖った。

「幻覚が有り得なくて、実際ヤられるのは有り得るの？」

しまった、と言わんばかりの表情で、足立が「いや、そうあって欲しいわけじゃないんだ。すまない、軽率な言い方だった」と平謝りする。

自らが導き出した仮説にわずかな希望を見出す、夕菜の心理はよく理解できた。だが足立の言い分も分かる。おまじないをかけられた舞香にも、幻覚説はにわかに信じがたい。加えて黒板の写真の件を考えると、幻覚は〈標的〉の写真にも発生することになる。そんな幻覚を引き起こすおまじないが果たして存在するだろうか。舞香には飲み込み難かった。どちらにしろ、検証することはできないのだ。

そこまで考えて舞香は「あ」と声を上げた。

家に帰ると真っ直ぐ寝室に向かい、枕元の救急箱を開けた。半透明のピルケースを引っ張り出し、中からティッシュの塊を摘まみ出す。

おまじないで抜け落ちた、四本の歯を包んだものだった。

歯科医には「こんなに腫れたらもう、元の歯をどうこうってのは無理だね」と言われたが、万が一を考えて保管しておいた。

つまり、検証できるのだ。

舞香は荒い息で、おそるおそるティッシュを開いた。

動悸が一気に速まった。安いドラマのように息を呑んでしまう。

ティッシュの中には、何も入っていなかった。

※　※

「いじめか　都立高　同じクラスで一カ月で死傷者5名　うち2人自殺」

「都立高5人死傷　クラスに何が」

「呪われた学級　女子生徒連続怪死3人」

倉垣のぞみの自殺でマスコミが一連の事件に気付き、食い付き、食い荒らした。学校には記者とカメラマンが詰めかけ、生徒たちに声をかけるようになった。

桂も下校中に一度、テレビカメラとマイクを向けられた。

拒否しようとすると、カメラマンが液晶モニタを覗きながら、「あ、ダメだわ」と言った。他のスタッフたちも「ですね」と口を揃える。一行はすぐさま桂から離れ、近くを歩いていた別の生徒にわらわらと話を聞きに行った。痩せた男性リポーターだけがちらりと振り返り、「ごめんね」と詫びた。

左頬が痛み、瞼が痙攣するのを感じながら、桂は家に帰った。

校長が記者会見を開き「マスコミは撮影も取材も控えてほしい」という意味のことを

やんわりと要請したのは、のぞみの葬儀から四日後のことだった。

三年二組は、学校内で忌避されるようになっていた。

休み時間に二組に遊びに来る生徒はいなくなり、教室の前を通り過ぎる時は皆、顔を背けて早足になった。教師たちも終了のチャイムが鳴ると、逃げるように教室を出て行く。いや、「ように」ではなく、実際に逃げているのだろう。

二組の生徒も例外ではなかった。上埜と四ノ宮は葬儀の翌日から、揃って学校を休んでいた。男子も四人が同じく学校に来なくなった。来ている生徒も一様に暗い。多少明るいのは椛島希美くらいで、それでも声に張りがなくなっているのが分かった。桂も怯えながら日々を過ごした。

次は自分かもしれない。たとえこの顔でも狙われるかもしれない。

真犯人の目的が全く見えない。

それゆえ誰もが怪しく見える。

いつも明るい椛島希美も、友人の死にやつれ果てた千亜紀や五月さえも。休んでいる上埜と四ノ宮のどちらかが、という可能性も除外できない。あるいは今頃二人仲良く、次の〈標的〉を選んでいるのかもしれない。夕菜や真実すら「何らかのトリックを使って被害に遭ったふりをしているのでは」と作り話めいた仮説を立てて疑ってしまう。

夏休みを心の底から待ち遠しいと思った。あと五日、あと四日。実際に指折り数えてしまう。真犯人と同じ空間にいる、この状況が耐え難い。今も授業に集中できない。小谷の話は右耳から左耳に抜けていく。六時間目だ、もう少し頑張れ、と頭の中で自分に言い聞かせていると、倉垣のぞみの席に目が留まった。

左右のフックにはもちろん何も掛かっていない。机の中は見えないが、間違いなく空だ。片付けてのぞみの両親に渡したのは誰あろう桂だった。

天板の上には一輪だけ、白いヒナギクの花が供えられていた。

真っ白な花弁と黄色い雄しべ。緑色の茎は少しばかり萎れている。いつ供えられたか思い出せないが、供えたのはきっと小谷だろう。通夜でずっと自分に寄り添ってくれた、彼女のことが脳裏をよぎる。

一輪差しの花瓶はウェッジウッド製だった。特徴的な苺の絵が、白い花瓶に彩りを添えていた。

のぞみが自殺する前日のことを思い出していた。彼女と話し、拒絶された。もっと他にできたことはあったのではないか。よりよい方法が。彼女が死を選ばずに済む方法が。

何百回目かの後悔をしていると、チャイムが鳴った。

終礼が済むと、生徒たちは先を争うように教室を出た。教壇では小谷が思い詰めた目で、桂たち生徒を見送っていた。生徒たちと同じかそれ以上に気を張り、警戒しているのが見て取れる。逃げずに立ち向かっている。

「先生」

桂は声をかけ、教壇に駆け寄った。

「もう一度、話し合いませんか。お互い知ってること、もっと交換しないと」

のぞみは死んだ。助けられなかった。

「ユアフレンド、コピー取らせてください。そもそも取れるか分からないけど」

残された人間がするべきことは一つだ。

「犯人を見つけましょう。鹿野さんや野島さんを治してもらうんです」

小谷は目を丸くしたが、すぐに大きく頷いた。


「ありがとう」

病室のベッドに横たわったまま、鹿野真実は掠れた声で言った。見舞いに来たのは初めてだった。痩せた顔が蛍光灯の青白い光で強調され、一層痛々しく見える。目だけがぎょろりと大きく見える。だが。

「桂ちゃんが教えてくれたから、元気になった」

「よかった」

桂は答えた。

サイドテーブルに置かれた真実の夕食の皿は、あらかた空になっていた。

のぞみの通夜で小谷や夕菜らから、おまじないの性質について聞いた直後。桂は真実にチャットで連絡した。顔の変化は幻覚かもしれない。苦痛や不調は気のせいかもしれない。弱り切って入院している真実には必要な情報だと思った。

効果はあった。ずっと点滴だった真実は、翌々日から徐々に食事ができるようになった。意識も明瞭になり、トイレに行くことも、短い間なら会話することも可能になった。元気潑剌とはとても言えないが、入院直後よりずっと良くなった。

真実からのメッセージで回復を知り、桂は安堵した。と同時に確信した。ユアフレンドのおまじない。その正体は幻覚と暗示だ。あまりにも真に迫っているせいで騙されてしまうが、本当に顔を変え、傷付けているわけではない。

だが――

「小谷と話し合って、どうだった？」

真実が訊いた。

「やっぱり犯人は分からないよ。何がしたいのかも全然」

「そりゃあ、すぐにパッとは無理だよ」

「うん」

「倉垣さん、気の毒だったね」

「うん」

「ステゴドンの投稿、読んでて辛かったよ」

「うん」

「真犯人の動きは？　特にない？」

「うん」

「ねえ、どうしたの？」真実が不思議そうに見上げていた。「微妙に上の空だけど。わたし、なんか変なこと言っちゃったかな」

「ううん。おまじないのこと考えてたの」

桂は窓の外を見た。六時を回っているがまだ外は明るい。

「おまじないが幻覚と暗示ってことは、わたしにもとっくにおまじないがかかってたってことでしょ。野島さんの時点で。今もここと、ここと――」

自分の目を、次いでこめかみを指差し、最後に胸に手を当てる。

「――ここに作用するおまじないのせいで、鹿野さんの本当の顔が見えなくなってるの。わたしだけじゃなくてみんな。学校はもちろん、この病院の人たちも、知らない間におまじないに操られてる。それがすごくなんか」

身体が勝手に震えた。

遅れて感情が湧き起こる。

恐ろしい。嫌だ。自覚がないまま目と頭と心を操作されていた事実に、桂は恐怖していた。嫌悪感を抱いていた。

真実は天井を見上げていたが、やがて静かに言った。

「見た目なんて元々そんなもんだよ。綺麗も不細工もぜんぶ幻覚と暗示。流行り廃りがあるのが何よりの証拠よ」

「そう……かな。わたしのこれは事実だよ」

桂は言い返した。いい機会だ、と覚悟を決めてマスクを外す。

真実が目を見開いた。予想よりは小さな反応だったが、桂は充分に傷付いていた。

この顔は物理的に破損している。客観的に傷がある。だから絶対的に醜い。今の真実の痩せ細った顔とは違う。世間でいう美醜がすべて幻覚や暗示だったとしても、この顔は違う。

左頬が痙攣を始めていた。

真実は黙って桂の顔を見つめていた。奇異の目でも嫌悪の目でも、憐憫の目でもなかった。想像していたいずれの感情も、真実の視線からは感じられない。疑問が頭をもたげた。

「どう?」

桂が意を決して訊ねると、真実はゆっくり口を開いた。

「正直、びっくりしてる。痛そう」

「痛かったよ」

「何があったの？」

「これは中二の時、事故でね——」

桂は語って聞かせた。人に教えるのは初めてだったが、すらすらと順序立てて説明していた。ひょうきんな担当医の口癖を面白おかしく、いけ好かない看護師の言動を滑稽に語ってもいた。

真実は真剣に耳を傾けていた。話が終わると「ありがとう、話してくれて」と微笑を浮かべ、大きな溜息を吐いた。

「ごめん、喋りすぎたね」

「全然」

真実は手を差し出した。

「犯人、頑張って見つけよう。頭はだいぶ使えるようになってきた」

「うん」桂は真実の手を握り締める。

「まあ、今日はヘロヘロだし明日からね」

そう言うと、真実は力なく笑って目を閉じた。十秒もしないうちに、桂の手を摑んだまま寝息を立て始める。手をそっと離し、布団をかけてやると、桂はマスクをして静かに病室を後にした。

家の最寄駅に着いた頃にはすっかり暗くなっていた。駅前は会社帰りのサラリーマンたちと、部活帰りの学生たちで賑わっている。決して開けた駅ではないが、平日のこの時間は騒々しい。

コンビニでジュースを買い、長い方のストローを貰う。簡素なイートインスペースでマスクをしたまま、ストローを使ってジュースを飲み、病院でのことを思い返す。

鹿野真実に顔の傷のことを話せた。自然に、普通に。それ以前に感じていたユアフレンドの恐怖もすっかり忘れるくらい、夢中になって話していた。彼女は疲れているはずなのに、最後まで聞いてくれた。

今度はわたしが、彼女のために何かをする番だ。

勿論、することは決まっている。犯人を見つけ、真実の顔を元に戻してもらうのだ。一日でも、一秒でも早く。彼女が普通に戻れるように。

コピーしたユアフレンドをテーブルに広げ、今一度熟読する。何度読んでも真実たちを思い出して目眩がしてくるが、隅々まで読み込む。次はのぞみ宛の便箋を、その次はスマートフォンでステゴドンを。

当たり前だが新たな投稿はアップロードされていなかった。アカウント主は既にこの世にいないのに、彼女の言葉だけがネット空間に保存され、公開されている。こうして今でも容易く読むことができる。文豪でも有名人でもない、同じクラスにいた高校生の文章を。

痛む胸を押さえながら画面をスクロールしていると、頭の中でカチリと、部品が嵌《はま》るような感覚がした。

「え……」

マスクの中で声を漏らす。今まで無意味に思えたものが、全く別の意味を持って迫ってくる。適当なノートを鞄から引っ張り出して、思い付いたことを書き殴る。

まさか、これは。

ノートの横線の上、並んだ文字列の間から現れたのは、犯人を仄めかすアルファベットだった。

頭が凄まじい速度で回転していた。小谷の言っていたこと、これまで犠牲になった六人。全てが繋がって意味を持ち始める。今の今まで気付かなかったことに呆れる。

心臓が早鐘を打っていた。マスクに熱が籠っている。混乱しているらしい。ジュースを吸って自分を宥めていると、視界に違和感を覚えた。

今のは何だ。意識する前に知覚が反応していた。

見知った顔が近くにいる。

ガラス越しの人通りの中に目を凝らすが、店内の照明に反射してはっきりとは見通せない。桂は大急ぎでテーブルの上のものを鞄に詰め、コンビニを飛び出した。

人々が行き交っていた。汗の匂い、酒の匂い。足音。ざわめき。笑い声。

歩いていると、雑踏の中に見覚えのある人影が見えた。

見慣れたシルエット。髪型。だが歩き方が違う。姿勢も違う。学校にいる時とはまるで違っている。

状況証拠ばかりだ。指摘するには弱すぎる。でも確信がある。本能がそう告げている。

犯人は、あの子だ。

※　※

七時半に仕事を終えると、舞香は荷物をまとめて席を立った。他の教師たちの視線を背中に感じながら職員室を出る。のぞみが自殺したこと、一連の事件が世間の注目を浴びたことで、彼女は居場所をなくしていた。それ以上に避けられるようになった。生徒が相次いで死傷する、不吉なクラスの担任として。校長と教頭からは聞き取りもされたが、ユアフレンドについて打ち明けることはしなかった。

口の中の違和感は以前よりはるかに減っていた。舌先で歯の隙間を感じるが、もはや信用はしていない。これは全て暗示だ。まやかしだ。おまじないがそう感じさせているだけで、実際に歯は抜けていないのだ。ユアフレンドの記述もそれを仄めかしていた。表紙に並んだ大小のキャッチにも、本文にも、顔を「変える」とは一言も書かれていない。ただ「醜く」「ブスに」「可愛く」と記されているだけだ。「写真やビデオに〜」は標的だけでなくその記録にも、幻覚が反映されることを指しているのだろう。見える範囲は「みんな」。

みんな。曖昧な言葉だ。

三十数年前、東京の外れにある高校の二年生だった、姫崎麗美にとっての「みんな」は、どれくらいの範囲を指していたのだろう。

生徒の親や医師たちにも、標的の顔が醜く見えてはいる。だがそれより外には届かないのではないか。想像する以上に射程範囲は狭いのではないか。ＳＮＳにこの顔の写真をアップすれば、具体的に検証できるかもしれない。地方在住の、かつての同級生に送ってみてもいい。だが舞香に実行する勇気はなかった。

幻覚であるという証拠が積み重なるにつれ悲観的な気分は薄らいだが、晴れやかな気持ちからはほど遠い。周囲の視線は相変わらずで、気が休まるのは家だけだった。これからバスと電車に乗ると思うと気が重い。

靴箱の前まで来たところでふと思い立ち、舞香は来た道を引き返した。職員室に戻って鍵を摑み、すぐに出る。

三年二組のドアを開けると、生温い空気がぬるりと肌を撫でた。

電気を点け、教室を見渡す。ヒナギクの花びらは大半が机に落ちていた。茎もすっかり萎れていた。この熱気なら当然だろう。ということは供えられたのは今朝か、早くても昨日の朝あたりか。舞香はそっと花瓶に触れた。

本来は担任である自分が供花するか、そうでなくても生徒に指示を出すべきことだった。それなのに今の今まで、ずっと生徒たちに任せっきりにしていた。更紗の時は真実に、香織の時は五月に。はっきり見たわけではないが、今回はきっと桂が用意したのだろう。のぞみの通夜で悲しみに暮れる、彼女の姿が脳裏をよぎった。

数時間前、桂から聞いた話を思い返す。スマートフォンを取り出し、ステゴドンの投稿をいくつか読み返す。ユアフレンドを手に入れた時のこと、羽村更紗におまじないをかけた時のこと。何かヒントはないだろうか。知らずに真犯人と接触していたりはしないだろうか。併せて自分の記憶も掘り起こし、クラスの女子生徒、一人一人のことを考える。目立つ女子。そうでない女子。美しい女子、そうでない女子。

いつの間にか学生生活のこと、教室のことを考えていた。

カースト上位、中位、下位。見えないが強力な線引きがある。境界が、壁がある。誰かが明文化したわけでも宣言したわけでもなく、話し合って全員の合意を得たわけでもないのに。

境界を越えた密な交流は、表向きは禁じられている。そんな空気が醸成されている。誰とでも分け隔てなく交流できる、いや――交流することが何となく許されている生徒は稀だ。

昔を思い出していた。

小学生時代に仲の良かった友人が、中学に入って徐々に、所謂ヤンキーになった。当然のようにグループは別になり、交流は絶たれた。登校中に顔を合わせても挨拶すらしなくなった。だが卒業間際、隣町を一人で歩いていると偶然鉢合わせた。彼女も一人だった。

(どしたのマイ、塾?)

(ううん、買い物。カナは?)

彼女の携帯電話が鳴るまでの数十分だけ、以前のように話すことができた。交流が再開されることはなく、挨拶を交わすこともなく卒業式を迎えた。彼女が今何をしているのか、どうなっているのかは全く知らない。

住む世界が違ってしまった――と一言で説明するのは簡単だが、違ったくらいで交流を断つ必要など本来あるはずもない。だが当時は学校での線引きが全てだった。そのせいで彼女との関係は終わってしまった。

ひょっとして二組の女子生徒にも、そんなケースがあるのではないか。

既に失われた交友関係。

あるいは、学校とその周辺ではひた隠しにされている交友関係。

それが一連の事件の根底にあるのではないか。孤独な倉垣にもかつては親友がいたか今もいて、その親友こそが真犯人なのではないか。そうとでも考えないことには、彼女にユアフレンドが行き渡ったことの説明が付かない。のぞみ宛の便箋を読む限り、真犯人の行動は単純な悪意から来るものだとは思えない。

根拠としては心許ないが、舞香はそう感じていた。とりあえずこの方向で進め、と本能が告げている。そしてもう一つの経路を示している。

真犯人の使った手口だ。

ユアフレンドを読んで意外だったのは、封筒で渡せとは一言も書かれていないことだった。のぞみもこの記述を踏まえ、メールで送ろうと思案したことが一度ある。彼女がそうステゴドンに記していた。

のぞみの時を除いて、真犯人はいわば「見えない手紙」「見えない写真」を標的に渡しているのだ。それが何なのか分かれば真犯人に辿り着ける。夕菜の時はどうだったか。香織の時は。真実の時は。自分の時は。

「あ――」

舞香の頭にあの日の光景が浮かび上がった。

今まで気付かなかった方がどうかしている。色々なことが立て続けに起こって、記憶の片隅に追いやられていた。そうだ。あれこそ真犯人の行動に違いない。いや、駄目だ。決め付けは良くない。証拠を集めなければ。もっと考えなければ。

無意識に教室を歩き回っていた。次第に早足になっていた。スマートフォンを見つめ、桂から聞いた話を思い返し、結び付け、切り離し、また結び付け――

「あのう、小谷さん」

唐突に声をかけられ、舞香は跳び上がった。弾みですぐ近くの机に蹴つまずき、転んでしまう。机と椅子が倒れ、大きな音を立てた。包帯をした右腕を床に打ち付け、呻き声が漏れる。

「すみませんっ」

足立が泣きそうな顔で駆け寄った。いつからいたのだろう。

「申し訳ない、心配になって来てみたら、ブツブツ言ってたんで……」

そんなに時間が経ったのか、と壁の時計を見ると、九時を回っていた。一時間半以上も考えごとをしていたのか。痛む手を押さえながら、何とか自力で身体を起こす。

倒れた机から教科書や参考書が、何冊も飛び出していた。くしゃくしゃになった紙や、ルーズリーフが何枚も床に広がっている。足立が顔をしかめながら机を起こした。散らかった中身を掻き集める。

「誰だ、この歳で整理整頓できてない駄目な男子は」

舞香は机の並びを確認した。この席の生徒は、確か――

「そこ、男子じゃないです」

「え？」足立が目を丸くした。

舞香は何気なく、足下に落ちていた皺くちゃの紙を摘んだ。皺を伸ばし、書かれている文字に目を向ける。

「意外だなあ。誰です？」

舞香は答えなかった。答えられる状況ではなくなっていた。

文字から目が離せなくなっていた。

記憶と証言が結び付く。見えなかったものが見える。

「まさか……」

検証できない部分もある。当人に訊くしかないところも。だが、もしこの推理が事実なら――

犯人は、彼女だ。

※　※

終業式の日の正午。

桂は三百階段の下で待っていた。すぐ後ろで菊の花束が温い風に揺れ、線香が一筋の煙を上げている。その傍らには麦茶の小さなペットボトル。いずれも香織に手向けたものだった。どれもつい先刻、桂が用意したものだ。

朝、教室で彼女に声をかけ、約束を取り付けた。彼女は不思議がっていたが、「大事な話がある」と頼み込むと承諾してくれた。「自分は学校帰りに直接向かう」とも伝えておいた。

突然呼び出すことをせず、待ち合わせの時刻まで余裕を持たせたのには理由があった。彼女に——真犯人に、おまじないの準備をさせるためだった。

持ちかけた時点で、彼女は本当の用件に気付いただろう。こちらの意図はどうあれ、邪魔者だと感じてはいるだろう。口を封じたくなっているに違いない。

そしてユアフレンドは、登下校中でも仕掛けられる。効果が現れる。香織のことを思い出しながら、桂は長く狭く昼間も薄暗い階段を見上げた。

蟬たちの声は弱々しく、疲れている風だった。マスクの内側が蒸れて不快だが、気にしてはいられない。もうすぐ彼女が来ると思うと緊張してしまう。一人で立ち向かえるのか自信がない。認めさせることができるのか。説得できるのか、交渉できるのか。

小谷には相談せずにいた。もちろん足立にも。真実にも言っていない。彼女だって何人もいる前で追及されたり、断罪されたくはないだろう。こちらにその気がなくても身構えるだろう。探偵を気取りたいわけでも、犯人を裁きたいわけでもない。ただ真実と小谷が元通りになればいい。それと夕菜も。

「ちわー」

呑気な声がして、桂は我に返った。

椛島希美が頰を汗で濡らして、こちらにやって来た。

桂の心臓が激しく鳴り始めた。

「ごめんね、呼び出して」

声が上ずっているのが自分でも分かった。

「やー、デブに夏の屋外はキツいっす」

希美は首に掛けたスポーツタオルを摑み、顔を拭う。

「どうしても話しておきたいことがあって」

「うん、なんか大事な話なん……あ、そうだ」

希美は供花の前でしゃがむと、手を合わせた。目を閉じて神妙な顔をしている。蝉の声だけが辺りに響いている。

よっこいしょ、と言いながら希美は立ち上がった。

「で、話って何すか？」

細い目で桂を見つめる。

桂は覚悟を決めた。

「椛島さん」

「はいはい」

「……椛島さんなの？　全部」

「え？」

目を逸らしそうになるのを堪えて、

「二組で起こってること全部」

「え、ちょっと何言ってるか分かんないすけど」

希美はアハハと乾いた笑い声をあげる。

「羽村さんは自殺すよね？　倉垣さんも。荒木さんは事故だし――」

「顔のことを訊いてるの」

桂は遮るように、

「ユアフレンドのおまじないで、みんなの顔を変えたのは、椛島さんじゃないかって、その」

最後まで言えずに口ごもる。これだけのことで汗だくになっていた。髪の生え際から流れ落ちた汗が、眉に乗ったのを感じた。

希美の顔から笑みが少しずつ消えていく。

「ええと、違います、けど」

きょろきょろと辺りを見回して、

「九条さん、冗談すよね？　まさかと思うけど、それで呼び出したんすか」

「そう」

桂は頷いた。

「たはっ、ちょっとちょっと、もう」

「真面目な話なの」

希美の大きな顔を見つめて、桂は話し始めた。

「椛島さんはユアフレンドを受け取った。でもそのまま自分で使うんじゃなくて、倉垣さんの机に入れた。それ以前にステゴドンの、倉垣さんのアカウントを知ってたのね。そして彼女の書いた計画どおりに、クラスメイトにおまじないをかけた。だから倉垣さんは自分がユアフレンドを受け継いだ、姫に選ばれたと勘違いした。自分が犯人だと思い込まされたの」

寝ないで考えた説明だった。今のところ問題なく言えている。自分でも納得できている。のぞみの誤解は呪い――目に見えない力でしか起こり得ないものだ。

「倉垣さんは犯人として振る舞った。だからわたしたちもそう信じた。まさか倉垣さんが騙されているなんて考えもせずに」

希美は真顔になっていた。

「倉垣さんは小谷先生にまでおまじないをかけて、取引を持ちかけた。クラスの女子を一人生贄に差し出せばもう誰も傷付けないって。これじゃ騒ぎが大きくなりすぎる。それに自分が犯人だとばれてしまうかもしれない。ユアフレンドのおまじないは自分には効かないから。だから椛島さんは、今度は倉垣さんにおまじないをかけた。倉垣さんに勘違いを指摘するのと、あと騙していたことのお詫びの意味を込めて」

息が上がっていたが、さらに続ける。

「でも倉垣さんは自殺した。踊らされていただけで、自分には何の力もない。そう気付いたショックと絶望で」

憶測でしかないが、彼女のことを言葉にすると胸が激しく痛んだ。

「倉垣さんのアカウント『OpapniL』はね、名前のローマ字表記『NozomiK』を、アルファベットの順に一文字ずらしただけなの。それでね――椛島さんも『NozomiK』なの。だから椛島さんは倉垣さんのアカウントを、誰よりも早く見つけることができた。きっとステゴドンでアカウントを開設しようとして、既存の名前だからって撥ねられたんじゃない？　それで気になって検索して、倉垣さんのアカウントを発見した」

早口で断定口調になっているが止まらない。桂は渇いた口を必死で動かして、改めて問い質した。

「ユアフレンドを受け取ったのは、椛島さんだよね？」

希美はぽかんと口を開けていた。目には何の感情も浮かんでいない。聞こえなくなっていた蝉の声が、再び響き渡る。

「……ええと」

タオルで鼻の下の汗を拭くと、希美は悲しげな顔になって、

「分からないす、ごめんなさい」

と目を伏せた。

「冗談で言ってるんじゃないのは分かるけど、おまじないとか急に言われても全然。倉垣さんのアカウントだって知らないし。ど、どれも意味不明で」

唇を尖らせる。この反応は予想できていた。ここで口を割るようなことはないだろうと思っていた。次に進むしかない。

彼女の感情に訴えるしかない。理屈や証拠が足りないなら、そうやって切り崩すしか

ない。

「調べたの」

桂はそっと語りかけた。

「椛島さんのことをこっそり。悪いとは思うけど」

「へ？」

希美が高い声を上げた。目を丸くする。

「調べたって何したんすか？」

「後をつけたの。外を歩いてる時に何回か。椛島さん、駅近の学習塾に通ってるよね。四ツ角高校の子が他に通っていない、小さな塾。遅い時間に大変だね」

最後の一言は挑発以外の何物でもないが、それでも口にしていた。自分は目の前の同級生を煽っているのだ。

「講義中のことは分からないけど、塾に行くまでと出てからの間、遠くから見てたよ。最初に見かけたのは偶然だったけど」

コンビニのイートインスペースから、外を歩く希美を見かけた時のことを思い出す。

「椛島さんは学校だと凄く明るいし、誰とでも仲良くしてる」

だが、あの時の彼女は大きな身体を窮屈そうに縮めて、俯きながら歩いていた。学校にいる時とはまるで異なる、暗い雰囲気を漂わせていた。私服も黒とグレーで極力目立たないようにしていた。

「事件が続いて真実ちゃんと関わるようになって、こんなことをするのは誰だろうって思った。その時は真っ先に椛島さんは違うって除外した。みんなから慕われてる椛島さんはこんなことはしない。上手くやってる子が同級生を傷付けるようなことはしないって思った。でも」

翌日も同じ時間に駅前に出向き、密かに希美の様子を窺った。すぐ近くを歩いたり、横切ったりした時も、彼女は自分に気付かなかった。

「それは学校の中だけなんじゃないかって気付いたの。狭い世界でだけ通用してるキャラなんじゃないかって。同じ塾に通う生徒さんたちだよね……駅前で椛島さんに絡んで、酷い言葉を投げかけてたのは」

「あっちゃあ」

希美が遮るように言った。顔をしかめ、自分の額を叩く。

「いやあ、バレちゃったかあ。気を付けてたんだけどなあ」

参った参った、と繰り返す。

軽い口調と明るい表情を見ていると、桂の腕に鳥肌が立った。

「……それって、本当に」

「あ、違う違う、塾のことっす。あそこじゃ上手くいってないんすよね。年明けに入ったんすけど、いつもの調子でやってたら最古参のボス的な子に煙たがられちゃって、そこから」

悲しげに言う。

「いろいろ頑張ってみたんすけど、駄目でした。最近はもうサンドバッグに徹してます。親に無理言ってお金出してもらってるんで、辞めるわけにもいかないし」

こう見えて真面目なんすよ、と頭を掻く。

「だから逆なんすよ。あそこだけ上手くいってないんす。学校でも家でも親戚ん家でも、あと習い事とかでも、このキャラでやってたんで余裕でいけるって思ってたんす。甘かったすね」

教室では見せない表情だった。

話も納得のいくものだった。むしろ自分の推理より、はるかに筋道が通っている。しかし。

「もう一つ、あるの」

桂は折れそうな自分を奮い立たせた。

「今まで……今までのおまじない、覚えてる？」

「と言いますと」

「これまで顔を変えられた六人のことだよ。羽村さんはお婆ちゃんにされた。野島さんは二キビだらけにされた。荒木さんはお岩さんみたいに、真実ちゃんは痩せ細らされて、小谷先生は痣と歯。倉垣さんは例外だけど」

「あー、なるほど」

希美はポンと手を叩いた。

「六人ともデブってない、犯人はデブのせいでずっと悲しい思いをしてきたけど、だからこそ他人をデブにできないやつに違いない、だから犯人は椛島だ——ってことすね？」

「そ、そう」

あっさりと推理を先読みされ、桂は続きを言えなくなった。聞いていただけの希美が即座に組み立てられるような理屈を、切り札として取っておいた自分が恥ずかしくなる。

「自分、楽しくやってますよ」

希美は胸を張った。

「そりゃあデブだ何だって言われるのは日常茶飯事だし、悪気ゼロで弄られることもあります。親が若かった頃に比べたら大分マシだそうですけど、気に入った服はやっぱりサイズないし。あと『ラ・ファーファ』の路線は自分的になんか違います」

「そう……なんだ」

「だけど別に恨んだりはしてません。クラスメイトをやっちまおうだなんて全然思ってない。塾はまあキツいけど、たかが塾じゃないですか。それこそ狭い世界の話です。九条さんの推理はあれです、どんだけ明るく楽しげなキャラでも所詮お前はデブでブスだから、周りを憎んでるだろ絶対に憎んでるよな、って決めつけられたみたいで……」

笑顔を保ったまま、冗談めかして、

「正直、結構食らいますね」

と言った。

桂は何も言えなくなっていた。

感情に訴えられ、切り崩されたのは自分の方だ。罪悪感と惨めさで押し潰されそうだ。真実たちを元に戻したいと焦るあまり、くだらない偏見で突っ走っていた。見た目のことであれこれ言われる苦痛は嫌というほど知っているのに。馬鹿だ。大馬鹿だ。謝りたいのに言葉が出ない。視界が涙で滲み、慌てて手で拭う。うう、と呻き声が漏れた。

「ごめん……」

「ご理解いただけましたか」

桂が何度も頷くと、希美は目を細めた。

「じゃあ、これにて一件落着です」

鞄から巨大な水筒を引っ張り出し、

「これで水に流しましょう。ポカリですけどね。いかがですか」

片手で桂に差し出す。

こんな人間にも情けをかけてくれるのか。許してくれるのか。申し訳ない気持ちで胸が張り裂けそうだ。桂は手を伸ばした。

水筒を摑もうとした瞬間、全身に電流が走った。遅れて一つの思考が頭に浮かぶ。

まさか、これは。

心が凍り付いた。背筋に寒気が走る。

咄嗟に手を引いていた。

「あれ、どうしたんすか」

希美が不思議そうに言った。

「デブは伝染りませんよ」

そんなことは分かっている。でも受け取れない。受け取ってはいけない。そう直感し、行動に移した自分が心底嫌いになっていた。止まりかけていた涙がまた溢れ出す。

椛島希美は、呪具を渡そうとしている。

水筒を渡すふりをして、わたしにおまじないをかけようとしている。

どこかに手紙と写真が忍ばせてある。水筒の中か、あるいは蓋の裏側にでも。いくらでも仕込める、隠せる。

そんな疑念を振り払えなくなっていた。

振り払えないことが嫌になっていた。醜くされても構わない。そう思って臨んだはずなのに。おまじないをかけられ、彼女は違うと分かったばかりなのに。

そして彼女を傷付けてしまう。

覚悟していたのに。いざとなると拒否してしまう。

「ああ、そういうことすか」

希美はニッと歯を見せた。

「荒木さんの机に入ってたやつみたいなのが、仕込まれてると思ってんすね？」

ただでさえ大きな彼女の身体が、更に大きく見える。答えられずにいると、

「だったら尚更、受け取ってください。自分はそういうんじゃないんで」

彼女は両手で捧げ持つようにして、再び水筒を差し出した。その表情は穏やかだが真剣だった。

素直に考えて彼女は立派だ。人間ができている。怒られても軽蔑されても仕方ないことを自分はしているのに、それでもこうして冷静に、着地点を提案してくれている。

だが、もしこれが全て芝居だったら。こちらの罪悪感を刺激し続け、おまじないをかけるための作戦だとしたら。いや、そんなことはない。考えすぎだ。そもそも希美を疑うこと自体が偏見なのだ。しかし――

希美の額に汗の玉が浮いていた。

水筒を持つ手が、わずかに震えている。

分厚い唇が開いた。

「じゃあ、例えばこれ渡すのと同時に、自分、九条さんの鞄を受け取りましょうか?」

不可解な問いに、桂は戸惑った。

真意が遅れて頭に届き、今更ながら気付く。途端に胸が苦しくなる。

希美もまた疑心暗鬼の只中にいるのだ。

桂が犯人ではないかと疑っているのだ。

冷静に考えれば当たり前のことだ。自分が疑われない理由など一つもない。それなのに希美は自分を信じ、鞄を受け取ると言ってくれているのだ。呪具が入っているかもしれない入れ物を。

桂は覚悟を決めた。鞄を左手に持ち、差し出す。

希美と目を合わせ、同時に頷く。

通りすがりの老婆が不思議そうに、こちらをちらちらと見ていた。

桂は水筒を受け取り、鞄を手渡した。

「少し時間かかりますよね」

「だと思う。『すぐ』って書いてあったけど」

「ポカリ、飲まないんすか」

「ありがとう」

香織に備えた線香が燃え尽きるまで、二人はその場で待った。水筒は二人で空にしていた。

何も起こらなかった。当然ながら希美に変化はなく、桂の顔も変わらなかった。効果が現れると奇妙な感触がする。そう小谷や真実から聞いていたが何も感じない。

「ごめん」

桂は再び詫びた。

「お互い様です。自分も呼ばれた時、正直ビビったんで。終業式だから余計に。めちゃくちゃ酷い顔にされて、二学期までに戻して欲しかったら言うことを聞け、みたいな脅迫をされるんじゃないかと……」

希美は水筒を鞄に仕舞うと、

「厳密に言うとお互い『今はおまじないをかけなかった』ってことが証明されただけで、犯人じゃないとは限らないんすけどね」

「うん」

考えてみれば「誰にも気付かれないように」という条件を満たしていない時点で、今のやり取りは何の証明にもならない。希美はやはり犯人かもしれないのだ。しかし――

「ごめんね」

それでも桂は詫びの言葉を口にしてしまう。

「いいですって。それより、ユアフレンドって『すぐ』効くんすか？　そんなの噂で言ってましたっけ？」

「そうか、あのね」

桂は鞄から青いクリアファイルを引っ張り出した。ユアフレンドの全ページをコピーした、Ａ４用紙の束が突っ込んである。

「これ、倉垣さんが持ってたユアフレンドなんだけど」

ファイルから紙束を数枚抜く。

「そんなんあるんすか、すごいっすね……あれ？」

「えっ」

桂が抜いたのは、ただの白い紙だった。他の紙も全て同じだった。どれも何も印刷されていない。

「どういうこと……？」

桂は無意識に呟いていた。落ち着いたはずの心が再びざわついている。印刷が消えた、ただそれだけのことで、異様なまでの胸騒ぎに襲われている。

どう対応していいのか分からない、といった視線で、希美が見つめていた。

昼だと思えないほど空が暗くなっていた。

じっとりとした熱気が辺りに漂っていた。

※　※

終業式が済み、生徒を帰して一時間半後。

舞香は三年二組の教室にいた。右腕の包帯は外し、絆創膏だけにしていた。カーテンの隙間から校庭を見ている。サッカー部とハンドボール部、陸上部が練習に勤しんでいるのを眺めていたが、心の中は不安で一杯だった。

彼女が一向に現れないせいだった。

体育館で終業式が終わってすぐ、教室に戻ろうとする彼女を呼び止めた。話がある、放課後に教室に来い、自分は何時間でも待つ、だから一旦帰宅して、昼食後にまた来ても構わない——という意味のことを伝えた。

彼女は覚悟した表情で「はい」とだけ答えた。

突然呼び出すことをせず、待ち合わせの時刻まで余裕を持たせたのには理由があった。

彼女に——真犯人に、おまじないの準備をさせるためだった。

自分を邪魔者だと感じているだろう。口を封じたくなっているに違いない。

おまじないが今の舞香に効くのかは分からなかった。ユアフレンドには一度おまじないをかけた相手に関する記述は一切ない。だが、効いてくれなければ困る。夕菜と真実、自分の顔が元どおりにならないとは考えたくなかった。

校庭の生徒たちの声は一様に弱々しく、疲れている風だった。マスクの内側が蒸れて不快だが、気にしてはいられない。もうすぐ彼女が来ると思うと緊張してしまう。一人で立ち向かえるのか自信がない。認めさせることができるのか。説得できるのか、交渉できるのか。

桂には伝えずにいた。もちろん足立にも。何人もいる前で追及されたり、断罪されたくはないだろう。こちらにその気がなくても身構えるだろう。探偵を気取りたいわけでも、犯人を裁きたいわけでもない。ただ自分たちが元に戻って、クラスが、学校が穏やかになればいい。

のぞみの机のヒナギクはすっかり萎れ、項垂《うなだ》れていた。

教壇に戻ってトートバッグを覗き込む。ユアフレンドが入っている。羽村更紗のスマートフォンもある。のぞみ宛の封筒も、切り札も。

彼女は一向に来ない。

教室を歩き回り、適当な机を向かい合わせに配置する。教壇よりはいい。だが、そもそも教室でよかったのだろうか。しかしここ以外に彼女が身構えず、秘密を保てる場所は思い付かない。

ぶぶぶ、とバッグの方から音がした。

バッグの隅で舞香のスマートフォンが震えていた。080で始まる知らない番号が表示されている。

呼吸を整えて、舞香は通話ボタンを押した。

「もしもし」

「……小谷先生ですか」

掠れた囁き声がした。

「はい」

少しの間があって、彼女は言った。

「二組の中杉千亜紀です。すみません、行けなくて」

遠くで吹奏楽部が一斉に練習を始めた。

「今、どこにいるの。どうして電話なの」

舞香は訊ねた。受話音量を最大にする。

「電話の方がいいからです。番号はユーナちゃんに訊きました」

さあああ、という音に紛れて、千亜紀の声が聞こえる。

「だから、どうして？」

ふう、と向こうで小さな溜息が聞こえた。

「顔を合わせると落ち着いて話せないのは、先生の方だと思いますよ。違いますか」

舞香は早くも言葉に詰まった。目を閉じて五秒数える。焦るな。落ち着け。

「……ありがとう、おかげで落ち着いてる。説明もできる。ユアフレンドを本当に受け取った、真犯人が中杉さんだってね」

「本当に？」

「ええ」

舞香は答えた。本当だ。見えない呪具が見え、そこから真犯人に行き着いたのだ。まずは――

「最後の最後、倉垣さんの時を先に言うね」

「はい」

「倉垣さんは一番後ろの席だったから、やろうと思えば誰でも、周囲に気付かれず背中に封筒を貼ることができた」

彼女は答えない。

「次は最初の最初、羽村さんの時」

舞香は背筋を伸ばした。ステゴドンの投稿を思い出す。

「既に真犯人は倉垣さんのステゴドンを知っていて、ユアフレンドを彼女の机に忍ばせ、渡していた。それから少しして」

前提を説明してから本題に入る。

「倉垣さんがおまじないを仕込みにここに来て、羽村さんと鉢合わせた。彼女は『予備校の勉強』をしに来た、と説明した。家にはいたくない、図書館は混んでる、予備校の自習室に部外者は入れないって」

「ええ」

「要するに、羽村さんはその日、予備校に通っていない、他の誰かと一緒に勉強する予定だった、ってことよね。部外者ってそういうことだもの」

後ろの黒板を真っ直ぐ見つめながら、

「羽村さんと部外者さんは教室で落ち合う約束をしていた。倉垣さんと話している間、羽村さんはながらスマホをしていたよね。きっと部外者さんとチャットでやり取りしてたんでしょう。内容はいわゆる実況。羽村さんは部外者さんに、倉垣さんのおまじないについて説明していた」

「それで」

「部外者さんはその時、廊下で二人の話を聞いていた」これは憶測だった。「倉垣さんが激昂するところも聞いていたし、その理由も理解できた。共感できた。そこで部外者さんは、羽村さんに倉垣さんの要望とよく似たメッセージを送った。ババアになれとか皺くちゃになれとか。それから羽村さんの顔写真も送りつけた。血と膿を液晶画面に擦り付けてから。羽村さんがやり取りしながら変な顔してたでしょ。あの時」

「それで」

羽村さんにおまじないの効果が現れた。部外者さんはこの瞬間、真犯人になった」

向かい合わせの机に目を向ける。

「そんな形でおまじないが効くなんて予想外だったんでしょう。羽村さんの泣き声で真犯人はその場を離れた。翌日、羽村さんは自殺した。お通夜と告別式に参列して、普通に授業を受けながら、真犯人はステゴドンで倉垣さんと羽村さんの行動を確認した」

「…………」

「ここで真犯人は二つの知識を得たの。一つ目、おまじないの道具はデータで——テキストと画像で代用できる。二つ目、倉垣さんは自分がユアフレンドを受け継いだと完全に信じ込んでいる」

「ふうん」

千亜紀は他人事のように訊ねた。

「じゃあユーナちゃんは？」

「あの日、授業が始まった時よ。あなたはわざと野島さんの机に自分のスマホを置き忘れて、彼女に取ってもらうよう頼んだ。相手の端末に履歴を残さないよう、直接手渡しする形にしたの。スマホの中には野島さん宛のテキストと、画像が入っていた」

「荒木は？」

「スマホは荒木さんの鞄に入れた。開けっ放しだったから簡単だったんじゃないかな。きっと下校中、九条さんを待ち伏せする道中ね。あの時、二台持っていたスマホを一台にしたはずの荒木さんの鞄に、手にしていたのとは別の、二台目のスマホが入ってたの。三百階段に散らばってた中にね。中杉さんはそれを素早く片付けた」

「じゃあ、鹿野は？」

「これもスマホ。この時はペンケースの中に隠した。鹿野さんが机の側を通り過ぎた時に、タイミングよく落として拾わせたの。倉垣さんのおまじないに不備があるとも知らずにね」

千亜紀は黙っていた。

「そしてわたしの時は――」

舞香はバッグに手を入れ、

「羽村さんのスマホを使った。倉垣さんと羽村さんが教室を出て行った後に、教室に忍び込んで持ち去ってたものよ。もちろん、万一中身を見られたら羽村さん宛のおまじないを見付けられてしまうから。送り主も分かるから」

更紗のスマートフォンを引っ張り出す。

「でもロックがかかってるから、これまでと同じ手は使えない。だから」

赤いケースを外す。

「写真と便箋をケースと本体の間に仕込んだ」

中には普通紙に印刷した舞香の顔写真と、テキストが折り畳んで仕舞ってあった。

「本当は自分でわたしに手渡そうとしていたけど、トイレで椛島さんに声をかけられて、あなたは彼女を利用することを思い付いた。違う？」

「それで？」

舞香はスマートフォンを戻して言った。

「これで全部。中杉さんはそうやって六人におまじないをかけた」

ただ電話で話しただけなのに、息が上がっていた。廊下が気になり、前後のドアと窓を施錠する。

千亜紀が訊ねた。

「それだけでわたしが認めると思いますか」

「思わない」

舞香は再びバッグに手を入れた。

「これを見つけたのは単なる偶然。運が良かっただけ。はっきり言って悪いことだと思ってる」

受話口からクラクションの音がした。外にいるらしい。

「何を見つけたんですか」

「あなたの机の中のものよ」

舞香は摑んだものをテーブルの上に広げた。

くしゃくしゃになったルーズリーフだった。二十枚近くある全てに、同じ意味のことが書かれていた。

〈中杉千亜紀の顔が普通になりますように　普通の顔になりますようにかほちよにいきるすべなきもののわざたえてのろはむうるはしみにくし〉

〈どうか中杉千亜紀の顔を普通にしてくださいかほちよにいきるすべなきもののわざたえてのろはむうるはしみにくし〉

〈中杉千亜紀を中杉百華《ももか》みたいに綺麗でなくていいので、誰にも何も言われない普通の顔にしてくださいかほちよにいきるすべなきもののわざたえてのろはむうるはしみにくし〉

〈中杉千亜紀の顔が普通になりますように　普通の顔になりますように　普通の顔になりますように　姫崎さんどうかお願いします

かほちよにいきるすべなきもののわざたえてのろはむうるはしみにくし〉

〈中杉千亜紀の顔が普通になりますように　普通の顔になりますように

かほちよにいきるすべなきもののわざたえてのろはむうるはしみにくし〉

〈中杉千亜紀の顔が普通になりますように　普通の顔になるなら後は何もいりません

かほちよにいきるすべなきもののわざたえてのろはむうるはしみにくし〉

……

「これを書くのは、ユアフレンドを受け取った人だけ」舞香は言った。「効かないと分かってても書くの。自分におまじないをかけようとするの。普通になりたいって。中杉さんは知らないと思うけど、倉垣さんの机にも同じことを書いた紙が入ってた」

答えはなかった。

いや――言葉に詰まったのだ。舞香はそう感じた。ノイズの向こうで千亜紀の感情が動いている。動揺している。

いつの間にか全身に汗をかいていた。

千亜紀の悲痛な願いが綴られた、何枚もの紙を見つめていた。

「中杉さん、ユアフレンドを受け取ったのはあなたね？」

返事はない。

「それを倉垣さんの机に入れたのも。倉垣さんの計画をステゴドンで読んで、そのとおりにクラスメイトを――醜くしたのも。わたしも含めて」

やはり返事はない。

ピロン、とメッセージの受信音がしたが無視する。誰だ。邪魔するな。今はそれどころではない。

「受け取った理由は、この紙で何となく分かった。中杉さん……中杉さんは、自分の顔を醜いと思ってるんじゃない？　学校では華やかな方にいるし、わたしから見てあなたはすごく美人だと思う。けど、あなたの中では違う」

今度の沈黙はこれまでより更に重かった。

「わたしね、小さい頃、親に言われてから愛想笑いが張り付いて、取れなくなったの。それが一番マシだからって。中杉さんもひょっとして、似たような経験があるのかもって。大事な人に心ないことを言われて、それがトラウマとか呪いみたいになったんじゃないかな。どれだけ綺麗な人でも、そういうことは起こり得ると思う」

「家じゃ今でもブス扱いだよ」

千亜紀が答えた。

スマートフォンを持つ手に力が入り、動悸が更に速まる。

「扱いっていうか、自分でもそう思ってる。だからユアフレンドが鞄に入ってた時は、本当に嬉しかったし、それと同じくらい当然だと思った。姫崎さんに選ばれるくらい自分は醜いんだって納得した」

「でも、学校のみんなには……」

「嘘じゃないんだろうな、くらいには思う。けど信じられない。全然嬉しくない。弄られてる、からかわれてるって思う。でも、だからって」

そこで言葉を切った。

断片ではあった。具体性も欠いていた。だが確かに今、千亜紀は自分の内面を言葉にした。何よりも、ユアフレンドを受け取ったことを認めた。

やはり真犯人は彼女なのだ。

彼女が六人もの人間を傷付け、うち三人を死に追いやったのだ。だが。

「中杉さんはその、全然醜いなんてことないよ」

空虚な言葉だと分かっていたが、それでも言わずにはいられなかった。

はっ、と小さな笑い声がした。

「手口も全部当たってますよ。先生の言ったとおりです。スマホを使いました。駆使した、っていうのかな」

ふふ、とまた笑う。

正しく推理できたらしい。だが舞香は少しも嬉しくなかった。いま自分は確実に、一人の生徒を追い詰めている。

「先生」

千亜紀が呼んだ。

「追加のおまじない、効いてますか？」

「え？」

質問の意味を探ろうとしてすぐ、舞香は気付いた。

スマートフォンを耳から離し、画面を見る。先程届いたメッセージを開く。

舞香の顔写真が添付されていた。

冷水を浴びせられたような感覚が全身を襲った。

メッセージの冒頭に〈小谷舞香の顔を〉とあるのを読んだ、まさにその時。

舞香の頬が不意に熱を帯びた。じりじりと焼けるような感覚がマスクの下で蠢いている。鼻に、瞼に、顎に額に広がっていく。

次の瞬間、刺すような痛みが一斉に襲い掛かった。

咄嗟に触れようとした手を何とか止める。頭の中には野島夕菜の惨事が浮かんでいた。顔中が吹き出物だらけになり、両手で押さえた瞬間に破裂して血まみれになった彼女の姿が、苦悶の呻き声が。

舞香の口から「ううっ」と知らぬ間に声が漏れていた。教壇に手を突いて、倒れそうになるのを踏み止まる。

自分の顔が今まさに変えられている。幻覚と暗示に過ぎなくても、そう見え、感じるような力が働いている。その恐怖は確実にあった。どう変えられているか想像が付かないことも恐怖に拍車をかけた。だが、同時に希望も芽生えていた。嬉しいとすら思っていた。かつてのように恐慌を来すことも、絶望に苛まれることもなかった。

二つのことが証明できたからだ。

一つめ。中杉千亜紀は本当にユアフレンドを受け継いだ。

二つめ。一度おまじないをかけた人間に、もう一度おまじないをかけることは可能である。

だから――

「の、野島さんたちを、元に戻して」

無意識にそんな言葉が口から出ていた。

ややあって、千亜紀が答えた。

「……正直、予想してなかったです」

「何が」

「小谷先生が関わってくるとは思ってませんでした。生徒には干渉してこないだろうなって決め付けてた。わたしに辿り着くなんて考えもしなかった。まさか……」

彼女は言葉に詰まって、

「こういう話をすることになるなんて、全然……」

そこで黙る。洟を啜る音がした。嗚咽を噛み殺す音も。

「中杉さん、どうしてなの？」

舞香は訊ねた。

理由を──動機を知りたかった。訊くなら今だと思った。

どれほど調べ、考えても分からなかった。こんな面倒で危険なことをする理由が思い浮かばない。のぞみをただ踊らせるためとは思えない。それに。

「羽村さんや野島さんの写真を見た時、中杉さんは失神するほどショックを受けてた。それからもずっと苦しんでた。あれはお芝居だとは思えないよ。荒木さんが階段から落ちた時だってすぐ駆け寄って、助けようとしたんだよね？　九条さんから聞いた」

千亜紀は泣くばかりで答えない。

「倉垣さんのお通夜に野島さんを誘ったの、中杉さんだよね。それも偽装だとは考えられないの。いい人ぶってる風には見えなかった」

やはり答えない。ただノイズだけが聞こえる。

「中杉さん」

舞香はそう呼びかけて、黙った。

急かしたくなる気持ち、声をかけたくなる気持ちを抑え、生徒に委ねた。顔の痛みに耐えながら待った。

長い長い沈黙と苦痛の後、千亜紀が言った。

「先生」

「うん」

「先生は、近いところにいますよ」

「え?」

「先生だけじゃない。ユーナちゃんも、九条さんも、多分あの時あそこにいた人は、すごく近いところにいる。足立は怪しいけど」

舞香は考えた。言葉の意味するところを摑もうとした。「あの時あそこにいた」とは、のぞみの通夜で話し合ったことだろう。つまり幻覚の話をしているのだ。この顔は幻覚だ。この苦痛は暗示だ。それが「近いところ」とはどういうことだ。

「先生」

必死で考えていると、千亜紀が再び呼んだ。

「考えてくれてありがとう。宛名は先生にします」

どういう意味だ、と思った瞬間に理解する。理解してしまう。

「駄目よ中杉さん、考え直して」

「無理です。結構前から無理でした」

「今どこにいるの？　教えて、すぐ行くから」

「……今、送りました」

「中杉さん！」

「さようなら、先生」

通話が切れた。

何度掛け直しても出ない。

教師たちの助けを借りよう。今はそれしかできない。顔は酷いことになっているだろうから驚かれ、避けられるだろうが、そんなことを言っている場合では――

えっ、と舞香は思わず声を上げていた。

顔の痛みが完全に引いていた。

それだけではない、口の中の違和感も消えていた。舌先で確かめると全ての歯が揃っている。

舞香は恐る恐るスマートフォンのカメラで、自分の顔を確認した。

液晶画面に映っていたのは、元の顔だった。痣もなければ口元も腫れていない。歯も抜けていない。

思い立ってトートバッグを開き、舞香は再び声を上げた。

ユアフレンドがなくなっていた。

周囲を確かめてみたが見当たらない。どこにも見付からない。

これはつまり、これが意味するところは、つまり。

舞香は教室を飛び出した。

エピローグ

〝美醜失認処置《カリー》〟は目隠しじゃない。美がそうなんだ。

――テッド・チャン「顔の美醜について――ドキュメンタリー」

舞香が病院に着いた時、中杉千亜紀は既に事切れていた。親族以外の入室は許されず、舞香はドア越しに千亜紀の両親が泣き叫ぶ声を聞いていた。千亜紀がマンションの九階、自宅のベランダから飛び降りたことを知ったのは日が暮れてからで、遺書の類が見つかっていないと知らされたのは翌日の夕方だった。

暗い海の底にいる。或いは半透明の分厚い膜に覆われている。舞香はそんな感覚に陥っていた。

悔恨、罪悪感、そして悲しみ。

複数の強い感情に押し潰され、感覚が鈍麻しているのだ。

そう気付いたのは千亜紀の通夜に向かうバスの中だった。だが、分析できたからといって自分を取り囲む膜は剝がれず、海面へ浮き上がる気配もない。

夕菜と真実の顔が元に戻ったと知って、嬉しい気持ちはあった。二人と会って確かめた時は「よかった」と思えたし、そう声をかけた。夕菜は「うん」と頷き、真実は「よかったです」と答えた。だが、二人の表情は翳っていた。自分の表情もきっとそうだっただろう。

シートに凭《もた》れ、暗い町並みをぼんやり眺めていると、膝の上でバッグが震えた。スマートフォンに桂からのショートメッセージが届いていた。

〈倉垣さんの、ステゴドンの最後の投稿を見てください。コメントが付いています〉

舞香は何も思わず何も感じず、桂の指示どおりにした。液晶画面を指でなぞり、倉垣のぞみの最後の投稿〈期日。全員分の用意はしてある。終了後に連絡乞う〉に付いた、一件のコメントを表示する。コメントしたアカウントは出鱈目な文字列だった。「捨てアカウント」と呼ばれるものだろう。投稿されたのは終業式の午後。

つまり電話が切れた頃だ。

読み始めてすぐ、心臓が大きく鳴った。

小谷先生

わたしは小さい頃から親にブスブスと言われて育ちました。愛情がなかったわけではありません。ブスなりに楽しく生きていけるよう、両親は二人とも真剣に考えたり、悩んだりしてくれました。一生懸命だったと思います。悪気も何もなかったと思います。

両親がわたしをブスだと思ったのは、二人とも美形なのと、七つ上の姉、百華が美人だったからです。百華に比べたらわたしは全然でした。

モデルの桃華を知っていますか。あれが姉です。葬儀会場のイメージタレントもやっているので、きっとここ最近続いたお通夜やお葬式で見たことがあるでしょう。わたしの葬儀でも見ると思います。誰が見ても姉が美人で、妹はそうでもない、ブスだ、醜いと思うでしょう。人が二人以上並んでいれば絶対に周りは比べるし、自分たちも比べます。姉にとってわたしは恥ずかしい存在でした。今でも妹がいることは公表していないはずです。両親もそれを当然のこととして受け入れていました。わたしもそうでした。

小さい頃からずっと、自分はブスだ醜いと思って育ちました。地元では姉を知る人が多くいたので、それに比べてお前は、と学校でイジメに遭っていました。わたしは仕方ないことだと思いました。姉は美人で、わたしはブス。それが真実だと思っていました。

違うらしいと知ったのは四ツ角高校に入ってからです。

イジメが酷くなったので地元の高校には進学せず、校風のいい離れた学校を選びました。入学早々、わたしはサラちゃんに声をかけられ、彼女のグループに入れてもらいました。かわいい子ばかりが揃い、クラスの表舞台に立つ、日の当たる方のグループです。

わたしは戸惑いました。サラちゃんやユーナちゃんとは文化が違いすぎて、苦しくなる事もたくさんありました。でも嬉しかったので、溶け込めるよう必死になりました。サラちゃんたちの文化に馴染もうと頑張りました。うっかり地が出てしまい、彼女たちにからかわれたことは何度もありましたが、その度に息が止まりそうなほどの恐怖を感じました。

ステゴドンに倉垣さんの、このアカウントがあると知ったのは、去年の今頃のことです。休み時間に彼女がスマホを弄っているのをチラッと見て、気になって覚えた一文を検索したら見つかりました。

倉垣さんがどれだけ苦しみ、周りを憎んでいるかは、ここを読めば分かるでしょう。わたしも読んでいて苦しくなりました。その一方で、こうも思いました。

倉垣さんとわたしは似ている。

出会い方が違えば、きっと仲良くなれただろう。友達になれただろう。

でも、それは無理でした。学校ではグループが違うからです。サラちゃんのグループは頂点にいないと駄目で、一人で隅にいるような子と仲良くしてはいけない。そんな空気がありました。どこの学校にも似たような線引きとルールはあって、四ツ角も例外ではありませんでした。だから声をかけることも、親しくなることもできませんでした。

わたしは昼間、サラちゃんたちに合わせて倉垣さんの悪口を言ったりしながら、夜は倉垣さんの投稿を読むようになりました。今みたいにコメントをしようとしたことは何度もありますが、勇気が出ませんでした。

それまでのように日陰にいたくなかったからです。せっかく手に入れた場所を失うのが怖かったからです。

倉垣さんと関わらなかったのは、結局は自分のためでした。

でも、サラちゃんたちといるようになっても、わたしは自分に少しも自信が持てませんでした。「自信を持って」とサラちゃんに言われたことは何度もあります。きっと彼女は、それが簡単にできない人間がいることを理解していなかったんだと思います。

グループにいることが日に日に苦痛になりました。それでも他に移るのは嫌でした。家では相変わらずで、わたしは表向きは明るく振舞っていましたが、それもいよいよ限界に近付いていました。

そんな時、学校で鞄を開けたらボロボロの古い雑誌が入っていました。

ユアフレンド昭和64年4月号でした。

噂は聞いていましたが、信じられませんでした。

誰かの悪戯だと思いました。でも、もしそうならわたしに渡すのはおかしい。学校でブス扱いされていないわたしに仕掛けるのは、悪戯の理屈として間違っている、そう思いました。だからこそ本物かもしれない、とも考えました。わたしのことを理解してる人間は、周りに誰もいない。でもこの世の存在ではない姫崎麗美なら、ひょっとしてわたしを理解して選んでくれたのではないか。そんな空想をしました。

でも、実際に使ってみる気にはなれませんでした。何度か試して自分に効かないと分かって、使う意味がないと思ったからです。他人の顔を操りたいとも思いませんでした。わたしはユアフレンドで救われない。もっと必要な人がいる。たとえ単なるおまじないでも、少しは気の晴れる人がいる。そう思って、倉垣さんの机にこっそり入れました。倉垣さんはサラちゃんにおまじないを使おうとしました。教室に忍び込んで、サラちゃんに見つかりました。

わたしはそれを廊下で聞いていました。そのうち倉垣さんが本当に可哀想になりました。サラちゃんが本当に憎くなりました。

おまじないは本当に効くかもしれない。そう知った時、わたしは怖くなりました。サラちゃんが顔を隠しながら、手ぶらで教室を出て行き、階段を降りて行くのを遠くから確かめて、すぐ教室に行きました。サラちゃんのスマホを隠すためです。

サラちゃんが自殺して、通夜でも告別式でも棺の窓が開けられなかった時、「かもしれない」は確信に変わりました。人が死んだ、自分が殺したようなものだ、とパニックになりました。

でも、正直嬉しかったのもあります。今となっては無駄なあがきでしたが、それから何十回も、自分におまじないを試しました。万に一つくらい間違いが起こって、効いてくれればいい。そんな気持ちからでした。

倉垣さんも嬉しそうでした。わたしより喜んでいるようでした。次の標的を誰にしようか、楽しげに悩む様子をステゴドンで読んで、わたしは次第にこう考えるようになりました。

これからは彼女のために、おまじないを使おう。

友達になれなかった代わりに。ユーナちゃんたちに話を合わせて倉垣さんを馬鹿にしたり、嫌がらせをしたりしてきた自分の、罪滅ぼしをするために。

だから倉垣さんがユーナちゃんを選んだ時、わたしはあまり抵抗を覚えませんでした。どうやっておまじないをかけようか。倉垣さんはもちろん、他の誰にも気付かれない、おまじないのかけ方はあるだろうか。考えるのに夢中でした。

やめておけばよかったと今は思います。

わたしがやめておけば、倉垣さんもわたしも、死なずに済んだはずです。

ユーナちゃんが教室でおまじないをかけられた時、わたしは疑念を抱きました。

そして倉垣さんが黒板に写真を貼り、文字を残した時。

わたしは何が起こっているのか、はっきり理解しました。


ユアフレンドの噂には、おかしなところがあります。

かわいい子が自殺したり、学校に来なくなったりする。それは分かります。おまじないで醜くされたからです。ユアフレンドを受け取った醜い子が、かわいい子を標的にしたからです。でも、その後必ず、同じクラスの醜い子も自殺する。彼女もおまじないをかけられたのか。ユアフレンドを受け取った女子は、毎度必ず醜い子を更に醜くしたくなるのか。そんな心理があるのか。

今は分かります。今まで自殺した醜い子は、ユアフレンドの持ち主だった。

彼女たちが自殺したのは、おまじないの正体が分かったからです。


おまじないは視覚と触覚に作用する、とユーナちゃんが言っていました。要は幻覚です。暗示です。実際に顔を変えているわけではない。本人だけでなく、周りの人全員におまじないをかけている。

そこが分かれば、注意②の意味も決まります。

注意②は「自分の顔を変えられない」という意味ではありません。

誰をどう醜くしても、美しくしても、自分が見ることはできないという意味です。だから
わたしにはユーナちゃんが、教室で暴れているようにしか見えませんでした。
何が起こっているか分からず、何の反応もできませんでした。

　黒板に貼ってある写真は、四枚とも普通でした。うち二枚の表情が険しいだけで、何の変哲もない写真でした。

みんなが驚いたり、恐れたり、怯えたり悲しんだりするのが、全てくだらないお芝居に見えました。茶番だとしか思えなくなりました。ありもしないものを唯一絶対の客観的事実のように受け止めて騒いでいる、そんな風に思えました。

ユアフレンドのおまじないは、使った本人を美しさや醜さの外に解き放つためのものでした。見た目の価値なんて全部まぼろしだ、くだらないことで迷うな、悩むなと教え、救うためのものでした。姫崎麗美が実際どう考えていたかは知りようがありませんが、わたしはそう理解しました。でなければ、こんな仕組みのおまじないを作ろうとは考えないでしょう。呪いであると同時に、共感や愛情でもあった。少なくとも姫崎麗美は自分でそう思っていたのでしょう。ユアフレンドの文章からもそんな感情が読み取れます。

でも、わたしにとっては絶望でした。

美しい子を醜くしたい、傷付けたい。そんな気持ちがいつの間にか、わたしの中にも芽生えていたのでしょう。おまじないを使うことで育ったのでしょう。

ユアフレンドのおまじないは、持ち主をそうやって導くだけ導いておきながら突き落とすのです。写真を見てその残酷な仕組みに気付いたわたしは、教室で吐いて倒れました。

　わたしは姫崎麗美を呪いました。

　こんな仕組みを残して死んだ彼女を恨みました。

　でも、倉垣さんはそんなことは露知らず、楽しそうに新たな標的を選んでいました。彼女だけは救われている、と感じました。だから途中でやめることはできませんでした。倉垣さんの計画に従っておまじないをかける度に、わたしは死にたくなりました。倉垣さんの気持ちを理解すればするほど、彼女と同じ景色を見られないことが苦痛になりました。どうして彼女にユアフレンドを渡してしまったのだろう、どうしておまじないを代行しようと思ったのだろう。後悔しても後の祭でした。

　わたしはユアフレンドに操られ、倉垣さんに操られていました。でもそれを言うなら、わたしは生まれた時から操られていました。踊らされていました。美しい姉がいる醜い妹。そんな気持ちを植え付けられて生きてきました。高校でやっとマシになったと思ったら、今度はそこから出られなくなりました。自分の気持ちも意志も、最初からどこにもありませんでした。

倉垣さんまで死に追いやって、わたしはもう、生きていく気がなくなりました。これまでのユアフレンドの受け取り手たちと同じように、わたしも死を選ぶことにしました。もっと早くに死んでおけばよかった。でも今まで引っ張ってしまった。最後に一人くらい、分かってくれる人が現れるのを待っていたのかもしれません。

それではさようなら。

ごめんなさい。

倉垣さんのお花と水を換えてあげてください。

花瓶は学校に寄付します。要らなければ捨ててください。

中杉千亜紀

葬儀会場の前には報道陣が詰めかけていた。舞香に気付くと一斉に駆け寄り、カメラとマイクとICレコーダーを向ける。道を塞ぎながら、めいめいに質問を投げかける。問いかけの内容から察するに、担任だと知られているらしい。だが舞香には答えることができなかった。

溢れる涙でほとんど前が見えず、激しい嗚咽のせいで言葉を搾り出すこともできない。舞香は人目をはばからず、子供のように泣きじゃくっていた。

〈参考〉
○鈴木翔『教室内《スクール》カースト』（光文社新書）
○大塚英志『感情化する社会』（太田出版）
○都筑道夫『黄色い部屋はいかに改装されたか？ 増補版』（フリースタイル）
○「花言葉-由来」（https://hananokotoba.com/）

〈引用〉
○小二田誠二『江戸怪談を読む 死霊解脱物語聞書』（白澤社）
○岡本綺堂「五色蟹」（中公文庫『異妖新篇』収録）
○田中貢太郎「四谷怪談」（桃源社『日本怪談全集』収録）
○手塚治虫『ブラック・ジャック』文庫版15（秋田書店）
○楳図かずお『楳図PERFECTION! おろち1』（小学館）
○『新編日本古典文学全集1 古事記』（小学館）
○ファレリー兄弟監督『愛しのローズマリー』（20世紀FOX映画）
○テッド・チャン「顔の美醜について――ドキュメンタリー」（ハヤカワ文庫SF『あなたの人生の物語』収録）

※巻頭言は楳図かずお「ダリの男」（朝日ソノラマ『楳図かずおこわい本〈闇〉』収録）より抜粋したものです。
※引用は変形されている場合があり、必ずしも文献の記述に忠実ではありません。
※英字資料からの引用の日本語訳は著者によるもので、意訳が含まれる場合があります。
※本作品はフィクションです。実在の人物、団体とは一切関係ありません。

本書は二〇二〇年八月に小社より刊行された作品の文庫化です。

双葉文庫

さ-50-02

うるはしみにくし　あなたのともだち

2023年8月9日　第1刷発行

【著者】
澤村伊智《さわむらいち》

【発行者】
箕浦克史
【発行所】
株式会社双葉社
〒162-8540 東京都新宿区東五軒町3番28号
［電話］03-5261-4818(営業部)　03-5261-4831(編集部)
www.futabasha.co.jp（双葉社の書籍・コミックが買えます）
【印刷所】
大日本印刷株式会社
【製本所】
大日本印刷株式会社
【カバー印刷】
株式会社久栄社
【DTP】
株式会社ビーワークス
【フォーマット・デザイン】
日下潤一

ISBN978-4-575-52681-3 C0193
Printed in Japan

双葉文庫　好評既刊

アウターQ
弱小Ｗｅｂマガジンの事件簿

澤村伊智

癖者揃いの娯楽系ウェブマガジン『アウターQ』編集部。新人ライター湾沢陸男は、小学生の頃に遊んだ公園の落書きを調査することになるが⁉　全七編収録の傑作ミステリー連作短編集。

双葉文庫　好評既刊

怪談青柳屋敷

青柳碧人

ミステリー作家・青柳碧人が密かに取材採取してきた実話怪談の数々。家にまつわる怪談から自ら体験した怪異、出版業界で耳にした恐怖体験など一挙49編を収録。

双葉文庫　好評既刊

俺達の日常にはバッセンが足りない

三羽省吾

皆で盛り上がったり憂さを晴らしたり、〃なくてもいいけどあった方が良い〃バッセンの建設を巡る、悩み、もがき、あがいて生きている人間たちの群像劇。